老码头，流转千年这座城

流转千年这座城

江冰 著

南方出版传媒
花城出版社
中国·广州

图书在版编目（ＣＩＰ）数据

老码头，流转千年这座城 / 江冰著. -- 广州：花城出版社，2019.1
ISBN 978-7-5360-8847-4

Ⅰ.①老… Ⅱ.①江… Ⅲ.①随笔－作品集－中国－当代 Ⅳ.①I267.1

中国版本图书馆CIP数据核字(2018)第295861号

出 版 人：詹秀敏
责任编辑：陈诗泳
技术编辑：凌春梅
封面设计：仙境设计

书　　名	老码头，流转千年这座城
	LAOMATOU，LIUZHUAN QIANNIAN ZHEZUOCHENG
出版发行	花城出版社
	（广州市环市东路水荫路11号）
经　　销	全国新华书店
印　　刷	佛山市迎高彩印有限公司
	（佛山市顺德区陈村镇广隆工业区兴业七路9号）
开　　本	880毫米×1230毫米　32开
印　　张	9.375　1插页
字　　数	210,000字
版　　次	2019年1月第1版　2019年1月第1次印刷
定　　价	45.00元

如发现印装质量问题，请直接与印刷厂联系调换。
购书热线：020-37604658　37602954
花城出版社网站：http://www.fcph.com.cn

自序

广州：宿命般热爱

我对广州这座城市，有一种宿命般的热爱。

20世纪90年代末，我从内地公务员辞职，漂泊到深圳，希望在这样一个移民的城市度过下半生。来自香港一位看楼盘风水的先生给我留下了几句话：你的最后落脚不在深圳，而在河南。听到这几句话时，我刚到深圳不久，雄心勃勃，收拾旧河山重新开始。

我把风水师的话当作"生命绊脚石"，甚至认为他是觊觎媒体总监的位置，妄图取而代之。但是，无论我如何努力，这座城市还是拒绝了我。2003年，我调进广州，重返大学后不久，乘坐公共汽车，从天河区到海珠区。车过广州大桥时，有人大声喊道：河南到了！电闪雷鸣，瞬间想起风水师的话。询问得知隔着珠江，天河区为河北，海珠区为河南。难道真是我的宿命？我信又不信。

真正让我找到最初幸福感的是一碗广州濑粉。

我在珠江边的一家老店，吃了一碗地道传统濑粉，似曾相识。当晚梦中，浮现童年时代——福州市区街边叫卖小吃"锅边糊"，无论在食材形态还是做法上，两者都有极大相似性。两样小吃，将我怀念童年纯真的福州记忆与中年落脚的广州，奇妙地联系在一起。从此，我渐渐爱上了广州美食。

　　广州，这座千年古城，这座因八方来客的"老码头"，积淀着多少旧时光，又延续了多少人文传统？中原的汉文化与岭南的百越文化，黄河长江大浪波涛的气息与海洋微咸的海风，在这里汇合。千年流转的古城，在各种文化的撞击中，形成了自己独特的风采。近代，她又有一个大大的飞跃，摇身一变为世界舞台上光彩四射的大码头、大都市。

　　也许从小在部队大院长大，所以，五湖四海是我童年生活的一个氛围。读中学时，我父亲到福州市区军管会工作，全家搬到东街口与南门兜之间的海军后勤部大院，大院子里住着军队的一批离休干部。他们中间有留苏的专家、有从国外回来的工程人员，他们的存在给我的少年生活，又涂抹了一层五湖四海的色彩。我记得一位拉手风琴的老人，夏天夜晚准时出现在他家阳台，他的曲子都是苏联的，比如《伏尔加河》；从国外回来的一位老太太，经常谈起巴黎的咖啡茶点。后来读大学，班上的同学也是五湖四海。从大学出来，到深圳生活，依旧是移民城市中的五湖四海。重返大学，广州高校的特点，仍然是五湖四海，本地人教师只占少数。

　　这一串有趣的人生经历，又给我提出另外一个问题：为什么同样是五湖四海，却能在广州这座千年古城找到故乡的感觉？我的弟弟，2000年从山西调到上海，至今也在上海生活了十几年，生活方式和"腔调"品位有所改变，但是他一直羡慕我——能够对恒大足球，对东莞宏远篮球队，有一份家乡本土的热情。上海足球队，也有申花和上港，但是怎么都唤不起他对本土的一种感觉。我的这种"反认他乡为故乡"情感趋向到底是怎么形成的呢？我思索良久。慢慢找到答案——

一是她唤起我童年，比如福州"锅边糊"的联想。或许是一种远离中原的城市感觉，广州与福州几分相似，都有"岁月静好"、低调务实过日子的氛围。但，又不仅仅是这些。广州自古通商，从来就是一个八面来风，贸易物流极其发达的大码头城市。而且都市市井皆有，烟火远方俱存；有快节奏的都市生活，也有慢悠悠的街坊日常，人情味十足。

二是她的移民特点。这是一个面向世界，通过海洋贸易交通，不断人口迁徙的移民城市。而"移民气质"又已经融进这座古城的传统，所以，我童年"五湖四海"的经历与一座移民城市的传统，奇妙地达到一种契合。也许正是这种契合，让我爱上这座城市，让我反认他乡为故乡，让我把这里视为自己的"精神原乡"。

老码头，千年流转着一座城。流转千年，也流转我心间，对其赋予故乡的热爱。

江冰

2018年8月　广州琶洲磨碟沙

目　录

第一辑 ┐ 四方本土

鸟语花香中的"本土化" / 003

广东：离大海很近，离世界不远 / 011

中秋游羊城：一条老街一个古村 / 014

徜徉广州：季节轮回之间 / 018

春天，从城里到郊外 / 026

春末访黄埔军校 / 029

龙潭古风天后诞 / 031

民间工艺展：浓淡相宜本土艺术 / 033

禅城：古风犹在 / 036

广佛同城：血缘般天然亲近 / 039

清远大山，有一种美丽你不懂！ / 045

东莞南社，祠堂后面的故事 / 050

肇庆：端州古城墙一片金黄，瞬间幻影呈现 / 052

四会古邑：千年六祖百年玉 / 058

广宁怀集：一条绥江，十万大山 / 064

来回粤东与粤西 / 068

第一侨乡：内外两个台山 / 073

石狗寂寞，双眸中似有不尽话题 / 076

封开，那座曾经辉煌的古都 / 078

揭阳潮州，一掠而过 / 081

惠东：巽寮湾双月湾 / 084

粤东海边：听人讲海盗的故事 / 086

潮州汕头：一文一商，相得益彰 / 089

云浮：大山云雾缭绕，浮出一轮明月 / 094

茂名：粤西文化余晖中的"石油之城" / 103

第二辑 羊城美食

北园，北园，尽显粤菜广府气派 / 109

陶陶居：绮丽多变的传统 / 111

泮溪：羊城三大园林酒店之首 / 113

广州新年庙会上的美食比拼 / 115

及第粉原出于岭南文明发源地 / 117

银记肠粉 / 119

羊城佳果美食 / 121

羊城立夏说花果 / 123

羊城寻食：遍地好吃 / 125

羊城早茶，至"三园"渐入佳境 / 127

遥对羊城：珠江岸边的深井古村 / 129

珠江岸边食肥鹅 / 131

一个雅字呼应粤菜 / 133

粤菜极品，亦在传统与西式之间徘徊 / 135

南乳猪手：透着文雅与尊重 / 139

粤菜品名，雅过广州"六十三层" / 142

第三辑　羊城凡人

岳母新年讲了三个故事 / 147

老式传统家具修复新生，岂止艺术收藏？/ 149

梁伯的根雕艺术馆 / 151

羊城古玩店的阿文 / 153

拥挤厂房片区中的小提琴厂 / 156

金牌月嫂阿香 / 158

邻居段叔：金矿收金子，越南贩海产 / 165

广州安家的湖北老兵 / 169

我曾经是一名乡村留守儿童 / 171

第四辑 四方行走

一条西江：让广东广西成为一家 / 177

一碗螺蛳粉，说不尽多少柳州事 / 184

玉林古风：从围屋到"狗肉节" / 188

走过南宁：边境街印象 / 192

黔西南：吊脚木楼与城市广场之间 / 195

南京大报恩寺重建：把千年古迹优雅地放进一座

大房子 / 202

嚼着泡馍听秦腔 / 209

大雨入沈阳 / 212

2018：大雪初霁访泰州 / 214

欧洲纪行：世界另一端 / 219

俄罗斯的三个坐标：森木、荒原与海洋 / 237

埃及：从法老金字塔，到希腊罗马伊斯兰 / 248

巴厘岛：南印度洋上一枚绿宝石 / 263

跋

外境犹吾境，他乡即故乡 / 黄爱东西　269

附 录

好奇的人成就有趣的书／聂　莉　275

他把这座城称作"老码头"／陈　露　278

后 记

／ 283

第一辑
四方本土

鸟语花香中的"本土化"

　　过岭南进广东到羊城，那是"鸟语花香"之地。鸟语指粤语，也称白话，外地诗人称当地人"说话像鸟一样歌唱"；花香指四季如春，繁花似锦。花城广州初春季节，盛大花市近于尾声，而花与果相连，轮到佳果开花登场。常见三种：荔枝、龙眼、芒果，似乎也是一夜之间，挂满枝头，细碎淡白或淡黄，一瞥而过，小花成簇，不仔细看，还以为是满树冠新发出嫩叶——均是低调且朴素的花，却酝酿着八月夏季绚烂的丰收。木棉花落尽，枝干始发叶，从喧闹到安静，倒益发显示英雄树之伟岸，默默伫立，等待明年的繁化。此起彼伏，岭南花市从不落幕。

　　与鲜花为伍的是岭南佳果。进入夏天，佳果登场。除了名头响亮的荔枝、龙眼、芒果之外，小粒成串的黄皮味道特别：甜甜酸酸中裹挟一种异香，不是流行的味道，却带有几分特立独行风范。剥开果皮，轻轻一挤，果肉果汁一起入口，丰满果肉包容着一颗果核；果肉晶莹，果汁丰盈，果核竟然如未琢玉石般耐看。成串黄皮挂在树上，亦是婀娜多姿，绿叶黄果，随风飘拂，潇洒自若。岭南佳果中，她属阴柔女子，空灵飘逸一类；每年产量似乎不大，却占有炎夏果品一席。愈是奇异，似乎愈加显示本土特色。

粤人无鸡不成宴，鹅亦吃得风生水起，尤其是广东潮汕。鹅肥体大，肉虽比不上鸡嫩，但粗犷造型，酱香透彻，颇有食肆菜品大将之风，尚存山村旷野气息。羊城郊外乡村老店，古法炮制，更具风味。肥厚大块，嚼劲十足，兼具烤制、焖烧、蜜汁等多种风味，各家不一，均称本土特色。大盘上席，规模宏伟，我食半只，价一百元，亦是盘大肉实。满口肉香，食之难忘呵。一瓢一食，亦是本土。

美食之后，可见民俗。广东人节气祭祀，较内地人突出且明显，颇有章法，坚持不懈，亦成日常。印象中广东潮汕最重祭祀，没料到粤西吴川亦不示弱。近去吴川，无意间进了市郊一村三圣庙，印象深刻。不但庙宇轩昂，而且两进三层，有专人管理香火，供品丰富，却也家常。但令我诧异的是：宗教民间，普泛信仰，包容群神共处，和谐一室。儒道佛三足鼎立，民间神各得其所。从前在清远北江边已感受三元归一，不仅儒道相携，而且与佛家亲近。据说此为广东明清两朝宗教合流缘故，是合乎岭南民众祭拜多神有求必应之心理呢？还是地方性思潮浸淫民风？我询住持：为何进门三神端坐，赤面关公居中，白发孔子于右，手拿书本文昌公于左呢？住持答：关公皇叔为尊。我即言：孔子是历代皇帝封的圣人。住持听了，顾左右而言他。我则大惑不解，礼仪尺度何在？看看三楼八仙供台，四仙一排，两排分坐，其中却有孙悟空孙大圣探头出来，不免滑稽，仿佛正剧中插科打诨的角色呢！村中信众颇多，似乎还做饭烧水，有一男子席地而坐，闭眼哭诉什么，旁坐数人倾听，是一种祈祷还是集体安慰呢？居然还有扶乩画符，开了眼界。

二楼有北帝妈祖，三楼供送子观音，看来村民有求必应，各取所需，互不干涉，抑或皆大欢喜，均有衷心供奉，以至人神同欢。四季祭祀，古法不变，广东本土文化底色之一。

吴川在湛江，名头不及雷州半岛，那里有石狗，百越遗存，已列入广东四大文化之一，但其方言独特，民俗殊异，似又独树一帜，并非雷州文化统辖。且自古海河码头，三江汇流。改革开放后，以收废品起家，涉足建筑，多房地产老板。风闻民风剽悍，风俗古旧，重经商，轻读书，对读书人尊敬程度远低于雷州半岛和高州。踏入吴川，询问众人，笑而不答。引我拜访粤西唯一状元林召棠故居，广东文化开发较迟，历史上只有九名状元，比起占了鳌头的江浙——江苏80多人，浙江60多，是为小户。但道光吴川名声大振，林召棠38岁殿试夺魁，一举成名天下知。林家不似雷州半岛土著，乃闽南迁入。据说六世祖钻研堪舆，赴江西学习道法，归乡按风水规划林氏村居。此后家族渐渐发达，科举兴旺，官宦功成者，赐地买田，范围遍及粤西，远至高州，每年秋收，收租获粮，稻米满车，聚集霞街，可谓富甲一方。有经济基础，必有尖端人才，代代积累，世家发奋，终有状元，天下闻名。不过，林状元世评"三清"：清秀、清瘦、清廉，与林则徐清流一路，官运不达，最高正五品，与状元多至宰相，相差甚远。不过荣耀吴川，振奋文风，那是水到渠成。但我感觉文风似乎不如高州延续传统，20世纪80年代后即以建筑地产老板为傲，风气陡转，文脉中断。其中历史缘故，是否值得玩味追究呢？可见俱在广东，看似渊源同一，其实不然。何况本来百越南蛮之地，偏偏有梅岭古道、潮汕沿海、客家南下三股移民力量介入，还有西江、北江、东江，移民流徙，中原士民南迁——又如何不碰撞，不交汇，不变化呢？正所谓历史风云际会，地域气象万千。

广东广州美食，在北方菜衬托下，更见细腻精致。今年夏天去东北，遭遇长春地道东北菜。粗犷豪放，粗瓷大碗。一笼蒸老豆腐，铁制汤勺一瓢，辅以豆瓣酱洋葱末即食，豆香纯朴，但稍显简单；绿豆芽加点韭菜炒粉丝，色相尚可；血肠五花肉煮酸菜，虽然肥而不腻，用材方式粗放；玉米面成糕，火锅焦煳成一尾翼，分量实沉；完全不经刀工，只用手扯杂菜：叶呵葱呵豆芽呵，长短间，乱纷纷一盘——原态蔬菜，豆酱凉拌。优在形态原初，黄绿杂呈；弱在工艺粗糙，或拌或煮，食材味道少了交汇，无有煎炒焗烹。贵在老家农家、淳朴传统，一个"炜"字，近似大锅干炒闷熟。远离"疏影横斜水清浅"之雅致，亲近"春到溪头荠菜花"之清新。上菜开餐前，居然两位毛头小伙拱手祝福，用小小花轿抬来几瓶啤酒，且辅之锣声响亮，乡村气氛即刻浓郁弥漫。真是"咱爸咱妈地头炕头"，粗瓷大碗浓浓乡情。这样气派，我想一定会让广东凤城厨子惊上一惊吧？

日常感受之后，也可以小小提升。网上一个段子说："北京把外国人变成中国人，上海把中国人变成外国人。"同属一个级别"北上广"的广州呢，我以为"是一个把所有人变成广州人的城市"。也许，你并不以为然——其实你不懂广东人，其实你不懂广州人。温水煮青蛙，滚水泡浓茶；冬瓜薏米煲老鸭，汤汤水水做粤菜。他们看似随和包容，看似低调不争，看似不排外，其实骨子里有一份顽强，有一份说好了是坚守，说歹了是顽固的生活态度——任你风吹雨打，我自岿然不动。这种态度基于日常生活的"闲庭信步"，基于世俗人生中的点点滴滴，貌似不深刻，貌似很家常。仔细体会，广东的民风与其他省份迥然不同，尤其是广州。注重日常生活，注重感官享受，注重休闲娱乐，注重个体开心。既保有传统生活方式的浓重痕迹，又带有西风熏陶的丝丝缕缕。且别小看这种街坊气氛、街坊气场。风云际会，历史机缘，这样一种生活态度，每每影响天下，镇定全局。比如20世纪80、90年代，由于吻合了整个时代的民众心理，暗合了一种在广东稀松平常在内地却别开生面的普遍情绪，便成就了一场伟大且意义深远的"文化北伐"：粤语、粤菜、流行歌曲、商业观念，加之"小女人散文"、张欣张梅都市小说，一道北上，惠及全国。无形中证实了一条经济学的规律："有需求，就会有供应"。

张欣的都市小说，从一开始就独树一帜。因为她的目光始终盯着都市——与乡村联系淡漠的都市生活。不似大多数内地作家，表面上写都市，根子却在乡村。在张欣笔下，都市的时尚，活色生香；都市的生活，纠葛缠绕，气象万千。注重当下都市，张欣独一份。张梅小说始终浮现一个形象：羊城街坊行走的年轻女子，不一定有大理想的献身精神，却一定有着面对日常生活小事的"恍惚眼神"。即便她的长篇小说《破碎的激情》，也多是岭南阴柔的"小气象"，而有意疏离时代历史的"大格局"。黄爱东西的随笔，更是"小格局"取胜，来自日常的细微感受，构成随笔散文的"生活质感"和血肉肌理。梁凤莲的长篇小说《西关小姐》也充满了对于广州老街的描写，日常生活中流露的本土热爱洋溢全篇。她们的文字的阴柔委婉，接续前辈作家欧阳山《三家巷》的地域传统，与岭南文化有着天然缘分。

文学之外，还有艺术。所谓"广派"艺术家，比较其他省份略有不同，大致有三类：完全本土的；青少年甚至童年迁徙来的；改革开放以后进入的。他们的创作又可以分为三类：完全本土生长的；本土生长却向北方致敬的；外来入籍却一心向南方致敬的。虽然出处不同，但广东的一个好处是：英雄莫问出处，笑迎八方来客，汇集各路英雄。商场如此，艺坛亦是。第一次在广州市区公共汽车亭广告栏看到许鸿飞雕塑大幅图片，十分震惊，直觉与广东本土文化具有天然亲切感：务实低调，注重日常生活，专注感官体验。不是纪念碑，亦非民间艺术；不是古典正统，亦非底层草根。不由联想南宋名画《货郎图》，但似乎又非同类。她是什么呢？去广东本土雕塑家许鸿飞石磨坊艺术工作室参加活动时，仔仔细细地将"肥女人"系列观赏一遍，慢慢领悟其系列雕塑名扬天下的缘由。恰如专家所言：许鸿飞的"肥女人"不臃肿、不累赘、不丑陋，反而活力十足，有力量、有质感、有勃发生命力。且在美学上突出一种与肥胖臃肿相反的指向：飞动、快捷，乃至轻盈。这些特质又与雕塑人物的天然幽默感、日常喜气感交融汇合——深得大众喜爱，是一种并不高高在上、接地气、重日常的艺术方式和艺术风格。这一点也暗合了广东本土文化气息，与本土生活态度与方式如影随形。许鸿飞石磨坊艺术工作室里，展览多幅著名画家黄永玉国画书法作品，珍贵异常。这位已逾90岁的艺术顽童，笔墨放肆，挥洒自若，笔下生风，趣味盎然。与"肥女人"相映成趣。什么趣？谐趣。发乎自然，发乎天真。亦可视作广东地域"本土化"底色之一。

今年遇到两位奇人：一是止庵；一是李淼。奇人奇观，余音袅袅，回味悠长。比如，读李淼的随笔，有一种天空飞翔的感觉：清冽得不无仙气、空阔得不着边际。翻看简介，居然是著名理论物理学家。幸好还有同时代读大学经历，可以揣测当年音乐学院学生刘索拉小说一篇名扬天下，如何成为这位理科生跨界文学的一个召唤。老实地说，他笔下的宇宙暗物质，我所知甚少。好在他优雅的文笔，以及相同的文青气质，使我们在诗意的向往上有可能找到共同的兴趣。尽管如此，我依旧对他充满好奇。"弦与空气是这么简单。光落在画布也很简单。"读读这样的句子，你不会觉得美丽中包含着一种玄机吗？在与他对谈的沙龙里，我时时感受他的诗意：他丝毫不忌地坦白自己本质上是一个诗人，他谈如何受到北大校友海子诗歌影响，如何在日本俳句中找到感知世界的路径。读他的《向往另一种生活》，通篇溢满生命的感觉，活跃、明朗、健康、真挚、毫不虚饰……

如果是冬天呢？冬天一定是在广州过的，即使十二月，桂花依然生长和开放，任何一个普通小区里都可以闻到桂花香甜的味道。作为已经退休、全副精力将工作与生活融为一体的人，我并不会体会到晚年的那种秋刀鱼之味。写作之后的饮食环节一定要在餐馆中完成，也许是下午茶吧？饮茶的馆子里坐满了年纪与我相仿的人。直到现在我也说不上一句完整的粤语，这不要紧，广州向来是最包容的城市。

我再次明确地铁定地喜欢上了这种感觉——在弥散和跃动中，能够不经意地一下子抓到事物的本质。像一只悠然游动的大章鱼，触角四散，随波逐流。突然，触角收拢，抓住猎物，一击而中。止庵与李淼，都是跨界的文学人：一个是执业十多年的医生，一个是著名物理学家。他们摆脱了这六七十年以来大陆文学不少束缚与陋习——因为真挚面对世界，所以忠诚一己内心，保持这种与生俱来的感觉。我喜欢，由衷地喜欢。

我的"本土化"思索，就是在这种既弥散又尖锐的感觉中展开的。我宁愿暂时抛开那些学术成规、那些理论框架，而用一己真挚真切的感觉去接近事物的真相，去触摸本土文化的形态，去感知她们的气质，而并非一开始就摊出精神——这个稍嫌庄严庄重的招牌。招牌有可能很大、很显眼，但也有可能遮蔽许多。包括细节，包括那些日常生活点点滴滴。行文至此，仿佛天定，我读到新出报道：刚刚获得世界安徒生奖的儿童文学作家曹文轩，在今年香港书展上的一个讲话："今天，不再安于自己批评家的角色，而一个个争当思想家。我们的文学批评进入了有史以来最好大喜功的时代。""精微的文本解读几乎没有了。"我颇有同感，深以为然。

广东：离大海很近，离世界不远

2003年第一次访问开平碉楼，惊叹于碉楼的中西合璧，一座座碉楼颇有些不协调地静静屹立在田野村落，近百年寂寞地讲述着自己的故事。是岭南乡姑错戴了一顶洋帽子？抑或中国武士穿着一身古罗马盔甲？知闻开平碉楼入选广东唯一世界文化遗产，第一个念头是：外国评委看重其中西交流特征。同时心中愤愤：依旧是一副"欧洲中心论"眼光。我的迷惑还在于开平碉楼里看到的两幅放大照片：一幅是北美甘蔗林里戴着镣铐的华人劳工，衣衫褴褛，不堪折磨；另一幅是几百男青年蜂拥而至聚集开平码头，准备随海轮赴国外务工，其表情跃跃欲试——二者给我传达了完全相反的历史信息。难道码头是骗局，镣铐才是苦难结局？

我带着疑惑，开始了广州生活。十年后，我在《广州文艺》杂志主持"广州人，广州事"专栏，一做就是四五年，疑惑得以渐渐解开。当历史迷雾逐次散开，一个结论清晰地跃入眼帘：广东，离大海很近，离世界不远。碉楼恰恰是面向世界的物证，中外文化交流的结晶。而两张照片又均为事实，同时展示了历史的不同侧面。"一枚硬币的两面"似无法囊括：一个多边形立体的多面，无数个交错的意外，抑或是并不意外的历史交错。比如海外移民，不同历史时期会呈现出不同情形，甚至截然相反的结局。真是盲人摸象，各具真理。

这几年"北上广"一线城市构成热点话题，因为广州地位始终被质疑或"唱衰"。北京首都地位不可撼动，明里暗里较劲的就是上海、深圳，现在又有杭州、天津、重庆等城市，大家都急不可耐地要挤入一线城市，不争面子争口气。近日，一张邮票选了北上深杭四地风景，广州一些文化人不乐意了——我注意到微信朋友圈里一些文化人的埋怨：广东本地人"不争气"还不要紧，"不生气"才是麻木。前几日去广州老城荔湾区开会，听句话入耳：从从容容生，淡淡定定活。不过言者倒不淡定，恨不得一抱抱个大金娃娃。网上热文《有一种"一线省份"叫广东》，谈及广东人之淡定——举例为腾讯微信总部曾经落户广州珠影对面TIT创意园。据说当时微信总部连牌子都不挂一个。TIT创意园我去过多次，平常安静如中低价位花园住宅区，谁料到卧着一条大龙，身价连城却素面朝天。对于广州人不争态度，有人认为：老广从不稀罕荣辱，一向处变不惊，既为南大门，有风自来，面朝大海，春暖花开。文化人急，与老百姓关系不大，茶照饮，地球照样转。也有人认为：这恰是广东性格，宠辱不惊，不卑不亢，淡泊自在。

2016年以来，广东财经大学社会系师生在顺德乐从镇的鹭洲村与沙滘村，对当地的华侨问题展开田野调查。这种"不放过每一片树叶"的乡村行动，从田野起步，从历史与现实中寻求真相，不受限于当下流行观念，回到历史现场。我惊奇地发现一个事实与一个观念：事实基于爱国华侨资助乡民向海外求生存求发展；观念基于他们对国家边界的多重选择。世界、非洲、生存国、故土祖国，均已纳入生存活动区域，同时亦进入观念视野。

麦博士团队的调查中，有一位华侨引起我的兴趣。乐从沙滘村近代出过一位著名"侨商"陈泰（1850—1911）。陈泰最初在马来西亚挖矿致富，后回到沙滘村定居。他将三个儿子派往南洋、马达加斯加、留尼旺从事贸易活动，还大量资助族人在不同的地区投资贸易。在陈泰雄厚资本的支持下，沙滘陈氏族人的生意遍布南洋和东非。人员、资金、商品在这个以沙滘为中心的网络里来回流动。沙滘西村也因此成为乐从远近闻名的富裕之村。由此可见，几百年以来，广东人一直向海外向世界流动、移民，谋生存、求发展。可谓"凡有日影处，皆有广东人"。

还有一个例子同样具说服力。即被誉为"中国第一侨乡"的广东台山，她不但在海外移民与本土居民人数的比例上全国领先，而且曾经是最早的国际化区域。台山被称为"小世界语社会"，台山话夹杂英语称为习惯，台山人钱包里装着"万国货币"，历史上曾有台山一县侨汇收入占全国侨汇三分之一的盛况。还有潮州侨批、汕头开埠、广州十三行、黄埔古港、珠海容闳、客家"下南洋"，等等，不胜枚举。广东人的视野早就面向大海，广东人的足迹早就遍布世界，所以，他不会目光局限故乡，他不会纠结于一时一地的毁誉得失。明白了这一点，也就不难明白广东人特有的从容与淡定。广东：离大海很近，离世界不远。我个人在明白这一点道理的时刻，倍感"广东社会"精彩的一面。同时，也将其视作美丽广东文化独特的一份魅力。

中秋游羊城：一条老街一个古村

国庆中秋，小长假，不离广州，逛逛羊城老城老街老村庄。首选恩宁路——广州老城荔湾区著名骑楼街，誉为"羊城最美老街"，与上下九、宝华路、多宝路等名街相连，20世纪30年代羊城时尚繁华之地。八和会馆、红声影院、詹天佑故居、李小龙父亲院楼等名胜，均为当年风头。联想到梧州、玉林骑楼，这里是效仿样板吗？风云流散，繁华一梦呵。

恩宁路一侧，西关老店顺德陈添记坐落在一条旧巷，门面破旧，却是西关大屋。老店一向只卖艇仔粥、猪肠粉、爽鱼皮三样。出名的是爽鱼皮，鲮鱼皮制作，切丝后放入雪柜冷冻，佐料为花生、芫荽以及淋上去的酱油芝麻，食之爽口弹牙，既有鱼肉鲜美，又有类似老海蜇脆劲，风味独特，鱼食佳品。整条小巷站满食客，慕名而来者多打包带鱼皮走，排队买单，坐满大堂，可谓酒香不怕巷子深，破旧趟栊门难掩地道美食。

恩宁路侧的宝华面店亦为西关名店，誉满羊城。30元一碗的鲜虾云吞面，是广州云吞面中的顶级上品，亦为此店最贵招牌。亮点有二：猪肉馅裹着一只鲜虾，有头有尾，鲜活入味；面汤讲究，鲜味在一般云吞面之上，浮着几段韭黄，看似随意，其实衬出暗香。至于细如银丝之细面，形色尚可，口感却远非面条上品，只能算本地人喜欢的那一口。宝华面店，广州云吞面的中南海呵。

恩宁路骑楼街面均在维修，当年商界繁华气氛荡然无存，似乎唯余几家铜器老店入眼。有全手工打制，手工加焊接，模具浇铸几类。民间艺术，民俗楷模，岭南趣味，文人介入少，说不上高档。我凭直观喜欢，购一罐一壶，有把者俗称"汤婆婆"，古人冬日暖手之物。

八和会馆为粤剧会馆，名扬天下，爱好粤剧者自称"八和子弟"，年年远渡重洋访者众多。附近粤剧博物馆，让我喜出望外：戏台华丽，楼馆巍峨。凡有华侨处皆有粤剧，粤剧南来北往，兼容并蓄，民间趣味，民俗色彩，岭南风格。史载雍正年间：女优颇众，歌价倍于男优。茶楼酒馆，田间地头，红船顺珠江流域水网，四处演出为生："梨园歌舞赛繁华，一带红船泊晚沙。"一个宫廷，一个文人，两股力量于粤剧影响似乎有限，在不断的民间演出中，吸收变化成长定型，似乎既无昆曲江南诗文浸润，亦无徽班进京升入庙堂之身价——是这样的吗？我在朋友圈讨教方家。

有当地学者冯穗钧钻研颇深，他认为粤剧一向在民间发展，虽不涉宫廷，却涉政治。1854年艺人李文茂响应太平天国起义，开始了红船子弟的革命传统，随后清廷火烧琼花会馆，禁演粤剧，不过其间改用戏棚官话（桂北方言）演出时，吸收了外江戏的优点，唱腔更加丰富。后来男旦勾鼻章为两广总督瑞麟演《四郎探母》时，因扮相神似瑞麟已去世的妹妹，故深得瑞麟母亲喜爱，有此上层路线，八和会馆得以成立，这可能算是粤剧第一次依靠官府。不过，八和会馆成立大戏《六国大封相》（有人说是专门请与陈梦吉齐名的才子"奉革举人"刘华东编剧，实际确实是由刘编剧，但刘早在1841年去世，此剧并非为八和专门写的），依旧是用官话演出并流传至今。辛亥革命时粤剧涉入政治更深，除了多名艺人加入同盟会，还有演出筹款，不过确实要等到中华民国成立之后，禁演的政治影响才消退，当时由金山炳、靓次伯、白驹荣、千里驹等名伶发起，粤剧恢复用白话演出，才真真正正算回到民间。而说到"诗文浸润"，不得不提大名鼎鼎的南海十三郎，在他之前粤剧的演出用语十分俗俚，难以称雅，后来这个富N代学霸加入编剧界，终使粤剧用词能带诗书气可登雅堂，并影响后辈唐涤生等著名编剧。——朋友圈一时火热，话题弥散，我深深收益。

粤剧博物馆门前朴素无华，进门左转，曲径通幽。回廊尽头岂止一个"幽"字了得？简直是《桃花源记》里豁然开朗，好一个水榭亭台，不由惊叹！且喜一株杨桃有花有果，十足南粤风采。据说此果没有四季，花开四时不歇，花果轮回不止。与其交相辉映的是香蕉，枝叶肥大，花果亦无视四季，实在岭南劳模！吾独自赞赏，欢喜无以言表。时间有限，不及细看，下次再访。

羊城有河南河北之称，其实就是以珠江为界，珠江之南为河南，珠江之北为河北。河南为海珠区，河北有天河区。黄埔古村坐落海南东头，是大名鼎鼎黄埔古港所在地。国庆中秋双节期间举行的祠堂文化节，名头响亮：岭南祠堂文化节——今年第五届，广州市海珠区文联策划组织。民俗寻游，阵势浩大，非同凡响。岭南本土元素，祠堂活动丰富，色彩斑斓，为羊城节日飘红一角，渐成节庆，名载史册。让原有旅游点的祠堂，成为文化活动点，乃文化节成功之处。尤其是游客参与体验，最受欢迎，看来此为趋势。画展、木雕、草药、剪纸、木刻……其中版画木刻点最佳，画家亲自指导木刻与拓画，体验生动而难忘。有一对老外青年男女，全神贯注练习木刻，似乎已达旁若无人境界。

昨恩宁路购铜器一双，今黄埔村买建盏茶盅一对。建盏为宋代名瓷，其精妙于陶烧制高温中之曜变斑纹。曜变斑在釉面上的分布最无规律，变化万千。"唯恍唯惚。惚兮恍兮，其中有象。恍兮惚兮，其中有物。窈兮冥兮，其中有精，其精甚真，其中有信"，可谓鬼斧神工，拜大自然所赐，令人遐想，似古琴袅袅余音，美妙不可言传。

艺术一条街，看新鲜看珍品看艺术家奇思妙想，或有知音；美食一条街，双皮奶姜撞奶猪脚姜，本土小吃风头最劲，时常成为外地游客最后唯一记忆。有文化记祠堂记艺术，而有文化没文化的都记住小吃，愈独一无二，愈记忆顽固且深刻，只要是个人，均可为食客，吃的享受原始而普通而普遍呵。政府行为与艺术市场结合，让艺术家进驻祠堂，或是祠堂文化节有效操作方式。艺术品市场一条街充实旅游内涵，艺术家个体既有画室又可展示，标价出售作品。但我疑惑在祠堂祭祖功能如何完成？国外学者认为，祖先崇拜是国人唯一信仰。祖先虽亡，亡在肉身，灵魂不去，始终护佑子孙后代趋利避害，吉祥万福。所以，宗祠祭祖乃传统乡村社会最为重要活动。看当下乡村活力，此为重要指标。城市化后，如何维系或有所替代呢？活在陌生人的城里，新的祠堂何在？

徜徉广州：季节轮回之间

一　老城小巷

广州东山，中西合璧之地，东风西风交汇，既有东方禅宗，又有西方美术，百年气场，羊城氛围，东山少爷，西关小姐。依旧是东山风景，呈现于菠萝蜜成熟的季节。

东山与西关，东山少爷与西关小姐，广州两个城市历史品牌，相映成趣，互有纠缠，因为性别想象，不妨生出暧昧之情，不妨演绎缠绵无尽。时光亦老，东山亦老，街道混杂各个年代建筑，洋楼精致，却多破败；"文革"前后单位宿舍，最为粗陋；新近楼厦，虽然高大，却亦是无装饰少变化无内涵少美感的钢筋水泥方格石块。一个城市的文化，就在这些断代鲜明建筑中一步步地颓败下去，关键是内涵抽空灵魂抽空……唯有随墙角年年绽放的水君子勒杜鹃，以及那几家永不装修的老店，让人略微静心，刹那间忘却人世，恍惚时光百年凝固不动。

读西关遗少材料，梁背着六榕寺古木制琴，在欧洲寻访琴友。

日内瓦湖边安静小镇，远方雪山，面前石头小屋，敲门进屋，墙上挂着八大山人水墨画，胡子花白的欧洲人拿出一张明代琴，两人相对而坐，对弹半日。此情此景，若以影视画面表达，将是何等美妙。《聂隐娘》里有，但内地作品里少而又少。落花无语，秋风瑟瑟……即便捉对厮杀的年代，我们民族依旧古风不绝；即便战地黄花分外香的岁月，亦并非高粱花子一统天下。

广州老城区，旧街小巷，浓郁市井味道，破旧老房子，变化的是招牌上的价格，不变的是走鬼地摊担小吃店面。恐怕十元一份的蒸笼饭是羊城市面最便宜的价格了，多为街坊生意，所以免费自助的饮汤，货真地道的粤式煲汤，大猪骨煲节瓜。二十五元一斤的红烧猪手。比较恐怖的是兔子肉，杀死剥皮现卖，保持屠戮现场，阿弥陀佛。客家豆腐，是我所爱；梅菜肉饼，食饭首选。喜欢一个地方，从喜欢食物开始。美食使人热爱，吃货热爱生活。

凉茶亦是羊城招牌，街坊老住户，无论长幼，只要土著，头疼脑热，首先凉茶铺，铺主半个郎中，一问一答，对症搞定。刚调广州，带学生去西安实习，学生一出火车站，就到处询问：有无王老吉。此为羊城第一凉茶铺。凉茶铺还兼卖龟苓膏凉粉等，都是祛湿降火传统食品。老街小吃店，老人与青壮年各占一半，不似内地老人多不在外食饭，但老人与少年有别，前者多食粥与拉皮，后者多食笼仔饭与煲仔饭。

一座城，除了电视塔、金融大厦、大剧院、图书馆、市民中心，她的基础仍在街坊民间，老街的传统小吃、菜市场、餐馆、老楼、居民构成一个经久不变的气场，代表着一种本土生活方式。无论风云变幻，日出日落，周而复始，从容淡定，自在运行。在街头吃一碗猪红配芋头糕，或西关濑粉配潮粿条，呆呆地小坐，痴痴地观望，想象着老街的前世今生，想象着三家巷周炳区桃们的民国爱情，虽与我无缘，却心生痴迷……

广州一大好处，尊重隐私，邻居好处。我的一梯四户邻居，除了我均为广东人，平时点头问好，微笑迎人，有困难时，出手相助亦是点到为止，不上门，不深谈，不纠葛，不嫌贫爱富——至少表面不会。也不拒绝交流，交流中自觉回避隐私。

羊城雨后，一派清新，鸡蛋花、白兰花、水君子、神仙果，叶子肥绿，果子挂枝。只是小年的芒果，寥寥无几，与去年的一树热闹构成反差明显，引我惊讶。还是木瓜树皮实，无所谓大年小年，不在乎风寒雨冻，任你四季轮回，我只是层出不穷地开花结果，收了上面的大木瓜，小的接踵而至，仔细端详，那大小木瓜的下面又冒出小花，勃勃生机，从不歇息。据说，香蕉芭蕉杨桃等，均是四季果实，可谓南国一景。

二　立春

大年初一，享受空城，车稀人少，空旷清静——这个充满移民和乡愁的一线城市。特意坐坐地铁，体验空车。所有司机，享受快车道，如骏马奔驰，几近脱缰。关于春晚，网友吐槽一片，达到南北出奇一致。我则被抢红包游戏抓了关注……首次中途退场。

江面无舟，路上车少，酒吧关门。偶有营业，亦是客稀，寥寥无几，这个老外在此约会吗？近年关，难道新区空城即在眼前？无人空场，寥廓中生出几许寂寞。不过，倒亦是另一番风景……

花城花市行花街，春日助兴，名家送福，亦是例牌节目。可惜控制入场，无法向连登、卢延光索字，岭南书画大家呵。因为飘雪寒冷，鲜花受损，进了花市，才知前几日去朋友大棚购兰花十足优惠，在此一谢。新鲜的是佛前庄严的金莲，颇具神秘；还有小资情调浓郁的风信子，清丽可人。总体数量似少于往年。

手机是花市娱乐利器，自拍杆蔓延各年龄层次，与家人朋友即刻互动分享，就是互联网时代连接之意义。谁都是现场记录者。

久不至北京路，意外大佛寺整修，焕然一新，金碧辉煌，在市中心繁华地段有如此大的动作，可见财力雄厚。大道有岸，法力无边。只比得门口的金猴黯然失色，失了几分豪气。这金猴，果然跳不出如来佛的掌心。

转过大佛寺，出花街即是北京路步行街，以北京命名老城街，表明岭南从来都在中原文化光芒之下。不过，小吃却不管那些，兀自保持着古老的称呼：香港撒尿牛肉丸。这"撒尿"二字源于粤语吗？十多年了，依旧刺耳，真是受不了。还有濑尿虾，也是屎呵尿呵，实在不登大雅。不过嘴巴不饶人，一翻舌头，吃货瞬间缴械投降，还要什么汉语原则？唉。花城美食，气场强大，不能俯首称臣，就老老实实做她的子民吧。

羊城冬天有点冷，游泳馆里亦有点冷。快到年夜饭了，提前一天消耗。自励：游泳使人进步，喝酒使人落后。五花马，千金裘，呼儿将出换美酒，与尔同销万古愁——切记：李白斗酒诗百篇，喝的不是五粮液，农家水酒而已。

三 端午

羊城扒龙舟日子，城里城外忙着起龙舟，从水塘掩埋的黑泥里抬上岸，清洗上油，焕然一新，准备重新下水，进入比赛。木棉花开过，芒果花消失，盛大花季正式开启，或有香或无香，或灿烂或素雅，主角恐怕是凤凰木，红花满冠，耀眼以至辉煌，还有许多叫不出花名的角色，甚至奇异到近于妖，这大概是岭南热带的一个特色吧？花绚烂至极而妖，勾人魂魄的妖，实话说，有的亲切喜欢，有的心生惊悚，细细想想，也一时糊涂：妖的界限在哪里呢？

端午晨起，去近处菜市场买艾草菖蒲，寻找未见，只好下载图片以遂心愿。古人形容艾草，"端午时节草萋萋，野艾茸茸淡看衣，无意争颜呈媚态，芳名自有庶民知"。可见其味道虽然清淡寻常，百姓却是喜欢。菖蒲叶子又直又尖，形状类似宝剑，又呼"蒲剑"，有端午节"手执艾旗招百福，门悬蒲剑斩千邪"之说。观张择端《金明池争标图》，原来北宋汴京亦有龙舟竞赛。我去开封时，见过城内湖塘，并不开阔，但据说当年水师练兵处，军舰布阵，声势浩大。千年之前，中原黄河流域水量充沛，皇帝亲观龙舟，民间当有民俗基础。遥想北宋端午，京都又是何等壮观。只是不知龙舟盛况，在广大北方维持多久，又有多么辽阔的地域呢？而我原本以为，端午节遍神州，而扒龙舟却是南方浩荡水势专利呢！

作家张梅说，感谢屈原老先生用生命为我们换来了一天假期！放假是很好很好很好很好的纪念方式，我们还想以同样的方式纪念：孔子、孟子、庄子、韩非子、曹操、刘备、孙权、诸葛亮、李白、杜甫、苏轼、白居易、刘邦、项羽、康熙、雍正、乾隆、孙中山等365位历史名人。

端午节在广州被直接称呼"龙舟节"，连续天大到暴雨，可谓端午水涨扒龙舟。羊城节日亮点也就是扒龙舟。值得一说的是它的民俗色彩，唱主角的不是政府而是村庄，准确地说都是大广州这个一线城市的城中村对传统之延续与传承。清末民初，广州古城墙里的老城区域不大，盘踞如今珠江两岸偌大地盘的都是有年代的村落。这些村落大多拆迁，居民上高楼，宗祠盖新屋，好的留条老街，差的痕迹全无。但老村河涌尚存，于是龙舟藏身冬眠处还在。比如，我住处对岸的猎德村，数排三十层以上村民大厦对着猎德大桥，新建宗祠广场前河涌连接珠江，龙舟大概就是从那里启动。印象深刻除了珠江水面锣鼓喧天，火炮齐鸣，呐喊声浪外，就是媒体报道龙舟如何从水里抬出清洗上油，竞赛后又如何再次沉入水中等待来年重出江湖，伴着一起一落的种种仪式，以及村民百家宴龙舟饭等，总让我有一种神秘敬畏之感，仿佛神明自然召唤于隐约之中……

四 立秋

转眼，一年立秋风至，轻盈展翅。多美的句子，宣告炎热结束。然而，这是北方中原的节气。广州的立秋，因为苏迪罗台风影响，炎热依旧。医院门前大屏幕预告冬病夏治的"天灸"，电视里推荐着心水煲汤：石斛文竹沙参煲瘦肉，小区游泳儿童班如火如荼，荔枝刚下桂圆主打……夏日正酣，酣畅淋漓，直至十月，方有凉风长袖上班日。这座羊城呵，中原节气印在报上，自家节气则在餐厅应季煲汤新换的菜单上，汝毋知吧？

一场秋雨一场寒，这意境刚刚体会一半，太阳就照耀大地，闪烁在花叶晶莹的雨珠上。太阳底下没有含蓄阴沉幽暗暧昧不明，全是明晃晃，全是烈日灼心，没有一丝侯孝贤电影里寥廓的冷调子，不由得想起十五年前在深圳读到的诗句：在没有寒冷没有季节的城市奔走/更想在下雪的时候回一趟故乡。羊城，珠三角大抵如此，所以东北籍的鲍十、李贺，笔下乡愁浓郁，多少亦是这没有伤春悲秋季节惹的祸，张欣、张梅小说景象无悲凉之状，黄爱东西的四季弥漫日常情调，花开花落总与煲汤相连。我散步的路上，香蕉木瓜开花结果，周而复始，哪有四季消长？阳台勒杜鹃亦是向阳盛开，一茬一茬，烈日愈盛，花愈怒放。这个入了秋的广州，唯有夜晚凉风传达些许秋意。闹心事两件：开学啦要忙碌，年轻同事发图诉苦；散步路上一棵白玉兰树无端枯萎，立在绿色葱茏之中，更显无人过问的悲苦。这些大概亦是我广州悲秋心绪吧？

越秀区开会，进小巷，意外见到状元桥。虽然四周高楼挤压，依旧有涌流一条，中学倚桥，牌坊支撑；新亭一座，名甘泉亭，可惜匾上无章，亭柱无联。好端端仿古，却无相当内容，不禁惋惜。请教百度，广州有五座状元桥！吓一跳，坐下细看，方知此座与明状元有关，实在大有来头。立起四望，为何修桥建亭，水淌清流，却不留下碑石刻字，唤醒记忆？

羊城老城区与新城区之区别，除了历史建筑所蕴含的传统之外，就是遮天蔽日的大树了，枝繁叶茂，高大成排，护卫老街旧巷，衬托老房子的沧桑。时间，有时候就是最好的艺术家，雕刻历史，沉淀时光，赋予底蕴，塑造一座城市。没有老街老屋老店老树老城区，城市再怎么现代，也不免轻浮苍白。我喜欢老城。

午后阳光，一个人午餐。热爱本土，寻找老店。简陋门面，餐桌塞满直至小街。意外发现门外老墙前有一座位，安坐如棋。享用十多个品种荷叶蒸饭中最爱的梅菜肉饼，辅以黄豆酱、生抽、老醋、辣油，细品梅菜逗引的肉香，梅菜内部交汇，酱醋外部包围；白米饭下，大片荷叶居然新鲜，清香犹在。分量足够，味道鲜美，仅十元，价不贵。店里店外一片粤语，都是街坊。一桶紫菜蛋花汤，大碗自取。面对老墙，遥想羊城先民，一千年之前，大概就食这样的肉饼、这样的蛋汤吧。

久不见阳光，格外耀眼。羊城周末，大街车少人稀，老街旧巷却是人声鼎沸。沙园市场，抓我眼球的是那些没吃过少吃过，或永远不敢吃的生猛食鲜，山珍海味，应有尽有，见所未见，却直接上市民餐桌，淋漓尽致，鲜活生动。

春天，从城里到郊外

头号顺德菜"捞起"：主角猪肚丝，富有内涵的肉香，在嚼劲韧与脆之间变得耐人寻味，并不过火烹油，而是素面朝天，妙在四周佐料围绕：姜丝、椒丝、洋葱丝、榨菜丝、芋头干丝、红白萝卜丝，加些许花生米、腌辣椒，淋几滴香油、蚝油、红椒油，装盘清爽靓丽，色相清秀可人；充分搅拌后，肚丝如众星拱月，大放异彩。捞起捞起，一如美人出浴，妙不可言；口齿生香，食之难忘。

广州越秀区，广府居民原点。穿过石板路老街，早餐热气隐约怀旧情调。老城先人亦是这一粥一粉吗？咸骨菜干粥，荤素搭配之典型，咸骨与大米熬制，辅以本地菜干，再点缀黄豆，肉香米香菜香豆香融汇贯入，暗香浮动，舌齿弥散。一粥入口，通体舒畅。狭小店面，低矮阁楼，竟然亦是顺眼舒服。

少开火，少做菜，只为逛逛菜市场。走过甜品店，学老广喝碗杏仁糊芝麻糊红豆沙绿豆沙。红豆沙里加陈皮，绿豆沙里掺海带。食疗无处不在，不禁追问：药材入食如何形成传统？源远流长。潮湿烦热之地，并非广东一处，但唯有老广"食疗"蔚然成风。缘由何在？缘起何时？一时惘然。

雨中花都。山坳中，油菜花成片。花都，划归广州，城外一个区，梯面为山区。梯面地名入眼，心头一动，浮想联翩：天梯、梯田、高山、高地……此名何时诞生？似顺德逢简：千里相逢，简约之美——可谓诗意盎然，三生三世十里桃花，平添古诗词典雅之美。

访范仲淹后人山居。农庄春雨不止，淅淅沥沥；山间云蒸雾绕，朦朦胧胧。桃花沐浴，刺桐挺拔，黄花风铃木自在潇洒。她们虽无油菜花阵势，却如山间高人，孤高清傲，各具风姿。还是农舍天井瓦檐水珠亲切，坠落成串，滴滴答答，悦耳动人。淋湿母鸡一只，咕咕护住鸡崽；三条大狗，乖乖绕膝乞怜。农家茶、农家饭、农家酒，闲坐话范公。

广州郊区从化，流溪河畔，青山连绵。徒步十公里，阅尽春色。橘林十里，桃花十里，更有李树十里。青笋破土，毛竹满坡。靠山吃山，竹筒饭就地取材，青竹截断，凿一方盖，内置大米腊肉排骨，荷叶加盖，置铁架上大火烧烤，竹筒烧黑，肉饭飘香。入口软糯，腊味嚼劲，米香荤香，完美融合，比起砂锅饭醇香更多一份竹子清新，油而不腻，回味无穷。

从化大盘鹅，再次挑战我的美食记忆：羊城深井烧鹅、黄埔古法烧鹅、清远田螺煲鹅、潮州澄海卤鹅……大盘鹅出场，气度不凡，大将风度，首先盘如开口小盆，其次鹅块排列如阵，最最要紧的是本地肥鹅隔夜腌制，卤料充分渗透，既牢牢锁住肉香，又保证了鹅肉的嚼劲。奇特处在于既有烧鹅皮肉焦脆，又有焖烧焗锅之透彻。大块进口，满嘴生香，味蕾十万，疯狂盛开，何须三生三世十里桃花？从化溪头村大盘鹅横空出世，足矣足矣！

竹翠橘黄，桃红李白。菜花野地，枇杷枝头。小雨怡情，水洗青山。近观野花烂漫，远望青山如黛。赤桐花红似木棉壮丽，羊蹄甲一树繁茂白花如雪。旅友手机虽小，却收入羊城远郊美景。初春雨中徒步，细雨扑面，青山满目，回到童年：无忧无虑，没有烦恼。

春末访黄埔军校

新洲码头，坐水上巴士，与公共汽车一般，嘀卡上船，一元一票，便宜且宽敞，江风浩荡，波澜起伏，沿岸军舰停泊，货轮维修，仍有疍家旧船，抵达深井码头，发现仍有客运小舟，招呼游人，他们是去哪里呢？相当城中村载客电摩，多半去公共大巴无法抵达之偏僻处。难道过岸，或是另有沙洲小岛？飞机、高铁、汽车、轮船，今人追求速度。但接近古人慢生活的唯有舟船，而且舟愈小，愈接近。最好摇橹划桨，一叶扁舟，多半梦中。

黄埔军校英名天下，几乎遮蔽了长洲岛。其实岛上还埋伏着千年深井古村。不仅有名校古庙古炮台，有吾爱之深井烧鹅以及茶茗雅居，还有文塔宗祠古建筑。深入岛心，内有大片古村建筑，成坊成里，石板铺路，街道俨然。虽然被新楼切割，坚固门楼，严肃祠堂仍在，古风犹存。

惊诧的是近代女作家凌叔华就出自长洲岛凌氏。凌与丁玲、林徽因并称为20世纪20年代"文坛三才女"，作品遍及世界，影响深远。遥想凌当年为京城名媛，黄埔军校开学典礼之翌日即于京城家中，以燕京大学外文系学生身份，召开文化名人聚会，招待印度泰戈尔。徐志摩、胡适、林徽因、丁西林等名流云集。惊动京城媒体无数，其抓眼球指数，远在黄埔典礼之上。凌父为康有为同榜进士，并点翰林，授一品顶戴。凌祖籍于此，小岛亦有名门呵。

雨纷纷，旧故里草木深；我听闻，你始终一个人。斑驳的城门，盘踞着老树根；石板上回荡的是，再等，雨纷纷；旧故里草木深，我听闻；你仍守着孤城，城郊牧笛声，落在那座野村。缘分落地生根，是我们……周杰伦《烟花易冷》即此境界。人走楼空，忧伤主调。只是阳光明亮，没有雨，天惆怅。

龙潭古风天后诞

广州海珠区龙潭村一年一度的"娘玛诞"（亦即天后诞）大型巡游活动自明代开始，已有几百年历史。巡游队伍中的"肃静""迴避""天后元君"等牌匾自清代保存至今。在我看来，巡游队伍三重特色：古风；节庆；时尚。仪式古风犹存，乡村欢乐节日，新人装扮时尚，笑容游戏。

巡游队伍由约三十个细项组成，其中有八名大汉抬着天后像乘坐的龙轿（銮轿），由带刀护卫以及十三太保兵卫护，有女子（旱）龙舟队、凤艇队，还有天女散花，舞龙、舞狮等，鲜艳夺目，五彩缤纷！

天后诞的祭拜仪式简洁而欢快，无一丝肃穆。鸣炮之后，俩妇人持供盘绕场一小圈，到天后驾前供奉。众小童在喇叭指挥下，踊跃趋前，发出鸡鸣咕咕声，女指挥亦借喇叭发声，并与众小童跳跃，引得围观者欢笑一片。随即舞狮，豪华南狮，专业舞姿，刚劲豪迈。

双狮登高采青：屋檐悬挂绳索串联三物：生菜一棵；双喜香烟一条；桂圆树叶一串。双狮伏地敬贺主人并奉上三物。接着舞龙，绣球导引，彩龙腾飞，绕场三圈。仪式后继续巡游。旗帜领先，官牌紧跟，刀手护卫天后座驾启动。

供奉两担紧随，金猪一担，花果一篮；七仙女散花与六金鸡靓丽可人，少女着古装戴花环，小童则头顶金冠，扮作雄鸡。旱龙船众妇人，神采奕奕，还有粤语号子喊出。压尾的是社区社工服务队，统一T恤，已是现代服装了……

城中村，宅基地不大，但家家高楼拔地而起，握手楼逼仄，内部环境较差，河涌边以及村民广场则靓如花园，构成反差。街道清洁工随时清扫，多操外地口音，外来工成群。本地村民闲适淡定，老人孩子沿湖而坐，石案石凳傍着榕树，河涌碧波，人树倒影。可谓古村古桥古屋，古风犹存，传统延续。

龙潭村供品应该具有珠三角特色。今天所见并不繁复，抓我眼球的是生菜、桂圆树叶，老何胜记告知：生菜意头最普遍，生发生发，发财致富，人财两旺；桂圆即为龙眼，和谐村名，绿叶勃发生机，亦为旺盛喜兆。红枣、花生、纸糖合成供品，还有岭南佳果蔬菜等。戏台正上演粤曲，日常中的神圣与生活气息扑面而来。

民间工艺展：浓淡相宜本土艺术

新年第一缕阳光，献给本土艺术。广东工艺展三亮点：更加注重本土；鼓励青年专设青年创作区；邀请各省特色工艺参加。花灯大狮、岭南舞狮、客家围屋、龙舟竞赛、广彩潮雕等，与北方工艺形成粗犷与细腻、阳刚与柔美之反差。

第一次目睹沉香表演，可惜隔帘观看。山西、越南展位，印象深刻的是沉香，居然成一收藏门类。产业、附产品不少。中山之所以称香山，是与此地香木成林有关吗？

见识了如此高大上的巨型木雕，材料巨大堪称奇迹，工艺其次。获奖作品，多为巨型。其实也可以取些小点的，艺术水准不在个头大小。展览门前，也是巨型工艺作品，属于不同门类工艺。不少作品已经超越工匠而跃升为艺术品。

头牌即潮州，当下广东最重本土化之地域。广府、客家、潮汕三大民系中，潮州最看重传统。邻居的深圳则是走时尚一路，艳丽不少，但内涵分量大不如潮。

猛犸象牙雕作品堪称一绝，首次见识，感慨不已。雕工精细，其他瓷器、竹雕、木雕、石雕、玉雕、酸枝木家具，各具其美，各有绝色之处。眼花缭乱、目不暇接，可惜闭馆在即，只好走马观花，浮光掠影，匆匆而过。肇庆砚台独成一家，曾经细看半日，也只好过门而不叩见了。

同事强哥一门心思专注于广宁绿玉也令我印象深刻。广宁因为有绿玉而在广东独树一帜，跻身四大名玉。强哥数年专注，其热爱加坚持乃本土化精神之写照，甚是钦佩。

北方工艺似更近主流文化，无论主体文化传统抑或宫廷贵族文化，如内画艺术之代表鼻烟壶。泥人张出于天津，自有一份北地雄浑。山东木雕刀法粗犷大气，与潮州木雕之精致入微，迥然不同。不过我观山东出品四大美女木雕，似乎独独少了女性妩媚。黄土高坡的布公鸡与布老虎属于一个家族吗？为何雄鸡崛起，老虎却不见了？

至于西安唐三彩，则与洛阳出品一脉相承，盛唐气象，雄浑大气，骆驼与马都是物流概念，让人联想穿过西域，直达欧洲，贸易天下的繁盛大唐。

新疆泥塑，又是彻头彻尾西部粗粝豪放，没有上釉，没有上彩，仿佛现成泥巴手捏而就，即刻进炉烧成，原生态质朴一如辽阔天山，坦坦荡荡，无须粉饰。细细品味，依然不是纯粹民间工艺，艺术家良苦用心在眉目间流露，衣饰刀法粗犷豪放，但表情传达却是细腻的。心头即刻呈现问题：传统工艺到底以何取胜？工艺精湛超群？还是文人趣味进入创意？传统模式千年不变？还是融入时尚焕然一新？创新，或戴着镣铐跳舞？或在框架范围中有限发挥？什么元素可以进入？有没有底线？

青年展区，显然时尚。传统工艺于历史长河中形成传统，传统自然亦在长河中流动，并非僵死，并非一成不变。但如何变？似大有讲究。没有规矩，不成方圆。没有传统工艺，工艺品之精神恐亦不存。故此，吾不赞颠覆，宁愿渐进。全球化同质年代，若无把握保护一种工艺，宁愿文化保守主义。

各个摊位，大多展销。唯有华南农业大学园林学院展位是纯粹推广民间艺术，一高个女生，认真地向我们介绍传统手工木雕的发展与传人，几乎就是完整的一份田野调查作业。真挚以至虔诚，向他们致敬。

工艺师现场演示，亦是亮点。一个聋哑人工艺师展示他的专利，蜻蜓点水，竹制蜻蜓居然可以稳稳地立在你的手指尖上。35元一枚，可惜工艺到家，产品包装没有到家，停滞在简陋原始状态，没有突出卖点。传统工艺走进现代，尚须长期探索。

元旦午餐亦本土。正宗广州云吞，首先纯粹上好猪肉剁馅，一般不加北方人喜欢的佐料，更不近芝麻油或"十三香"之类，只求单一纯正。不过，常见的卖点是每一枚云吞肉馅中加入一只剥壳鲜虾，晶莹剔透虾肉成功卧底，焕发生机，提升鲜味。加之一碗清汤由高汤支撑，几瓣韭黄点缀陪衬，面皮既薄又韧，与鲜肉清汤充溢齿舌之间，渐渐地将云吞鲜美推向峰巅。完美呈现粤菜口味清淡，淡中求鲜之美食原则。仿佛清水芙蓉，淡而大雅，余香回味，三日不减。岭南美食，吾折服矣。

地方饮食同为民间艺术，吃的艺术。吾于看与吃间寻觅岭南四方本土。

禅城：古风犹在

从广州开车去佛山，穿过南海、桂城区，抵达禅城区，就是老佛山地盘了。同行告诉我：老地头就是禅城区小小一块。有祖庙、泥磨岗、东华里、南风古灶、梁园，民间草根的挥春街，不但保留佛山广府文化古风遗韵，亦在破旧骑楼对联摊子上显示古城人对传统之喜爱。广东第三大城市佛山，在"广佛同城"中保有广府遗风，尤见珍贵，值得关注。

在挥春老街吃传统小吃，倍感风味。牛肉拉肠是招牌，搭配鱼片粥乃首选：牛肉制成馅，细粉切片包裹，妙在广东特产陈皮碎粒加入，肉香之中平添一种异香，清新爽口，更显肉馅米香汇合美味。鱼片粥十足粤菜食材自然新鲜之传统，上好鲩鱼薄片，汇入滚粥，姜丝压腥，青菜提味，鲜嫩爽滑，又是另一番景象。

老街旧巷，民国遗韵，想见当年繁华。但居民坊间更喜百年老店，传统口味，街坊价格，居然十元八元，一菜一煲，数十年不变，仿佛世外旧景，令人拭目细看。岂止丰俭由人，一如老家老灶，家乡老店，世事变迁，人事沉浮，时过境迁，他或她——还在那里，一直在那里……

佛山虽与广州一城之隔，古人出了城门，一甩马鞭即入佛山地头。如今地铁半小时即达佛山中心祖庙。但"广佛同城"框架中，仍在广州都市形象衬托中，显出古城风韵。我的感受，似乎半城市半城镇，传统氛围，古粤遗韵，四下弥漫，散落天地。骑楼佛陶，显示民国商贸富裕；顺德南海经济势力，突出古今贯通地域丰厚。文学在广东省各区域排名第几呢？外地客籍作家与本土作家汇流，打工文学发源地与当年佛山大学，声名齐飞。如何客籍本土双剑出击，共绘佛山？如何共同描述这方既古朴传统又汇入现代的热土，实在是一门值得探究的地域文学课题——当然胸怀天下，尤爱脚下土地。明知全球一家，更知本土珍贵。

佛山文学名家有吴趼人，既是作家，又是出版人，在上海有自己的书店，其作品有广泛市场和众多读者。还有入当代文学史的作家草明，是佛山所辖顺德籍。目前，进入"打工文学"向城市文学转换，《佛山文艺》渐行渐远，新城市文学呼唤崛起。历史所然，亦是地方地域彼此竞争暗自较力之逻辑使然。乡村正在告别，打工期待融入，广府遗风尚存，新城市人口、新经济奇迹之下民风民心变与不变，皆可入诗，只是诗人隔岸观火，别人的城市如何入心？成为心中风景，实在是一个历史与心理过程，值得关注。

这城，名佛称禅，颇有古风。印象中有祖庙、公仔、古戏台、粤剧外江班、《佛山文艺》、打工文学、佛山大学、广佛同城、顺德美食、西樵山。广州边上好玩好吃之地，广府文化犹存古风余韵之地。无大都市喧嚣，有城市气象。

佛山石湾，陶的世界。马槽瀑布，意料之中。陶瓷马桶瀑布则是创意，一旦形成规模，亦抓眼球。但审美感受中却难免有几分怪怪的，因为联想并不柔美。不比禅意的小和尚，透着生命气息，亲切而温暖。

泥、釉、火，三者结合为陶，千万年琢磨，遂成陶瓷。日用与艺术，石湾于明清细分行业，甚为壮观。古灶炉膛如长龙卧山，分若干小门置放泥陶，分门点火，干柴烈火，高温烘焙，神奇变化，塑造成品。地下的泥巴，天上的火种，人间的智慧，天地贯通，上下交汇，何等奇妙。

陶艺耐人寻味：何谓日常？何谓民间？何谓传统？何谓新中式？何谓文人范？似乎一目了然，似乎又难以明言。无法定量分析，只在艺术趣味之中。似乎虚幻，其实有迹可循。日常家常陶具，如何过渡艺术境界？并非银河迢迢，遥不可及；但也非举手之劳，唾手可得。

广佛同城：血缘般天然亲近

广州驱车近一小时，从芳村进入佛山南海区千灯湖，被誉为小"珠江新城"，为金融高新区。街道宽敞，大厦林立，现代气派，商城风范。让我疑惑：这是内地三四线城市吗？看来所谓"广佛同城，南海先行"，真正名副其实。不过，走进一幢大楼，突然看到许多石湾公仔，让我惊醒：到了佛山。看来禅城、南海，实在是"两个佛山"呵。我这个新广州人，对佛山有一种天然亲近感，但也正因为佛山是广府文化的发源地之一，非常接近广州并具血缘般关系。虽然多次访问，却并没有为佛山留下一篇整体印象的文字。

此次规划局聘任监督员麦德楷陪同考查，楷叔介绍：禅城区古色古香，风格与南海完全不同。三大历史文化：祖庙、武术、粤剧文化。明末清兵屠城，广州人大批逃亡，既为佛山带来先进工艺，也给予了佛山发展机会。土生土长的楷叔，据说为方言调查专家青睐之语音采集人，可惜普通话不灵，借助翻译，又跟不上我思维，只好自己边看边记。

佛山自古"有城而无墙，无墙却有集市"。并非军事要镇，却与广州连成一片，形成商贾名镇。海河通道，连接大海，集散码头，商贾之地，物流交换之地。它还有不少符号独特，比如说黄飞鸿，影响一直延续到台港澳，据说拍他的影视剧就有上百部之多，介绍黄飞鸿的书更是数不胜数。还有产生于现代工业的"自梳女"。佛山还有"龙"和"狮"的文化图腾。所谓龙，就是扒龙舟，龙舟在整个珠三角乃至中国的江河流域影响广泛。但南狮独特——我曾经在西樵山下看过南狮表演，惊心动魄，功夫扎实，令人浑身血脉贲张，精神为之一振！谁说南方没有血性？

中午来了三代建老房子的世家子弟梁炫星——学计算机出身，白净斯文，戴顶布制鸭舌帽，平添文青气质。我与他迅速接上话头，即刻抛出难题：佛山人与广州人到底有无不同？小梁慢条斯理娓娓道来："我母亲从广州嫁来佛山，别人一看就知非本地人士。为什么？可能与生活场景有关，广州人喝茶茶楼，行街百货大楼，坐船珠江码头，所以话题多，其中少不了谈点时下国事；佛山本地街小巷窄，除了做工，就是纳凉时聊聊生活小事，街谈巷议，见识少点。不过，现在交通资讯发达，年轻人已与广州有差异呵。"我对回答颇感意外，大声赞赏。

一旁陈导亦有兴致，上前表演广州人与佛山人进酒楼包厢之不同姿态：前者进入，目光一扫，开言各位都来啦，昂首挺胸，态度倨傲；佛山人呢？身子微倾，频频鞠躬，态度谦卑友好。众人哈哈一笑！我则寻思，佛山亦是码头，但江湖气显然掺了一半淳朴乡风。古诗云："草色遥看近却无"，地域与人性格关系最难辨识，你感觉有却常常难说清楚。此刻一说一演，透出个性端倪。但，真是这样吗？不过，后来梁先生告诉我广东有一个说法：顺境看广州，逆境看深圳，绝境就要看佛山了。

祖庙，我心目中佛山地标，一面城市旗帜。一条巨型木雕，其中一出戏有金匾，上书三字"金銮殿"，三字覆大明江山，可见工匠用心良苦。北帝神像，神采奕奕，司管水道，贵为水神。佛山水网密布，极易患灾，供奉道教水神，护佑一方。农历三月三，为北帝诞，抬出神像，仪仗游城。"三雕二塑"：砖雕、木雕、石雕、陶塑、灰塑，美不胜收。祖庙古戏台，大视野，金碧辉煌。粤剧演出名址，古代精美建筑。多少名伶，唱出绝代风华。

　　佛山城市规划考查，听到第一个细节即关于祖庙。佛山市美术家协会主席区锦生先生回忆20世纪60年代初期，他从广州美术学院回佛山老家，正逢两派武斗，双方都没有动祖庙的神像。他们心中，祖庙是一块圣地。相约要打仗，就到城外去打，祖庙不可亵渎。而楷叔说法则是城中百姓自动组成人墙，舍命护卫。可见祖庙在佛山人心目中的地位。祖庙最后一个院子是黄飞鸿纪念馆，可惜时近中午，过了每日十点例行的南狮表演。幸好刚拍完佛山本土电影《狮父》的陈茹导演，与舞狮者熟悉，荣幸得以合影，沾沾帅气。

　　佛山古语"先有塔坡，后有佛山"。古称季华乡，唐贞观二年，乡人塔坡岗掘地，发现三尊铜佛，遂改名佛山。原址建古庙祭祀，三佛金身。到访五台山师傅说："真正古庙，绝不藏污纳垢。"志愿向导介绍：奇妙于古庙瓦宇上不落一片树叶，虽庙后有小叶榕与凤凰树各一，枯叶只落天井，实为奇观。

　　蔡李佛南拳，发源江门。张炎（鸿胜）为佛山人，江门学艺后，遵师命回佛山开武馆，推广南拳。鸿胜名蕴含抗清复明，因朱元璋大名中有洪字。后由于李小龙、黄飞鸿、叶问，佛山武术扬名天下。可惜此行匆匆，没有采访武馆。

佛山粤剧博物馆，借民间祠堂大屋，虽难称巍峨，却也气场十足。佛山乃粤剧主要发源地，粤剧又称广东大戏、广府戏等。粤剧祖师华光大帝，贵为南帝，掌管火之神。昔日艺人下乡演出，红船交通，竹葵戏棚，易遭火灾，故奉华光护佑，红船上必有华光神位。红线女戏照，光彩照人。红船模型，可见水乡华彩。多少剧团班子为古今乡民，送去欢乐与祝福。当地粤剧戏场，至今不衰。馆前广场有四十多个私伙局，由票友自行组合，中老年人为多。日日演唱，二胡扬琴，戏腔嘈杂。相比广州恩宁路新建华丽巍峨粤剧博物馆，佛山馆更质朴更民间更接地气。

标哥，有情怀的企业家，佛山地标双溪酒楼主人。谈及双溪，竟有一段童年往事刻骨铭心："小时候，我家很穷，早早被送到外婆家住。我是家里最小的，可是也吃不饱肚子，可想而知那时多穷。舅公在双溪酒楼做点心师傅，以前做酒楼，没工资收，只管吃饱，但有时可以带走一袋包子回家。一天，外公带我去见这个舅公，他给了我一个叉烧包，对于饥饿的我来说，叉烧包遥不可及。五六岁时每到下午四点我就准时站在酒楼门口等舅公下班，等他给我一个叉烧包。等的时候，蒸笼里飘出的香气，常常让我直流口水，有时不知道舅公休息，等到大家下班，我就饿着肚子回家。第二天继续去等，直到八岁，知道害羞了，才没有再去。"

标哥说，没有双溪酒楼就没有童年那段快乐回忆，所以，这份特殊的感情，让原本做建筑生意的他，43岁半路出家，接手酒楼。他觉得，如果自己不接手，双溪就会被拆掉。自己童年记忆就失去了。酒楼里早茶食饭的街坊也会失去他们的记忆。所以，他坚持不改名字，就用双溪酒楼。别人劝他，应该焕然一新，换一个名字，至少加一新字。他说，改了名字，接手就没有意义了，双溪酒楼就不再是双溪酒楼了。我就是输了，也要坚持下去。如今，一块"双溪茶室"旧木牌匾一直被悬挂在酒楼最显眼位置。对于佛山叠滘人而言，这间百年老店就等同于广州人心中的"陶陶居"。

双溪酒楼午市丰盛，全部客满。酒楼总经理罗祥宁亲自介绍：赤小豆鲮鱼粉葛煲，每天只做五煲出售，整条鲮鱼双面煎黄入汤，与赤豆粉葛鸡爪排骨合煲五小时方成，汤汁浓郁，荤素香汇；泰汁冰川茄子，茄子来自云南，茄油炸，淋泰汁，极为糯口，食材难得；精典小炒皇，珠三角河虾，本地韭黄芋头烧肉彩椒切丁快炒，生菜青椒裹食，鱼酱点料，甚是爽口；巴玛香猪，出自广西长寿乡巴玛，肥而不腻，荤香满溢，无丝毫毛味；三层海鲜拼盘上桌，冰粒成柱，上铺生鲜北极贝三文鱼，鲜花桑叶衬托，红白相间，鲜艳夺目——令人眼前一亮。我脱口而出：冰山上的雪莲。言犹未尽，又口吐成语大赞：冰清玉洁、林海雪原、冰雪三鲜、神仙眷侣……问及此菜名，三拼点心。我当即对罗总直说，岂能只用"二拼三拼"命名，实在亏待了此等美看佳点，尚须包装，提升档次。一旁陈导赶紧打圆场：佛山人，务实低调，主要求菜好。

莲塘村，亮点为家族本土信仰——当地神宋朝将军康君主帅，七月七为主帅诞，属于本土一村信奉，寺庙正在恢复修建中。不禁联想日本，各地既有国教，亦有本地神，同为造福荣耀本地士庶百姓之官吏将军文人——此恰好是历史文化之"本土诉说与本土记忆"。

佛山被誉为陶都，建筑陶、日用陶、艺术陶形成三大支柱。其中石湾公仔享誉广东，名播海外，构成佛山另一张名片。石湾南风古灶,亮点就在五百年灶火不灭,全世界仅有这两条古灶仍在使用。看沙模,忆当年,想象一山百座火灶,齐齐生火,窑窑出陶,山上青烟,山下船帆,工匠船工忙碌,商贾往来频繁,又是何等业茂财旺之景象!

南风古灶边有大庸堂——广州美术学院魏华教授工作室,镇店之宝大头娃一派现代风。在石湾公仔基础上,融入非洲南美元素,抽象性与现实,精英理念与世俗诙谐交叉融汇,别有一番风味。类似图腾石柱上,有伟人与释迦牟尼佛,令人回味。驻守店面艺术总监、来自内蒙古的李晶晶笑言,艺术家潇洒,多沉浸自我创作世界,市场进入与他人合作稳妥。看来文化创意产业,急需左手艺术右手市场、精于世道艺术的内行企业家。

离开佛山后,梁炫星发来微文,一展宏图:跨越千年之大家族,贯穿数百代之梁氏。群英荟萃,历尽沧桑。上溯远古先祖,沉浮起落,直至珠玑巷南下,开拓珠三角。近代有世誉"康梁"之梁启超,民国总理梁士诒。梁姓人口数达1100万之多,荣列佛山第一……梁炫星深情诉说——不由让我联想佛山古城,聚集多少英雄豪杰,移民土著同居水乡开发南粤,其中又有多少巨族豪门?多少传奇故事呢?佛山以佛得名,却以道教北帝为祖庙,其别名禅城,参禅参禅,既不言不语又千言万语,既寂默如谜又气象万千。

佛山显然既保持了传统的广府文化个性,在四十年的改革发展中显得卓尔不群:保持地域传统主调上,兼具现代时尚气息。它低调务实,日常世俗,自有潜在民间信仰,却绝无一丝颓废与荒诞感。既安静稳妥居于喧嚣广州一侧,又生机勃勃面向未来面向世界,实在是一座毗邻广州独具风采的南方"大码头"呵!

清远大山，有一种美丽你不懂！

佛冈一日：大山里的美丽乡村

佛冈有佛，因观音山而得名。人口不多故为佛冈县。在广州以其温泉盛名。佛冈之美丽乡村存久洞，自然资源一般，地貌无特殊，一条小溪穿过村庄，山水清澈。抗战时期为我军一个团部所在，日军轰炸投过炸弹。我兴趣在于种植大户青年陈友平，他经过四年试验，山沟里成功种植金线莲，可售上千块钱一斤。他在房地产公司做过培训师，出口成章，铿锵有力，活泼生动。陈讲十九大，一套一套，生动胜过教授，且有泥土气息。

如何在红色资源基础上，开发乡村旅游，种植大户的深山农庄或许是条出路。每一个乡村都在寻找出路，说易行难，靠天靠地也要靠自己。

群山环抱，玉带环绕，村名渊源不清，明末从从化迁入，忠孝文化，传统深远。牌楼老人议事，重大节日全村升国旗村旗，升旗时全体穿蓝色村服。集资建农家乐，植观赏花成片，节日时有数万旅游者参观。国旗之后，村旗昂扬，上书"李"字，想是村祖姓李？

村文化室墙上有旧标语——毛主席语录：没有贫农，便没有革命。若否认他们，便是否认革命。若打击他们，便是打击革命。

王田村，宣传材料类似年度总结，几无亮点，美丽乡村亦同质化。追问下方知顺德大沥迁移500年村子，曾出过一名榜眼，但村主任对此所知甚少，连名字都记不起来。询牌坊等，也一脑门糊涂，令人失望。倒是种植大户的一片百香果，生长得痛快淋漓，让我知道今年广州大丰收的百香果原来如此蓬勃生长。

铜溪村虽然只有四百人，却比几千人大村更有发展冲劲，缘于身份？村民自称是朱熹后裔。难道先祖召唤使然？文化底蕴一直在悄悄发挥作用，村民集资，重整山河，客家围屋已初具民宿。此为真正远方。

英德：古之英州，地灵人杰

英德，早上微微小雨，凉意陡增。顺北江往上游，山更高，果然是喀斯特地貌。第一张名片是英德红茶，还有英石、温泉、旅游点等。大芥菜遇霜倍鲜，一丝甜味回甘。清流螺蛳，尽显小荤风采：鲜活而动人。

英山出英石，英为花，石如花。宋宁宗做皇上前曾封此地，登基后感恩改为英德。《小泊英州》诗中，诗人杨万里谈及英石。苏轼曾途经英州，顺北江而下，留下诗篇。英石开发，从山上开掘，暴露为阳石，粗粝多皱；藏于地下为阴石，石面光滑。开挖近于考古，细细刨土，专人指挥，30个铁葫芦30个工人手工拉提，铲车拖出大山。望埠镇成就英石行业，每年产值约十个亿。太湖石"瘦皱漏透"，英石相近，却更加浑然天成，阳刚大气。英石销售百分之四十在江浙，英名被太湖石遮盖。

邓达意，中学校长出身，下海经营英石庄园，谋取英石行业发展。敦实汉子，声若洪钟，元气充沛。介绍英石园，遥指石像，询众人像什么？我当即道出，像《西游记》师徒四人西天取经。他惊叹：童心不泯，尚存儿童想象力。吾闻之大悦，接口道：愿减去三十岁。邓总以英石为事业，投入并热爱。对其庄园酒店度假休闲有一套想法，吾视为大山中奇人一枚：南人北相，英武磐石。

英红九号是茶之品种，红茶是茶叶加工形式之一。全尖芽为金毫，三万元一斤，因5000株茶才能采一斤。发现农民对老树砍伐，便挂牌或拜神符以示保护。李总以慈善家方式做茶，似找到人生自我实现境界，志得意满。远眺大山，茶若人生，回味不已。

英德西牛镇扶贫项目——宽体金钱蛭(蚂蟥)，用鸡粪养田螺，喂水蛭。干蛭近千元一公斤。一亩纯利二万余元。蔬菜园，睡莲种植，农副产品加工，贫困户提供劳力，企业出资金与技术。西牛镇三宝：白菜干，麻竹笋，韭菜。我在劳作的农夫农妇脸上看到淳朴笑容，生活期盼亦在其间吧！

英德发车，半小时翻过大山，进入高地小平原，清远华侨工业园区，一百多家高新企业，二万多工人，已建十年，15年后目标建成25万人新型城市。园区正在技能大赛。吾意外之余，遥想大山中的小城。互联网与高速公路，让乡村美丽，新城出世。

阳山：穷处奋起，寻求突破

阳山，半江半山半入城。面连江而建，亦是一座古城。阳山牛骨，粗大壮硕，食客以管吸吮，正是成语"敲骨吸髓"，充分显露吾广东食客搜括天下美食之穷追精神。轻吸轻吮，肉汤异香，混合软软肉糜，味道与质感完美呈现，外观与内涵相得益彰，口齿生津，微醉似醺，已臻境界。

印象中阳山与韩愈相连："阳山，天下之穷处也""阳山穷邑唯猿猴"。后人称，世人先知有韩愈，然后知有阳山矣。阳山至今也是贫困县？媒体露脸甚少。韩愈在阳山一年多，亦有英名，但远不抵潮州八个月让"江山尽姓韩"，韩江韩山，实在了不起！反而观之，两地文化底蕴不同，文化温床不同，故种子落地会有不同结果。

专家告知：后世的文化认同也起了作用，苏轼写的《潮州韩文公庙碑》"匹夫而为百世师，一言而为天下法"名句流传。粤东经济发展，潮人反复援引韩愈在潮教化以证自身文化的正当性亦为原因之一。可见，文化传播古今同理：愈描述愈显个性，愈传播愈见特征。

距离阳山县城半小时车程，一个背靠大山村子，雷公岩村。保留从前的土围子，有四座炮楼，上有枪眼。土围子外面，新农村景象。进农户，言米饭玉米粥红薯轮流吃，今天吃猪肠。洗衣妇，身边放手机，问知家妇多有。村主任黑脸汉子，长得像姚明。

山根村，500多人，梁姓。老屋中地主旧宅外观最好，高大木门，门楣雕花。理事梁远志留下理由"留下来比不留下来好"，种菜种果种食用菌，加上租地，共200亩。打工多从事铝合金制造、运输等。新房多为打工或读大学在城里落户者赚钱所建。盖不起新房的还住旧屋，黄泥稻草让牛踩踏成浆压晒成砖，上好泥砖内掺黄糖以至坚硬，历经百年，坚固依然。此村尚未授牌，美丽乡村起步，按城里人眼光装饰参观地带，一个垃圾桶呈现城市文明，一溜石器代表历史沧桑。但形式之下如何表里共进，真正提高乡村生活质量尚有长路要走。

阳山大崀松林村好处在于土地整合，把外出打工者撂荒的土地，由村委会整合起来，零散分散土地连片，修机耕路，便于现代经营管理，再租给种植大户。开村民大会，让农民理解，签约：或出租15年；或土地入股。电商伍红花，三十多岁女性，本村人，每月发货一万斤薯干无花果等，每斤利润约3元，月收入几万。现贷款500万，成立公司投资冷库与农副产品加工厂。自言开工要150工人，首先解决贫困户劳动力，工作简单，有手有脚，坐着洗削红薯就行。

乡村在凋零、流失、荒废、空洞化，如何化颓势为优势，如何在城乡互动间找到一种平衡，如何有表有里？美丽乡村实践探索：方式不一，道路很多，坚定前行。世上本无路，走着就有了。希望在未来，走着走着，花就开了。

东莞南社，祠堂后面的故事

初夏酷暑，顶着烈日，访问东莞南社明清古村落。到了门口才知这里是4A景点，门票30元的游览地。走进南社，一条小涌贯穿整个村落，两边是民居与古祠堂。东莞目前犹存明清以来建祠25间，单一姓氏的村落祠堂众多，确为罕见。南社地势风水，印象深刻。全村形似一条帆船，树中五百年古榕树为桅杆，村东头九世祖墓园为船头，民房为篷，鱼塘为船舱。这样的地势，这样的风水，特别是船头安上先人墓地，颇具祖先崇拜形态。

另外两个亮点：一是武进士家庙。谢氏十九世祖，官至一品谢遇奇。这位武进士随左宗棠平定新疆，战功卓著，封建威将军，朝廷恩准在家乡建一座家庙。封建时期，天子建太庙宗庙，士大夫建家庙，百姓建宗祠祠堂。严格规定，不可逾越。将军生于1832年，卒于1916年，活到了民国初年。他的官服战袍武器，以及一把重约180斤的关刀"文革"时被当废品卖掉，消失世间，惜哉惜哉！

二是文官谢元俊书房。谢元俊，光绪二年进士，光绪皇帝身边谋臣，他建的书房，有一个六米高四面透光的天穹顶棚，别出心裁，让我眼前一亮。辅以劫后尚存的精美白泥灰塑，似为古建筑中之亮点。谢进士卒于1917年，与武进士一样活到了民国初年。书房的古董书画同样在"文革"时期被洗劫一空，书房更被纵火焚毁。试想两位武将文官，倘若生前文物得以保存，也是一笔不菲遗产，更重要的是有可能成为类似于日本的地方神。每思于此，痛心不已。

南社民宿已初具规模，小楼深巷，修旧如旧，妙在巷道曲折，移步换景，大有曲径通幽之妙。民宿已达上百床位，周末节假生意兴隆。应邀匆匆游览，导游主人讨教乡村振兴之计，仿佛吾有锦囊妙计。民宿方兴未艾，正在红火，各家均求经营高招，焦虑急迫。哪里还有"牧童遥指杏花村"之潇洒自若？古人"行到水穷处，坐看云起时"之心境荡然无存。其实花开花落，自有内在规律。南社八百年村史，又岂是步步青云？多少生存挣扎，均藏祠堂背后。

肇庆：端州古城墙一片金黄，瞬间幻影呈现

　　初入肇庆，发现三点突出：一是完整宋朝古城墙，彰显古城独特风采；二是地形山势风水极佳，面临西江，背靠星湖。西江源流千里，是仅次于黄河长江的中国第三大河流，肇庆地界西江一段又是两广咽喉，地位重要。星湖面积超过杭州西湖，且有鼎湖山七星岩名山名景相伴；三是历史名人成行：尤其是前有宋徽宗赐名，后有南明王朝小皇帝在此立朝17年。皇帝乃真龙天子，可谓与龙相关的宝地。可以写进中国历史的还有传奇人物一般的包公，戏曲舞台上的光彩熠熠清官形象，老百姓心目中大英雄。另一位是意大利人——中外文化交流史上杰出的利玛窦。他的入华行动，第一个落脚点就在肇庆。还有一个自带仙气的亮点，城里城外六祖惠能的遗迹与传说，"菩提本无树，明镜亦非台。本来无一物，何处惹尘埃"——多么令人神往的佛界禅宗。所有这些均使得肇庆成为一座可以并值得"啃老"的城市，尽管"啃老"这个词是内地媒体安在"90后"头上的一个贬义词。

　　我访问意大利罗马时听到导游一句印象深刻的话：罗马人都是"啃老一族"。在罗马古城，政府要想拆一座房子、砍一棵树、移

一尊雕塑，全体市民都会反对，因为老祖宗留下的这笔历史遗产，让后代受益终身。整个罗马只要旅游业，只要有游客访问，他们就有好日子过。所以，罗马可以啃老，值得啃老。因此，这样一个词用在肇庆，我以为也是合适的。古城墙等历史遗迹，再加上历史名人，以及风水上佳的原生态青山绿水，均为旅游与养老两大事业留下极大空间。旅游业不必多言，养老业则有待认识——专家预测，再过15到20年，中国内地的养老业将成为超过目前房产业最赚钱行业之一。中国已经进入老年社会，白发浪潮，方兴未艾。由此来看，肇庆既有青山绿水，又有历史遗产，是一个值得怀旧怀古的地方，其招牌"中国砚都"之端砚亦是怀旧怀古好题材，所有这些都为肇庆旅游事业、养老事业奠定了良好的基础。因此，肇庆人要感谢他们的端州先人，为古城留存了这样一笔丰厚历史遗产，而这些又并不是所有城市都天生具备的，令人羡慕不已啊。

因此，我要说：古端州府，依山傍水风景独好。肇庆，一座可以"啃老"的城市。

肇庆古城墙：岭南城防典范。肇庆位于流贯广东广西的西江之畔，两广交通要道，素为岭南军事重镇。古城墙始建于宋，其后多次修缮，1913年至1915年拆除防卫装置，但为抗洪墙基保留，是国内为数不多，广东仅存的宋代砖城墙。"万里长城今犹在，不见当年秦始皇"，回望历史，愈发显示古城墙文化的重要意义，实在是一笔宝贵财富呵。

肇庆为古端州府，前有宋徽宗封地，中有包公"不携一砚归"之清廉，后有南明皇帝小王朝十七年；明清两广总督驻扎，抗战军事重镇厮杀；历史人物浮沉，刀光剑影闪烁。其地势雄浑：面临西江，背倚星湖。左手七星岩，右手鼎湖山。特产裹蒸粽等多为农副产品，虽然有个端砚，却并非挣大钱产业，故经济广东倒数几位。好在千年古城，底蕴深厚，城墙依旧，青山巍峨。祈愿风水流转，重现盛世——古城保护修复工程开启，风水轮已然推动。

一方端砚溢满山水灵气。羚羊峡，紫云谷，端溪出口，连接西江，内有老坑等三大名坑，开采砚石之处。端砚即为端溪水千万年冲击而成，此石含云母较高，石质细腻润滑，发墨好，墨色千年虫不蛀。已成端州特产之冠，誉为砚都。对面鸡笼顶，千米端州最高峰。屈大均曾步行过此，两岸木棉，峡间猿声，风景甚好。20世纪80年代以前，肇庆人去广州，傍晚上船，黎明到大沙头码头。

广东肇庆美誉"中国砚都"。端砚，中国四大名砚之首。端砚出自西江边四大名坑：老坑、麻子坑、坑仔、宋坑，分绿端、白端两大类，同一山头不同坑口，品质不同。可谓西江之畔，端溪之水，山水灵气孕育，天工造化神奇。一方之石，乾坤博大，学问讲究，灿若银河。

白石村为端砚发源地。广府人，李罗程蔡梁林郭杨，多姓村，李为大姓，八成人都是家庭作坊，买石料加工，因材构思创意，客户登门观摩，挑中单品出售，所以前店后坊，自由市场。村中阿标，祖辈家传，他自嘲为"雕民"。家族曾有作品选为国礼，赠送金日成。手艺习得全靠从小浸染熏陶，主要学习传统技术。文化源自传统诗词及画谱，兼取现代设计营养。此行业为不可再生原石工艺，物稀为贵，愈久愈珍贵。白石村保存一方碑文，类似尚方宝剑，乃两广总督张之洞所下政府条令，以贡品为名，协调官民关系，允许当地开采。

中国传统文房四宝：笔墨纸砚。端砚乃四大名砚之首。石材有蕉叶白、鱼脑冻、金线、银线、冰纹、石眼、眼睛等诸多讲究，可谓外行看热闹，内行看门道。陈罗郭蔡，为端州制砚四大家族，传承几代手艺。黎铿大师费十年手工完成"九龙戏宝砚"，为镇馆之宝。

当下多用电动刻刀，但不敌手工刚柔相济，栩栩如生。我细细想来：电动尽管省力快捷，但刀力固定不变，不若手劲连心，艺术雕刻全凭民间雕刻师傅揣摩意境，情感注入。而情感个人不同，依势随时瞬间变化，故所有非行货之个性化作品，必须手工潜心创作而成。况且，端砚雕刻，因石材顺势而下，其品相全在如何彰显石材天然优点上见出高下。

端州美食呼应着广府。西江河虾，过水即食，河鲜珍品。野生三鰲鱼，西江特有，生于咸淡水交接处，春天逆流而上，西江繁衍，挂西江河鲜头牌，此鱼珍罕，肇庆一段西江已绝迹。君达菜，饥饿时代喂猪，现成佳肴。野生西江鲈鱼，头尾煲豆腐，中段蒸食，豆腐汤乳白醇厚，鲜美甚至超过蒸鱼。

藕尖炒肚片，藕最细部分，佐以洋葱与荞头，似以白醋浸泡，微酸中凸显藕之清甜。菠萝紫姜炒肉片，岭南特色浓郁，菠萝异香靠紫姜平衡，与猪肚荤香搭配。此二菜品，口感清脆，香味个性，食之难忘。芋头白实汤，据说白实乃端州特有，食效类似芡实，清凉祛湿，口感细腻润滑。椰肉乌鸡汤，据称乌鸡与猪肉切块煲汤，肉香溢出后投入椰子内核切条再煲，其香清甜，粤菜汤品上乘。

又见竹篙粉，两年前初见封开，亦为古端州特色米粉。先涂食油于粗壮竹篙之上，将蒸熟粉皮搭上冷却，再切块装盘淋汁配料上桌。妙在竹篙,既原生态可观,又有竹子清香。口感软糯润滑,配以佐料,味道更佳。

牛尾活泼,肉皮弹牙,胶原蛋白香味,嚼劲十足口感。黑豆豆香则若另一根青藤,紧紧缠绕牛尾肉香,交汇融合成一片软糯温柔,直抵广府菜之味道境界。而牛尾妙处与牛蹄猪手相似,既有嚼劲肉皮,更有依附骨上瘦肉,皮肉佐配,与舌齿之间,另有一番风味。什么风味呢?食客不妨从咀嚼与汁味两方面深入体会,腾云驾雾,至鲜至美,酣畅淋漓。

肇庆乃古端州传统,主流酒楼广府菜为主角,所谓广佛肇是也。不过,各家创新,又有新品。可谓各路神仙,各有各的高招。只有大的广府,没有固定框框。至于西江河鲜,星湖莲藕,就地取材,就看各家大厨尽情发挥了。

肇庆历史名人,少不了一位意大利传教士。利玛窦以"天竺僧人"身份进入肇庆,建仙花寺,利内心应为"迁华寺"。除允其从澳门入境的地方官王泮外,当地人皆认定其为番鬼,舆论拒之,并称与利住处相邻的崇禧塔为番塔。利六年后被驱逐至韶关,开始蓄发与文人交往。入京后却一直无法晋见万历皇帝,苦闷之极,沦为皇家修表匠,专为皇室贵族修西洋钟表。

据说汤显祖过端州曾会见利玛窦,可惜史料上有所争议。汤有诗文提及端州见僧,虽未注明乃洋和尚打扮的利玛窦。肇庆市作家协会主席钟道宇正着手创作利为主角的长篇小说,听闻肇庆市也将组团访问意大利利玛窦故乡,延续中西文化交流。遥想当年,这位终身不婚男人,不为财产,不计名誉,只身入华,虽屡屡碰壁,却义无反顾。无论如何评价这位传教士的中国生涯,其意志之坚韧,信仰之力量，吾心底敬佩。

肇庆端州府"五教"并存，儒道释伊斯兰教天主教。宗教值得铭记事至少有三：利玛窦——天主教进入中国传教第一人，其功绩已超越宗教促成中西文化交流；始建于宋古端州名刹梅庵，相传六祖惠能晚年路过，插梅为记。古端州城外，四会怀集十万大山，更有惠能和尚多处神迹，六祖传奇流荡于山川溪流之上；南明小王朝从皇帝妃子到太子，几乎洗礼信主，与多国耶稣会来往密切，如此信仰巨变，内因外因，值得细究。

端州民间传说，包公从不收礼，告别端州舟行西江，突发风浪，包公命随从检查行李，内有百姓悄悄塞入端砚一方，当即掷入江中，瞬间风平浪静，而此砚沉入江底化为一片沙洲，千年传颂包公清廉事迹。

包公，包青天，国人清官榜样，与岳飞、文天祥为宋三大名臣。包公在端州三年，赢得百姓美誉。其中两件事史料记载最多，一是城中掘七口井，一改吃西江污水旧习。从"饮水不忘掘井人"古语可见掘井乃大事一桩。去年在江苏泰州见"中国水井博物馆"，各朝水井制式不同，大开眼界。泰州所以被称为"井都"，全在近海，需深井掘淡水饮用。二是端砚"只征贡数"，防止贪吏随意征收敛财私用。可见宋时端砚已然珍贵。

夕阳西下，端州古城墙一片金黄，瞬间幻影呈现，所有历史人物奔涌而至，四面楚歌，十面埋伏，我心底突发一个愿望：走近古城，探其究竟。风流云散，薪尽火传。金黄色的古城墙下，幻影如云，丝丝缕缕，直入吾之心间……

四会古邑：千年六祖百年玉

从肇庆驱车往会城，夜色中第一眼："弘扬君子之风，建设玉德之城"——大广告牌赫赫大字。看来借玉说事，玉之地位重要。实乃广东四会第一张名片。

我在会城看到老城新城，风格迥异。遗憾老城不老，新城太新。幸好老城中心尚有柑橘姑娘雕塑，显示个性；好在新城有刚刚落成之体育中心，市民直呼"橘子馆"，与"柑橘姑娘"构成历史现实对话。我于广州对四会砂糖橘印象：玲珑可爱，正宗品种比鸡蛋还小，皮薄易剥，甜而无渣，果汁满溢。广东水果之佳品。

四会显然处于发展起飞阶段，市玉器管理中心副主任黄振敏女士麻利爽快，谈起四会玉器发展，反复念叨创意园建设——她快人快语情感投入不无自豪。四会市文联主席陈永红女士温婉美丽，对古邑老城门怀有一份感情。她说，重建的镇安门连着古邑老街，步步可拾童年记忆，除了上大学离开几年，一直在四会；尽管环境大变，乡愁一直在——也让我这个没有故乡的游子另有一番羡慕。

"四会四会，四水相会"——最宜生意，风生水起。他山之石，四会成器。肇庆四会并不产玉，但玉石加工十分兴盛，玉器产业久负盛名，乃"中国玉器之乡"，广东四大翡翠批发市场之一。

首先是形成产业规模与产业链。眼前阔大如广场的市场，多走中低档玉器销售。玉之品种，琳琅满目，数不胜数。

天光墟凌晨三点开市至上午十点收档，第二拨货主上场摆摊至下午，夜市又是第三拨，直至深夜。几乎一天24小时不歇档，90厘米一个铺档，生意红火。广东四会被誉为"中国玉器之乡"，乃国内最大翡翠加工基地，全国70%的翡翠摆件出自广东肇庆的四会。

管理市场的谭总说，产业链最要紧，工艺加工水平高，成本降低，价格实惠，批发量大。网络销售红火，手机直播产品，观看者即看货即挑选，即付钱发货。此为互联网时代线上销售新模式。

六祖寺，四会另一张名片。六祖与四会渊源颇深，禅宗文化发源地。毛泽东高评惠能为唯一写出佛教经典的中国人，至今可谓世界级影响人物。我读《六祖坛经》，常常怀想这位目不识丁和尚，如何隐姓埋名，隐遁修炼？六祖坛经记载，六祖与猎人农夫交往，共同进餐，肉在釜中煮，六祖不回避，但绝不食荤腥，只择肉边素菜入口，故有"肉边菜"说法。

"逢怀则止，遇会则藏"——颇具神秘嘱咐。六祖在四会怀集一带大山，蛰伏隐遁15年，修身养性感悟佛理，为后来广州一鸣惊人，做了一个长长铺垫。可谓黄梅顿悟，四会成佛。

我到六祖寺画院看画，大吃一惊！据说由二位画家合作油画作品，几乎全是对佛教叩问，东西方相对，佛与上帝对峙。我在十几幅画作中读出"质疑"二字。遂有缘分与悟彻法师谈禅，解我疑惑。我提问直接坦率：这些画作对佛似有不敬，难得六祖襟怀可以包容？

法师笑答："象即意念，你说的不尊重，只是一个概念。六祖坛经，无念为宗，常与无常之间一种变化。坛经是顿悟法门，世俗中多有悲苦。我看画作就好，西方女子写生，只是一念。佛陀赞美天下，无念为宗。六祖认为世俗恶善即为缘，僧人内心有界。佛陀慈悲，对所有质疑反抗询问不敬都是可以原谅的。虽然无善恶，但佛之立场是利他，度天下人越过苦海。经里也说，度他人就是度自己。眼前插花就是利他度人亦度自己。"

作画艺术家就是在寻求解脱之道，感悟无常，终于得道。物质上的坚固均可消失。犹如四会，千年古邑，历尽沧桑，还留下什么？不必执念。思考于此，不禁释怀。重新打量六祖，心中若有所动。恰如师傅问我：你的心在哪里？一百年以后呢？

禅宗修行讲"疑情"，起了疑情，其实更接近佛，画画就是参禅，内心一种叩问，可以视作对于走向顿悟的过程。《红楼梦》就是一种叩问，《西厢记》就是男女之情执念。因缘就是一种开悟过程。如同在旁弹奏古琴的信众，于外相下专注于内相的琴意。

广东四会名点江谷窝粉，妙在竹编窝箕铺粉，卷起刀切摆盘淋生抽撒芝麻，凸显米香，滑嫩入口。与德庆竹篙粉异曲同工，吸收竹子清香。

可与邻县德庆竹篙粉媲美，一窝箕一竹篙，均为苏东坡之盛赞竹也。东坡云："宁可食无肉，不可居无竹。"佐配赤豆粥亦有讲究，赤小豆与扁豆与白米熬烂，加入木棉花干，既清香又祛湿。一小碟清蒸排骨，以荤推素，价廉物美，绝配古邑小吃组合。

鹅汤濑粉，妙在本地大鹅现宰煲汤，汤汁鲜美，肉块烂熟。此为底汤，大锅煮沸，即下手工濑粉煮熟，放芫荽碎料，白绿相间，鹅汤荤香，濑粉米香，滑嫩入口，舌齿生津，乡村小店美食矣。

引我注目的还有本地陶瓷粉钵，豁然开口，弧线优美，诀窍在高边留有三孔，米浆自然坠入沸水，条条缕缕，似水滴状，与机制濑粉整齐划一不可同日而语——米质粗细构成异样口感，与汤汁水乳交融呵！还有鹅汤圆仔糍，亦是异曲同工。食店店主听我赞美，笑说粉钵是八十多岁老母留下的，没得卖哟。店主乃扶利古村土贤哥是也。

四会还有一份珍贵历史遗产值得一说。贞山扶利村古法造纸，延续蔡伦发明，千年古法不变。据说全国至今唯有两个村落，硕果仅存。取毛竹碎段入石灰池浸泡三四月，水碓粉碎入池成纸浆，竹床捞起成纸，压水晒干，打包上市。

难在千年延续，村中老人八公为"非遗"传人。八公九岁入行，已成行业元老。建议村中塑祖宗蔡伦铜像，昭示渊源，提升品位。可惜行业辛苦，后继乏人。目前古法会纸除本地销售外，还卖到港澳泰国东南亚，为清明中秋春节祭拜祖宗时纸钱。

当地人似乎以为产品低档，文化含量不高，产值不高，传承困难。但长期从事基层"非遗"工作的陈馆长说得深切：四会古法土纸就是一种文化，延绵全球华人，因为烧纸钱就是与祖先灵魂沟通对话。其意义超过书画宣纸——直抵内心，与灵相交。传统华人社会，维持传统，祭拜祖先，焚香烧纸，即为传统承传延续。此类"非遗"项目如何延续下去，已然迫在眉睫之课题。

玉，已为四会招牌。四会玉器加工企业有5000多家，从业人员有15万人，其中三分之一是河南人、三分之一是福建人、三分之一是肇庆四会人。玉雕工艺分南派北派，犹如涓涓细流汇集四会盆地，交流融合，蔚为大观。

来自福州的"80后"工艺雕刻师郑立波说，我在福州做寿山石行业时，山头门户林立，年轻新人买不到好材料，没有利润空间。但四会包容，只要做得好，机会公平。全国各地工艺海纳百川，北派南派工艺全面进入。立波笑容质朴，眼明亮，话不多，只是听说我在福州长大，才打开话匣。只是装修展示室没能看到他的获奖作品，可惜。

四会文宝斋翡翠博物馆，翡翠工艺"非遗"传人廖锦文馆长亲自讲解：翡翠如琢如磨，讲求因材而宜，甚至不雕为雕。比如《六祖坐禅》，大火烧山，惠能坐禅而不惧，巧妙利用玉石原生外皮暗黑火烧痕迹。红色黄色多在翡翠表皮，为次生色，源于地球火山爆发岩浆滚烫流至冰川，迅速冻解而成翡翠，矿物质红黄色逐渐渗入千万年成色。

清之前中国不喜翡翠，后来因缅甸玉受慈禧太后青睐，京城渐渐接受，如今身价百倍，而国内无此矿产。镇馆之宝恰好是四会名菜茶油鸡，鸡皮最为逼真，鸡皮疙瘩栩栩如生。廖大师四代传人，工艺精湛，构思巧妙，不乏精品。谈及妙处，心领神会，谈笑风生。正可谓艺无止境，博大精深。彼此交流，快哉快哉！翡翠之美对接东方美学："娇柔欲滴如春波之潋滟，色泽澄清如江心水映"，与和田玉并驾齐驱，成为中华玉石家族之翘楚。

登上四会中学校园内的文昌塔，整个市区尽收眼底：远处青山如黛，近处大江奔流。古城三面青山环抱，一面敞开通向珠三角平原，颇似一个开口的簸箕。壮实温和的莫司机遥指开口处说，远远的地平线就是佛山三水。

站在文昌塔最高层，夕阳灿烂，江风劲吹，一种振翅飞翔的召唤油然而生，青山白云，此刻似乎变幻着2300年古邑老城历史画卷。风云流散，沧海桑田，四会这个名字却一直没有改变。虽然我遗憾千年古邑没有保留一座标志性的建筑。但是想起昨日六祖寺悟彻法师的一段话："生生灭灭，何必执念，守住内心要紧。"千年古邑，自有生存大智慧，恰如当年寂寞如谜的六祖，来去如风，孑然一身，却留下宝典一部百代分享。一个人一座城，历经千年而不倒，自有一份强大气场，立于岭南，辐射世界呵！

广宁怀集：一条绥江，十万大山

羊城早晨，大雨如注，直下得天昏地暗，气势磅礴，三个多小时间歇不断。手机上跳出紧急通知：中小学生可推迟上学。车堵城边，遥望广宁。唯有读诗，想象清香浮动，心底静若山谷幽兰，溪水潺潺，蝴蝶飘过。

广宁第一中学，小犊文学社于1985年成立，有一种对文学光荣时代浓浓怀想。眼前介绍的校长和在读的学生社长，延续着当代中国文学的传统：绵绵不断，薪火相传。

王家尊佛山南海黄飞鸿为先师，已至七代。王金德为六代传人。周末两晚，王师傅十几年如一日，无偿教授洪拳和南狮，武馆之外又在石涧镇中心小学每周二下午教授武术，基本功、武术操、太极，要求所有小学生初通武术。习武者不但体魄健壮，性格坚韧，同时具有武德，品行纯正。家长乐意送孩子来武馆。草根武术为当地乡村文化承传，自觉担当，功德无量。而所谓"自觉"二字，令我思量再三，叹广宁民间有此动力，薪火相传，承传七代，虽千百年而不殆。

广宁的竹海与"广宁绿玉"名声遐迩，从前与此县联系恰在一个竹根果盘、一块玉石上。后又曾经吃过广宁人在三水开的土菜馆，厨师自白：交代徒弟炒菜绝不放糖，以区别珠三角。其口吻坚定，让我琢磨广宁人之个性，是固执还是自信呢？自然还有同事强哥"说玉说绥江"。

广宁县城有霓虹灯一段比较时尚，其他街道房子平淡无甚特色，老房子稀少，古牌坊古城墙基本拆光。特意前往老店早餐吃馄饨水饺，口味清淡鲜美近于珠三角。值得一说的是饺子，用馄饨皮，肉馅加入笋菇，佐料白醋加糖腌椒圈，颇具特色。感觉广宁菜比广府顺德菜粗犷豪放一点，口味亦重点，略咸，偏山珍，多猪牛肉，少海鲜。因为一条绥江，十万大山，仍以山区为主。

广宁怀集，一条绥江，十万大山。怀集历史上800年广东，700年广西。一个特点就是没有客家人，基本上都是本地人，方言全是本地怀集话，其中又有10多种区别——可想外地迁入移民，成分复杂。怀集话又叫"标话"，一种本土方言。据言，讲"标话"的汉人最早春秋战国时中原迁至，比讲白话（广州话）的先祖要早几百年。如今标话不但是"语言活化石"，亦为"少数民族语言"。沧海桑田，方言却历经岁月淘洗，沉入底层。如何承传，如何活在今人口舌间？在我看来，唯有民间顽强，唯有语言传承之本土根系，一旦这份本土失去，种种珍贵方言是否存活，将是一个令人绝望的事情。怀集人口100多万，两倍于广宁，经济好些，故县城街道亦胜广宁。县城两处值得一提，1935年民国政府图书馆；明代文昌阁文昌塔。

怀集在两广之间，所以历史记载常常要跨省查阅。小吃店分两大类：广东的云吞面肠粉；广西的螺蛳粉。反而本地岗坪切粉被淹没，找一店吃一碗猪杂切粉，细粉一般全靠汤了。

怀集可贵的是六祖惠能返乡后在四会广宁怀集一带山区潜伏了14年。史载"逢怀则止，遇会则藏"说的即是五祖对六祖嘱咐。怀为怀集，会即四会。境内有六祖岩，县志记载为六祖修行洞穴。民间传说中还有一个肉边菜，一块肉煮在锅里，青菜放一边，惠能只吃菜不吃肉。

怀集县的田螺寨，是市文联谭主席的家乡，一个群山环抱的小村庄，今年他发起乡民一共捐了12万，连出嫁女都捐，最少一百，多则上千，修了一条堤坝。同时开展敬老孝道活动，试图抵抗乡村的空洞化。但是，重建乡村文化的道路非常漫长。

何屋村是非常富裕的村庄，据说从前进了这个村子只有两种声音：孩子朗朗的读书声；四面八方各地租户来这里交粮打算盘点钱的声音。原有东西南北四座城门楼，其中一座为两县富商住宅楼有五层之高，可惜毁于抗战时日本飞机轰炸。

怀集华光寺后山有巨大岩洞，葛洪的九代弟子，曾在这里炼丹，并在岩洞里会见前来拜访的六祖惠能。六祖活动足迹，随处可见，更有传说，世代传颂。今人为争旅游资源，真伪争论，喋喋不休。我则宁信其有不信其无：禅宗如影随形，无处不在；十万大山，山高云阔，仙人来去如风，何必处处确凿？

怀集六祖岩山下，邬氏祠堂。巧遇祠堂门前公路通车典礼，相识83岁老画家邬邦生，引导参观祠堂两大文化建设：138幅名人"龙"字书法，《二十四孝图》；还有龙园书画长栏计划。遥望山中六祖禅院已具规模，感受六祖文化气场氛围，挥笔题字祝愿建成中华名园。风流云散，薪火相传，文化建设，一砖一瓦，邬老有功，家族努力，祠堂见证，历史功德。

怀集六祖岩下，邬氏宗祠典礼家宴。白切鸡、土猪肉、炒笋干、炒春笋、农家酸菜酸豆角——就五个菜加白米饭，远比珠三角祠堂聚餐质朴，厨艺也并无讲究。酒，自家酒坊勾兑水酒；茶，六祖岩峰采摘新叶。主人好客恭敬，自言第一筷应从笋干开动，春竹拔节节节高，况且邬寨端午即在今日。古今龙字久远，墙上孝图亲情，光影流动，恍若前世。杯酒祭祖，把盏敬客，自觉无论荤素酒茶，均可感受山间野地清香，六祖故地氛围，原始原生，古今依然。

广宁怀集，一条绥江，十万大山，遥想先人从中原艰辛迁至，广南之东，广南之西，古道啸啸，更早于南下秦汉大军而劈耕荒蛮，扎根下来。怀集，给我两个重要印象：一方面我不知道六祖惠能在这里居然有那么多活动遗迹。六祖惠能，潜藏广怀四会，山林修行十五载，"顿悟"成正果。我相信六祖开创的"中国式禅学"，也就是我们常说的"佛教中国本土化"，与他这十五载山林修行有着直接关系！另一方面，怀集"标话"，这一历史"活化石"，既非客家人，又比广府人更早在这片土地扎根生存。这十万大山中，有着无数个秘密，有着无数个迁徙的艰辛，有着无数个爱恨情仇的岭南故事需要我们发现与表达！

来回粤东与粤西

细雨霏霏，汕头大学设计院门前，蓦然回首，惊见一组雕塑，以为还有早行人。雕塑坐落水库之中，依山傍水，背景辽阔，黑色群像，颇有神秘色彩。一群西方绅士形象，流露国际范，具象中有抽象。

汕头大学有三千亩吗？荒野一般的环境，昭示一种底气，够大才有撂荒的本钱。学术交流中心外形近于简单，内部设计却不无国际风范。分部小楼似有日本元素，偌大一个水库，托出一组雕塑。小坡上有一簇黄花丛林，最妙在人工与自然之间，依稀着野地的风韵，加之冬日清晨的雨丝，山间弥散的薄雾，以及即便雨中也不歇的几声鸟鸣，油然生出鸟鸣山更幽的几分情调。

汕头大学涂鸦长廊，以世界名校LOGO为标志，因为有了名校挂牌，涂鸦似乎不再是涂鸦，非主流也因此被招安了，符合主流社会大学国际化诉求。多少有点可惜，因为不是我期待的自由奔放，无拘无束。

图书馆名副其实国际范，简单朴质的方块外形，精彩奇妙设计在内部空间，亲水平台、中心空间，弯曲通道，家常台面，展示橱窗，各有特点。汇合搭配，奇思妙想却又舒坦如风。书香满屋，却又包罗万千。我最惬意的除了格局外就是柔顺色彩，如入自家庭院个性书房，公共空间如此温馨焕发，平和心境，专心致志，人与空间共处一种境界。

汕头老街，十年一别，著名的永安百货，曾经的南国繁华，百年沧桑，民国一梦，形制与上海永安孪生兄弟。可惜昏暗街灯下窗户空洞，门柱倾毁，依稀可见百货大楼门匾。楼前路面坎坷，雨水积蓄，萧条老街昭示一个时代的结束。唯有夜宵老店，唤起温馨回忆，那般悠长，那般久远。

潮汕文化，统辖四地。潮汕加揭阳汕尾，原以为潮汕话响应处，民风一致，心理相同。此次访问，方知内里乾坤，颇多讲究，古时潮州府，行政统治，传统最为深厚。但汕头开埠以来，财富迅速聚集，汕人并不愿只顶着潮人的帽子。你说汕人为潮人，即刻反驳："我系汕头人好吧。"傍赖特区优势，更有国际范的汕头大学，气势直压资历极深韩山师范学院。汕头人生活小资，心理中也暗暗抗衡潮州，可见经济可以改变心理势能。揭阳是东南亚玉器集散地，近年来经济渐旺，他们内心与潮汕又有无隔阂呢？声誉欠佳的是汕尾，问的哥，直言凶悍，制假，返毒。前一阵警察包围制毒村庄一如大片，到底区别在哪里呢？值得玩味。

在汕头市区原永安百货大楼门前，小公园混大的阿聪告诉我，潮汕人心目中所谓潮汕只三地，潮汕加揭阳，并无汕尾。而且三地人暗暗较量，争为正统。我兴趣的是这种地方心理较量的根基原因是什么？程度如何？汕尾人如何看？排除在外，是情何以堪，还是本非一家人何必同堂坐？不过翌日在潮州城观光街，看街市红火，观城楼巍峨，不禁想起汕头老街的破落凄凉，如何竞争，靠什么维持地域文化生气？思绪颇多。离开潮州，从揭阳机场飞湛江，上机即送两份汕头特区报和特区晚报。报上赫然刊出"汕头文化符号"推荐评选活动。自誉文化底蕴深厚，但其历史叙述多在开埠之后，恐难与潮争深厚，但暗明较量明显可见政府立场，有利有弊，我也一时困惑。

甫一下机，便见湛江市区的法国街，遥想从前的异国繁华，如今已成往事。历史留在书页里，面相留在建筑里。难得还留着一口老井，水面如镜。今人古人同映，街边老树，卓然成行，大叶微红，不知何名。

天真蓝，阳光真好，万里无云，碧空澄澈，蓝天是今天湛江的主题词，在北京珍贵，在广州难得。疆域最南端，面向南海洋。

湛江除了蓝天主题外，就是海岸线，双倍蓝色，环境优良，主打海鲜。据说占据广东48%产量，城市建设处于发展中，除中心区大厦若干，中低建筑为多，城中村镶嵌其中。城乡接合部随处可见拆迁工地，但绿化弥补了工地的粗粝，多座城市公园与观海长廊遥相呼应，城里面朝海湾，据称可与香港维多利亚湾媲美，海湾对面停泊军舰，南海舰队驻地。海滨城市有了一抹军事色彩，再就是法租界，20世纪有五十年的港口控制权，拥有法国雇佣兵。高大的椰子树，护卫城市大街，摇曳着南国海滨的风情，几分浪漫，几分闲适，浪漫中有一个悦耳的消息，官方正式确认雷州文化名列广东三大文化之后，一跃而为四大文化之列。另外三位早已经是大哥大，广府潮汕客家，距湛江四十分钟车程的雷州半岛，沉淀百越，隐藏俚话，石狗遍地，文化独特。但与三大家并肩而立，不但小巫见大巫，而且似乎底气也有待蓄养。蓝天，海湾，海鲜，蓝色的闲适之中也埋伏着一个焦虑。两大钢铁基地加石化大厂即将投产，三年后的海鲜是否鲜味依旧，已成当地人一大隐忧。千百年海水，万千年海鲜，真的因此改变？太阳每天升起，湛江故事却在变化。

湛江曾经统辖茂名，以及今天广西北海极大疆域，所以当年法国军队攻入海岸建立港口，当有很高的贸易价值，两座法国老楼可见从前荣耀。如今领事馆旧址改为小小博物馆，陈列少量文物和复制品，主要是当年法国报纸的复印件，依稀可见中法战争的风云，是古老中华气势减弱的时光。扑入眼帘是"广州湾"三字，距离广州城甚远，为何直称广州？法国人的概念吗？看墙上资料，原来概念还有几次变化，这倒让从广州来的我为之一振。在韶关是开梅关，一条大路通广州。看来法国军队的目标或许也是一条军舰抵广州吧，都有经济利益。海外扩张非为儿戏，看到当年法国报纸刊出慈禧图片，肖似程度如何，其中一幅列强瓜分中华版图漫画，画者的意图又如何呢？满腹困惑，走向海边。

湛江方言迥异于广东三大民系方言，鸟语花香，花香依然。但鸟语有别，问湛江可否容纳所辖各地民俗，答曰大致可以。但地域上可有两大走向，往海边去的大多渔业为生，为人拙直纯朴，肤色古铜见暗红，也有一身小麦颜色，接近当下国际时尚肤色。比如与海南岛隔海相望的徐闻，靠广府走向区域大多从事商业，人精明强干，商业传统显著。比如整条村都是建筑业，房地产老板比比皆是。湛江两所大学，湛江师院如今改名岭南师范学院，百年师范底子，传统根基深厚。另一所广东海洋大学因为与海洋经济密切，似乎更受政府器重，后来居上，风头更健。两校共居一个亮点，风景上佳，校在园中，海大则毗邻火山湖，高级别景区湖光岩公园，又可谓人在景中。湖光水色衬托海洋大学水之内涵，或许还有海之性格，足以唤起我之羡慕。

来回粤东与粤西，广东两个端点来回，三大民系，四个文化板块，匆匆言里，亦为吾之本土思考矣。

第一侨乡：内外两个台山

　　台山，中国第一侨乡，号称"内外两个台山"，在国外侨居人数超过国内居民。而海滩尚在40公里以外。城内骑楼，民国所建，虽不如广州高大，却成街成片，亦可见昔日繁华，余韵尚存。莲花宝座望景台，居然是重修通济桥所建纪念塔，可惜传统宝座之上塔身略嫌现代，失了古风，与老桥不配。但108米之高，电梯五元购票登顶，却可俯瞰全城。原本以为台山海鲜名世乃临海古城，高处俯瞰，方知群山环抱，江水绕城，颇有回龙湾——上佳风水景象。360度环顾全景，颇为壮观。给老城增色，心底喜悦，不由加分。

　　台山独一份咸汤圆，通济桥头茂记汤圆为有名老店。一碗底价6元，除小汤圆外，加入紫菜萝卜丝。另外加料3元一两：传统有小蚝小蟹小虾猪肉猪肝猪腰鱼饼丝咸鸡腊肠烧肉，随客心愿，挑选后称重；迎合年轻人口味还有午餐肉。豪华加料为泥虫，一种海滩类似海蚯蚓，10元一两，一般高价只有一种。店内多在10—20元一大碗。台山人季节习俗，冬至必吃，家人团圆年三十也吃，取团圆美意。我问汶村本地人陈方欢记者，他告诉我：冬至大过年，中午咸汤圆，自古有之。

冬至晚餐在祭祖之后，祖先吃好了晚辈吃。一大桌菜全家围坐，五味鹅为主菜。汶村儿媳必学，五味料为酒、醋、糖、酱油、盐，一边煎鹅，一边酱汁不断淋向鹅身，反复浇灌后，盖锅收汁。各家做法均有高招：加陈皮加姜；新派做法酸梅代醋，可乐代糖。祭祖菜肴由媳妇操持，大男子主义男不动手，所以外来媳妇即会花样创新。我细品尝，鹅肉烹制到鲜嫩软烂，但皮色焦黄保持品相，五味透彻，烘托鹅肉，打开全部味蕾，实为岭南名菜佳肴，岂止名品，十足上品，可叹可叹。

台山洋楼，与开平碉楼应为亲戚，同处五邑。但更亲切日常，因为完全是花园洋房，仔细观看，只有少数厚墙上配枪眼。何因？两地相隔不远。源于侨乡，一望即知。台山侨汇曾经占全国三分之一，俗称台山人钱包里装满"万国货币"。

名人名车名镇，岁月怀旧，难免沉重。唯镇边田头，台山花菜，洋溢清香。广式腊肉，大火快炒，再加腊肠生抽蒜头，中火稍焖，即成地方名菜——素荤搭配，清脆可口。

冉冉晨雾重，晖晖冬日微。南堂冬日明，窗户暖可喜。你在北方穿个貂，我在南方露个腰。你在北方穿霾吐雾，我在南方晴空朗朗。你庆幸偷闲数日下南方，我紫荆花下迎文友。冬日暖暖，南风习习。树间鸟鸣婉转，鱼塘清水涟漪。世间喧哗，谁不自夸家乡；如今雾霾天下，唯以清风碧水朗朗天空聊以自慰，权作茶余饭后几分窃喜偷笑。

台山分台南台北两片，台南临近大海，上川下川岛有名，生活艰辛，民风剽悍，多海上为生，尤重拼搏。台北内陆，经商人多，民风温柔敦厚一些。可见环境造物亦造人。台南多海鲜。台北华侨相对多些。雷洁琼、骆家辉等均为台北一片。斗山镇为台山南北两片中间地带，中国第一条民办铁路创办人陈宜禧故乡。

台山一些镇多以农历初几为村名，比如三八、四九、五十等。即初三初八为圩日，比较接地气。但有的镇，比如斗山，地名就显诗意：浮月、浮石、十坊八坊，牛游塘桥、十坊桥、神头村等。或许因为这里有南宋皇室后裔，南宋最后一战，即于台山新会交界处。小皇帝沉海后，赵氏一支流落于此。故历史渊源，传统深厚。

石狗寂寞，双眸中似有不尽话题

昨夜风疾雨骤，今晨寒风扑面。离中心城市最远的岭南海滨，北方寒潮抵达，已然强弩之末。寸金公园并非寸土寸金，而是随意布景，一派天然，野趣呈现，可谓佳境。

雷戏头回见，除雷话不明外，唱腔表演伴奏舞美服饰都不陌生，兼收并取，略显华丽，剧目亦是传统：董永与七仙女；十八相送。此次遇到民间草台班子，三个大人，带一班少男少女。难得后台亦开放，得见真容，孩子童稚笑容，无比天真，为之感动。

陈文玉，当地土著，少时武功，又通诗书。唐朝委其重任，为雷州刺史。治理有方，朝野佳评，故祭祀为地方神，并冠以雷神。赋予超自然神力。地方神在日本极受重视，为本土文化之重要符号与元素。但国内却不如此彰显，一直受制于主流文化，难以产生更大影响。比如粤西海南之洗夫人，均仅有地方影响。地方历史传播微弱，似乎总是正史之外的另册。甚是遗憾。此次再访，终于明白五代石人乃臣服之少数民族。文明终究含有暴力征服的淋漓鲜血。

坐在粗糙木椅子上看雷戏，近在咫尺，颇感亲切。伴奏仅四人，一架电子琴灌注了现代风气，唯老琴师古风依稀。两出戏，三大人担纲，男孩小厮，女孩仙女，均为跑龙套，衬托场子的。唱功与身段，由大人完成。

　　石狗，雷州文化符号，特征强烈并独特。每见真容，总觉旷古之风与神秘莫测，尤其是那类线条粗犷造型简朴的，更于历史沧桑之后唤起无限遐想：两千年前抑或更远古岁月，秦军远征讨伐后，中原移民纷沓而至，百越部落由北向南节节败退，直至天涯海角。其情亦哀，其势亦衰，惜无一篇文字记载：广东土著先民如何丧失故园，挤压至粤西海边，一如欧洲人强势征服印第安部落。风萧萧，雨霏霏，缺少温度的历史，下笔太恨，冷酷漠然。唯有上万石狗，见证历史苍茫，双眸目光似有不尽话语，终成寂寞，无人诉说……

封开，那座曾经辉煌的古都

秦始皇魄力盖天，动员几十万民工修成官道一段，连接湖南两广，西江通贺江，张九龄开梅岭古道之前，通过封开进入两广唯一国道。但封开辉煌从汉武帝开始，平定两广后封开为两广行署，管辖地域极其广阔，远不止今天广东广西地盘。历史不短，好几百年成为两广行政管理中心。如今，老城街道逼仄，陈旧灰暗。2005年初访时的石板路老城区还在吗？无暇寻旧。古城墙依然，宋砖明砖，尺寸可辨。制砖署名，以备问责，字迹清晰可见。城楼重建，脚手架都未拆掉。听县政府人说，古城墙周围千米均存，只是有老城居民直接将住房建在城墙上，尚须清理。县城街上"竹篙粉"招牌夺目，吃货食客我顿时好奇：哪是什么样米粉呢？百度询知：德庆名吃。乃河粉一种，米粉成条晾于竹篙之上，特色似乎是米粉浇头独特讲究——找机会亲口尝鲜。

广东第二的广信塔，巍然屹立西江岸边。此塔为地标，东面为广东，西面为广西。登上13层向上游极目远眺，贺江与西江两相交汇，江中大船小艇点缀江面，把西江衬托得更加宽阔。对岸农舍田野，色彩斑驳，如图如画。可惜雨后阴天，远景已然昏暗。塔内图片鲜明，呈现古城历史文化底蕴，只是塔身色彩稍显明艳，消减几分古意。不过，同行建筑专家颇有微词，认为理念不清，汉宋混搭，楼台亭阁混沌，有上海世博会中国馆之弊端，元素杂乱，传统融入现代并不和谐。看来塔之传统，大有讲究。古城显赫已成历史，如今航运衰弱，封开已成广东边远一隅，人口经济均不显眼。沧海桑田，古城千年，为之一叹。但无论如何，历史与旅游价值值得开掘。

芭蕉绿叶阔大，掩映着老房子。泥墙芭蕉，典型岭南意向。古城墙内，气氛安逸，十七岁高中状元的莫宣卿代表昔日光荣。想当年，南蛮之地，天才少年，一举成名，何其荣耀！满地杏花鸡，据说当地特产。墙内墙外，黄皮果形态口味不同，请农大教授考查，结论修城多年，石灰渗透，改变城内土地，因此果实更甜。千年古城墙，果然可以隔离一块"小气候"呢！

江山易改，地名难变。广信河、广信桥名称，千年不变。比如《苍梧县志》记：苍梧有斑石。实际上就在当时苍梧境内。不过，当今名字就有可能通过商业注册，改换门庭。比如"竹篙粉"，原来是封开一带为正宗，需要800米地下冒出石灰岩水做成米粉。德庆有商业头脑，注册成他们小吃，其实他们用的是西江水，味道绝对不一样。真想即刻亲口尝尝，一决高下。可惜双管齐下机会难逢。车入封开县城，满街招牌，独独"竹篙粉"三字抓我眼球。但当地人似乎并不热衷，何故呢？秉持吃货精神，寻找几日而不得。临去早晨，决心一尝真味。问了七八人，行去五六里，找了一条街，方见本地正宗小店。那粗大茁壮竹篙即是最好招牌，亦是名吃最引人处：粉蒸熟即挂上竹篙，摊凉好切片装盘。其制作方法，与广州竹升面具异曲同工之妙。细细品味，比广州拉肠更为精细、更为轻薄，葱花芝麻点点，似更讲究。特色还在浇头，此店有牛腩、排骨、扣肉。六元一份，我要扣肉。新蒸扣肉引领粉肠米香，入口滑润，既有扣肉嚼劲，又有芝麻葱花陪伴粉香叠加满溢。舟在水中，顺流而下，肉在粉中，舌齿生香。肉香米香芝麻葱花在浇头生抽纠合集结下，升华汇流，传承百年封开名吃"竹篙粉"。

李家祠堂。亮点有二：门前有一广场，正对墙壁大大"福"字，由鹿鹤龟田四个象形字组成，颇具匠心，中国特色。李家出两人为官：一为江西副布政使；一为黄埔军校六期少校团长。祠堂格局不小，三进加六对旗夹。建筑学教授告知：保持清末风格，没有过多装饰，甚至保有明末文物，价值仍在。祠堂亦是村民活动场所，孩子欢笑，老人悠闲。青年男子多出外打工，孩子去外村读书。

封开在广府文化中地位如何评价？当地政府期望值与学界略有分歧。当地政府招牌口号：广府首府、广府文化发祥地、粤语起源地。但学者认为，尽管广州地名与古代广信有关。公元前111年汉武帝平定统一岭南再次设置广信县，影响岭南地区经济文化发展长达375年。直至宋代，广信以东为广东，以西为广西——这段历史之前，还有赵佗建立的南越国，就在今天番禺广州一带，皇宫开掘出来，遗址于越秀山下。南越国的历史有103年之长。因此，从文化两个指标：语言与民俗来看，南越国的历史不能一笔勾销。我以为当下情势，多半急功近利，受经济压力，夸大其词，不免炫耀，也是世俗。不过，学界需要清醒，因为历史被随意篡改的岁月相去不远，我们民族因此吃的苦头实在不能说少了。

揭阳潮州，一掠而过

　　客家山区，青山白云，群山叠嶂，绵延不绝。木瓜抢眼，硕果累累。其中一株花多果少，且垂挂花朵，美若盆景；不由惊讶，头回遭遇，是木瓜变异，抑或其他？华丽转身一袭花裙，却忘了开花结果之本分呢？

　　木瓜树有公母。种上公树，不结果，但可以在茎头上砍它几刀，它会变性的，能结果。木瓜的花性比较复杂。雄花不结果，有雌雄均衡的两性花和偏雌性和偏雄性的两性花，它们发育成不同的果实。

　　潮汕粿条，米饭以外主食。米磨成浆，蒸熟切条，类似米制面条。潮人喜爱，晨起档口一碗，七至十元，中晚餐亦食。吾为外人品味：诱人处在盖浇猪杂与海鲜两大主力。辅以整片青菜及酸菜葱花，而粿条则沉底甘为配角。猪杂有猪肝猪肚猪粉肠；海鲜有虾仔生蚝鱿鱼片等。荤菜领衔，引领鲜味；米面青菜犹如绿叶托红花，凸显主力。荤虽多却不油腻，关键工序在于所有荤菜均在滚水涮至半熟，原则鲜嫩，入口爽滑。粿条汤底，恰恰又是涮锅里轮番加入荤鲜之汤汁，既鲜美又清淡。想想肉片汤猪肝汤吧，一两样已经鲜味异常，多种交叉，加之携手海鲜，更是锦上添花。但潮人讲求食材新鲜原味，所以绝不滚油火烹，而是安静地悠然地轻轻地涮着，千年恪守既丰富又清淡的饮食传统。粿条无论汤煮火炒即为例证。

揭阳学宫乃小城信仰中心。学宫亦为孔庙，建于宋。广场进门耸立石像孔子与高足子路颜回，却并无人祭祀，空空荡荡。右转城隍庙却另一番景象：金碧辉煌，人满为患。中年妇居多，多提供品入内，先认真摆放，再虔诚祭拜。亦有求签卜卦，先将木制圆角圣杯坠地，继而抽签并给香火钱，一般十元二十元。巨大供桌，自由摆放。食油点灯，避免了烟火呛人。祭拜者多专注虔诚，并不在乎吾之旁观。求愿心切，至少可得心灵慰藉。潮汕多祭拜，此为例证。

城隍庙毗邻的雷神庙就要清静许多，是雷州半岛哪位本岛神吗？至少隶属本土。关照四季风水，庇佑风调雨顺，亦为中华神州之普遍祭祀。但本地神大不如日本重视，缘由何在？孔子乃主流倡导，似又不如民间城隍诸神红火，可能后者更为世俗：比如财神关公、求子观音都是日常避凶趋吉之拜。神州信仰系统复杂，宗教之外，又有主流精英民间底层之分，耐人寻味。

尖米圆，粿条形式之一。寸把长，中间圆，两头尖。比米面更劲道，但依然配角，主角还是盖浇。询当地人，盖浇有无潮汕方言专称？答曰：配肉。常见配肉为猪杂加生蚝，牛肉粿条一般有专门店。潮州老街，摩托飞驰，小店随处可见，早晨从一碗粿条开始。七八元到十几元一碗，主要依据盖浇品种与数量，比如猪杂为主，牛肉丸、生蚝另加。邻座男子颇多自豪：粿条吃"鲜"，米汁黑夜磨，起早进猪杂牛肉海鲜，潮州人嘴尖，不鲜不食。

老板娘紧接话头：我家只做早中餐，一点收摊关门。果然一个"鲜"字了得，忆起乡下杀猪菜，生蚝更是粒粒如珍珠，白里透亮，玲珑可爱，入口爽滑，鲜美非常，并无丝毫生腥。粿条近似岭南拉肠米粉面一类米浆制品，只是在配料食材新鲜丰富、底汤清淡鲜味以及不同配方酱料上独树一帜，令人过胃不忘。

潮州老城排档火锅街。午餐四菜一汤：酸菜炒猪大肠，菜名为酸菜炒酥肠，酥为脆，有嚼头但不生硬；煎焖巴鲫鱼；白灼血蛤，血蛤形似花甲，贝壳呈白色，用开水烫熟，打开红如血，白口食，取其鲜，多数外地人吃不惯，嫌其腥味。忆起童年在福州，偶见血蛤，知闽人补品。视为山珍海味；最有名蚝仔烙，新鲜蚝仔，调薯粉与鸡蛋下锅油煎，鸡蛋薯粉遇油煎炸喷香，衬托出嫩滑柔软生蚝之海鲜味道，外焦内嫩，可谓食中上品。台湾小吃亦有此菜，名声遐迩，名为蚵仔煎。

惠东：巽寮湾双月湾

　　惠东名气大是因为巽寮湾和双月湾，后者尤其美观，双月并峙，月牙弯弯。县上号称"头平二淡三多祝"。县城平山，二淡为淡水，多祝为山区镇，古时为圩市，圩以三棵竹为标记，地名演变为当下的多祝。大部分为客家，少数为闽南人，还有明代屯兵城，纯粹"方言岛"。县城似乎平淡，难见特色。路边老榕，昭示城乡接合地带。新城与老城之间看不出有何文化上的联系，房价五千上下，寄望深圳人购楼，明年通高铁亦是利好。倒是门房间间俱有春联，新年刚过，笔墨簇新，传统气息浓郁。

　　著名小吃为多祝冷粉，属于宽粉，以花生油与酱油拌粉香味浓郁为特色。我选择卤肉拌粉，配客家猪杂汤。粉为广东肠粉，质地细腻，米香醇厚。肉为本地土猪，卤煮透彻，大块切片，与粉合拌，更显肉香诱人，辅以浓汤，实为惠东美味。还有银针粉、细丝粉等。

　　客家泥焗鸡，恐怕与河南乞丐鸡渊源。上好母鸡洗净，置佐料包泥巴入火窑柴火烧烤，干柴用果树材枝，烧窑用泥石为壁，干柴烈火，烧烤入味，亦是当地美食。

杜甫《丽人行》"三月三日天气新，长安水边多丽人"。这是自古以来重要节日，各地内容不一。广东则为北帝诞，既传统又有南粤特色。广州番禺沙湾北帝诞活动，童男童女立于众人之上，颇生动亦颇辛苦，最末一个居然凌空睡着了。

惠东罗冈围古村，意外遭遇北帝诞。全村人集聚广场宴席庆祝，集资缴费贴春联挂灯笼搭神台插香炉，人人喜气洋洋，十足乡村节日。我虽然体会不了村民信仰程度，但看那小炮般巨香，满地长长鞭炮碎屑，更有家家高挂迎风飞扬标语，多少可以猜想村民重视程度。

乡村宗族祠堂，在节日显示号召力与凝聚力。户户集资，自愿出钱，引导招呼，井然有序。外嫁媳妇与五保老人，不用交钱，免费就餐。有祠堂在，就有传统，就本土，毕竟是"广东十大最美乡村"，客家围屋，拢住人心。

粤东海边：听人讲海盗的故事

2007年3月，我访问广东惠东县，靠近海边的一座小城。大概人口没有上到一定规模，惠东现在还是惠州地区的一个县级。到了惠东，我知道它最有名的就是海边旅游胜地：一个是巽寮湾，名气很大；还有一个景色很美的双月湾，月牙弯弯，两弯相对，景色非凡。

到了惠东县城以后，我发现有一个题材值得重视，那就是中外海盗的历史：外国的海盗，就是倭寇。汉代开始中国人对日本的称谓，到了隋朝，我国和日本两名并称，"倭"的本意是爱——当地人的说法让我意外。也许古代中国人看日本人觉得他们特别爱笑，但到了元末明初的时候，倭人频繁地在我国沿海烧杀抢掠，所以被称为倭寇。这一点在中国的正史上有很多记载，突出的就是戚继光扫除倭寇。最近有一部电影，还在表达这样一个历史事迹，因为它比较符合中原正统皇权统治下的"人设"。

但是，有一个历史事实是我们所忽略的，或者说在正史上不太记载，那就是广东沿海的海盗恰恰由当地人组成，他们跟倭寇的关系很微妙。倭寇实力鼎盛时期，占领了福建和广东沿海的一些城市。那么，这一批当地的汉族的海盗呢？既去打倭寇，同时又借倭寇之力，搞封建割据。颇似抗战期间，日本、伪军和国军的关系。中国中央集权统治力微弱衰微之时，地方的武装、封建的割据就很明显。

广东沿海海盗的实力如此之大，也让我感到吃惊。倭寇与当地海盗、朝廷官兵之间，处在一个什么样的关系？海盗和当地的渔民又是什么样的关系？我觉得如果从人性的角度去展开，用历史的、比较宽阔的视野去观察，一定会有很多有趣的事情。我对当地人说，我有一个遗憾，就是没有到平海古城当年明清屯兵的地方去做田野调查。但是我看到了海盗史料，又有新的惊喜。

广东沿海的海盗，大概到了1850年，也就是清代的嘉庆时期，达到7万之众。当时全国的绿营总兵力，有60多万，广东的朝廷驻军只有5万多人。也就是说，当时广东沿海的海盗比全省的朝廷驻军兵力还要多。这些海盗不但自己有武器装备，而且还实现一种联合，可见组织性非常强大。

嘉庆十年6月，广东沿海七大海盗首领签订了《海上武装公历月单》，这份协议至今还可以查阅到原件。其主要内容是协调各帮关系，瓜分利益。同时制定规章制度，明确对违规者的处罚细节。条约上明确写明七大匪首姓名：郑文显，麦有金，吴志清，李香清，镇流塘，郭学宪，梁宝；其中郑文显的势力最大，是这份协议的牵头人，所以名列首位。相当于当时的封建割据的势力范围划分的一个公约。这种大规模的海盗团伙，致使广东沿海民不聊生，而且直接威胁到清朝统治政权。

嘉庆皇帝对此大为恼火，陆续派出大员赴广东清剿海盗。打了很多败仗，偶有胜仗。比如1805年秋，就组织了一次颇具规模的雷州洋剿匪行动，击毙打伤海盗800多人，缴获飞船24艘。但是，海盗难清。于是改变策略，在安抚上下功夫，就是想办法招安海盗头目并授予官衔。

最早，略有些效果，但朝廷里头对此颇多争议，用剿灭的办法好，还是招安的办法好，始终争执不一。所以，起起落落，海边战火不休。1809年的时候，派了一个叫张伯霖的人任两广总督。此人讲求策略，恩威并施，教民有方，抚之有度，同时他还辅以经济手段，让沿海民众不下海岸上谋生。这样一来，愿意去当海盗的人也就少了。

真正导致海盗走向瓦解的转折点，起于黑旗帮与红旗帮之间自相残杀，红旗和黑旗由于势力范围的争夺，逐步反目为仇。红旗帮主动联络张伯霖商议投降。1810年，红旗帮128只船舰及8000多人归属朝廷，首领被授予官职。黑旗帮亦生降心，张柏霖为了表示自己诚意，只带十几个随从去与海盗谈判，并且答应了投降条件。于是，黑旗帮17000人以及200只战船，加上火炮1300多门被招安。首领张保仔被授予官衔，后调福建临安当副将，官至二品，归宿不错。

张伯霖随即发动了一场全省规模的围剿海盗战役，大获胜利。从此，广东沿海才逐渐安定下来。这样的一种历史现象，按从前观点就是朝廷之外的地方武装，属于农民起义。但是这些人并不是完全被逼造反的，海盗的组织严密，似乎还有自己的传统。他们与倭寇、官兵、官府、当地百姓之间的关系——大有历史叙述与想象空间的。因此，我认定将来合适时候，这将成为一个好题材、大题材。

惠东沿海，海风中有海盗的传说：惊心动魄，逆风行走。

潮州汕头：一文一商，相得益彰

从广州高铁出发三小时，立刻感受其传统与缓慢——一座慢城，古迹遍地，骑楼兴隆，住户与商铺兴旺：并无腾笼换鸟，空城寂寞之感。

潮州古城，城楼巍峨，城墙高大，一条牌坊街古风犹存。老街1952年拆除，当年存老牌坊98座，现重建恢复只有28座，依然壮观：实在无法想象昔日盛大场景。

满街传统工艺食品商铺：牛肉丸、卤大鹅、蜜果、乳饼；遍地美食，琳琅满目，难得均有地域标志，特色手信，潮州三宝，抓人眼球。据说广东政府接待外宾，推荐城市：现代看深圳，传统看潮州。潮州民俗特色鲜明，祭祀风盛，香火不断。城中开元寺为广东四大名寺之一，颇为壮观。

居民注重一日三餐，为菜新鲜，每天买二次，午饭晚饭各一次。宗族观念比较强，外出人过年清明一定回来看父母拜祖先。赚钱不靠文化靠脑子，但近况稍变，也让孩子受教育。潮州人找结婚对象，首选同乡。女孩偏于贤妻良母，一般不外嫁他乡。

潮州270万人，国家历史文化名城，唐宋二朝十个宰相到过此地，影响一方。瓷都、刺绣、木雕之乡。汉朝时建易安郡，后改潮州。历史上广东省会广州排第一，到清朝民国时潮州排第二，直至20世纪80年代改革开放珠三角崛起，粤东才开始边缘化。

潮州城老城老宅，藏着昔日风光。多为老人居住，老家具沉淀蕴涵着一种幽暗光泽，旧什新物堆积如山，缺少清理打扫，依旧掩不住民国旧宅曲径通幽之雅趣，让我惊讶的是虽然房屋颓势，但是花木生机盎然。

老城民宿星罗棋布，规模多在七八间房，酒店空调卧室设计，老宅里注入现代设计：妙到好处或弄巧成拙，大雅大俗或文人雅趣，全在一个"度"。老宅自有沉淀时光气场，如何烘托提升凸显当见功夫。

潮绣展厅，眼前一亮，豁然开朗，几近震撼。叹其神似，毫发毕现，白猫淘气；叹其夺目，九龙屏风，金碧辉煌；叹其逼真，人像风景如摄影如油画。一针一线，丝丝缕缕，丝丝入扣，缕缕含情。惊叹不止，美不胜收。询大师方知：金线与立体乃潮绣两大特点，其他与四大名绣：湘绣苏绣蜀绣粤绣相近。

潮州木雕，充分体验潮人"种田如绣花"之精细精致精美。进工艺大师金子松工作室，清风扑面，风景独好。琳琅满目，美上加美。金言潮州木雕特点：多层面镂空，依原木长势花纹进刀雕刻，可以分多层次展示。比如虾篓蟹篓，仿佛渔夫捕鱼归来，鱼篓中虾跃蟹动，虾之长须颤动，蟹之双钳嚣张，气势灵动。八仙贺寿、凤朝牡丹、连年有余、梅兰菊竹、花开富贵，中华传统吉祥如意完美呈现。我购心仪《三阳开泰》一件，拟挂书房，一室光彩。

唐代文豪韩愈执政八个月，深受潮人拥戴，直至江山易名韩山韩江，亦是文化奇迹。韩愈贬官广东，潮州之前亦在清远一年，却并无太大作为，徒留诗词几首。两相比较，实在耐人寻味，潮州风土人情确有异乎寻常之处！韩公祠、开元寺、广济门、广济桥均为高颜值高含量历史文化名胜。

潮州历史久远，半小时车程又有汕头特区，组成潮汕。潮州饶宗颐学问盖世，有"北季（季羡林）南饶"美誉。"华人首富"李嘉诚以及他任校董的汕头大学。名头响亮，在广东乃至全国均有相当知名度。

汕头可谓传奇之城：一为沧海桑田；一为百年开埠。明朝时才从海水中冒出逐渐形成大陆，属于临海半岛。1860年清朝开埠，民国1921年方有建制，货运量曾全国第三。历史上与潮州是父子关系，后来经济强大渐渐升了辈分，父子变兄弟。彼消此长，历史上亦有先例，尤其是中华与邻国关系。历史风云，恩恩怨怨，多方博弈，爱恨情仇，百感交集，一言难尽。

潮汕文化也是一个策略，汕头特区讲面子，期望汕头与潮州并肩而立，多少有点改变文化，引起内部不同意见，潮汕两地人暗暗较劲。汕大原名潮州大学，校址选在韩山师院，后转投汕头。潮州百姓为此不悦，怪罪李嘉诚。1954年至1989年汕头成为政治经济中心，潮州屈为属下县级市，归行政区划汕头地区管辖。

大潮州与小潮州，区划分布变化，历史沧桑。海外潮人为原住民三四倍，亦是著名侨乡。潮汕出过三位富豪：李嘉诚、马化腾、黄光裕。后二人生于汕头。李嘉诚投资重点汕头：汕大，跨海大桥等。马化腾创建腾讯，网络一代英杰，风头正健。黄光裕跌宕起伏……

老妈宫祭妈祖，乃汕头最早地标。南生公司旧址，拉动地产。20世纪20年代，建成19条骑楼街。现代生活方式迅速流行，酒楼影院戏院林立，报业发达，中西融合，但民间祭祀依然红火。

2016年老妈宫戏台重建，中西合璧，高大巍峨。老妈宫装饰华丽，一个屋顶异常丰富：嵌瓷辉煌夺目，熠熠生辉；屋檐木雕，繁华绚烂，异常精美。妈祖亲切，护佑一方潮人，潮水平安。

汕头人拉家常：几月几号是地藏门打开，让鬼神出来……什么时候关门？放生超度，咒语凿凿，令黄鳝硬挺挺立起，让人肃然起敬。

飘香美食店，乃汕头传统小吃名店。姜薯白果，汕头糖水。姜薯为当地特产，微甜软糯，配银杏合煮，可凉可热，据说热汤更显姜薯味道，冷品则近淮山滋味。

食在广州，味在潮州。食材极为丰富，天上地下，无所不食。山高皇帝远，偏远山区仍有野味。招牌小吃：肠粉、牛杂粿条汤，潮州老城西湖镇记最为有名，20、30元一份。镇记老店隔壁——潮镇老尾牛杂，乃镇记牛杂老店店主胞弟所开，牛杂丰富，粿汤鲜美。春饼，2.5元一个；鸭母捻，10元一份；绿豆饼，入评广东十大小吃；潮汕手打牛肉丸，选黄牛脚筋部分，捶打成泥，掺入牛骨浓汤，名声遐迩，50元一斤。

粤菜清淡，潮菜为最，尤其注重食材自身原汁原味，并用蘸料调剂味道，常有烘托引导提升之效用。正所谓一碟蘸料，让你穿越千里回到潮汕。夜宵砂锅粥，各种食材入粥，任客选择，丰俭由人。

沙姜牛肉火锅尤其喜好，把牛肉吃得无比细致、风生水起，也是潮菜独门优势。网传"没有一头牛可以从潮汕全身而退"。海鲜吃法多样，其中排档打冷——腌制生鱼片生虾，配白粥为日常食法。潮汕以滚汤为主，不似粤菜主打老火汤。羔烧番薯芋头，羔即糖浆。

工夫茶，潮人最爱，一天到晚不离茶盅。茶具讲究，泡茶手法独到：高山流水、韩信点兵、关公巡城等妙不可言。其中尤喜地方凤凰单枞，妙在一树一茶，独立产出。且香型多种，口感各异。家家购买茶叶，月消费大几百元。

潮州汕头，一文一商，相得益彰；潮汕潮汕，粤东一片，既有千年古城渊源，又有百年开埠生机勃发，辅以揭阳汕尾，串联一气，联手发力，有望再写粤东传奇。我向往，我期待！

云浮：大山云雾缭绕，浮出一轮明月

　　肇庆省运会开幕式，翌日应邀赴云浮参加书香节。从广州出发两个半小时车程，过肇庆市区边上进入云浮。一座山城，地级市政府所在地，20世纪90年代从肇庆地区独立出来。除新兴一块小平原外，大多处于山区。

　　云浮群山环抱，开门见山，30万人小城，房价平米六七千，安静好空气。1994年建地级市时，小县城规模，只有两条街：老东街、老西街，街道狭窄，两旁骑楼破旧腐朽，依稀可见旧时模样。城边上多是新房子，新楼盘卖得很好。城里大街两边停满车，摩托上路，尚未堵车。

　　小城只有一条小河，远离西江黄金水道，自古地处偏远。城内既无孔庙，亦无城隍庙，历史底色淡薄。目前交通大大改观，高速高铁齐备，但限于经济实力，城建仍在起步。南国书香节分会场热闹红火，学生表演与舞狮一出恰如节日，衬托书市打折，童书热卖。

　　蝉鸣一片，山林气息，嗅到树叶味道。来到山城，喝口茶，想想多久没有听到如此宏阔热烈的蝉鸣了。入夜，下楼散步，幽暗小道被山林遮掩，草丛中星星点点，闪闪烁烁地飘忽不定，是什么？诧异之间，竟到面前，呵！萤火虫！恍惚之间回到童年，福州郊区荒野中的军营，萤火虫成片……此刻，小小山城，天上星星稀疏，地下萤火虫点点……这就是云浮。

云浮云浮，诗意名字。并非"神马都是浮云"，其毗邻肇庆，临近广西，广东西南，一个独立地级市，管辖多县市。我对其印象二：六祖惠能出生地；云石石材流通世界。前者禅宗高庭独步天下，后者石材加工流通贸易基地名声海外。

云浮人按他们自己的话说：淳朴善良。在他们眼中，所辖罗定市，为文化古城，为人比较骄傲，认为自己有文化，也有点狡猾，有一句话说，凡有人烟处，都有罗定人。看来罗定人是见多识广，满天下跑。故也不太看得起云浮人。

其实六祖惠能的家乡新兴市历史久远，超过罗定。新兴由于拥有广东排名第六的上市民企温氏集团，以及一批优质企业，有钱人比较多，加之旅游业发展，在经济走在云浮各地前列。可以说，罗定人是文化上的骄傲，新兴人是经济上的优越，而云浮人则比较低调。当然，从整体经济发展来看，云浮在广东省一直垫底，多年难有起色。

云浮云浮，并非浮云。好山好水，出产美食：茶洞豆腐，鲜嫩豆香，大块白豆腐加酱黄豆、嫩韭菜，小锅合成；罗定鱼腐，鱼肉加蛋清油炸成形，清爽可口，实为当地名品；牛肉火锅，透出川味。

地方特色擂茶粥，木槌擂碎茶叶花生芝麻等香料入粥熬成，植物清甜中浮动多重异香，异常动人；擂茶为客家特色，流行极广，渊源深长，古代即有擂茶入粥。满桌特色，以至于烧鹅、龙趸广府名菜反而成了烘托，地方特色今夜主角。

辣木，一种乔木树叶，上汤辣木，清爽可口。西米粽以西米代替糯米，内含红豆沙，比传统粽子不但外形更加晶莹剔透，而且突出了西米爽快不腻口感，可谓创新。河蚌蒸粉丝，直逼海鲜品质；想象大山溪流阴柔孕育河蚌鲜嫩肉质，亦谓云浮精品。

蒸西江骨鱼，鲜味透彻；白灼西江白鳝，啫西江白鳝，一鳝两吃；七寸即卤猪肠，菜名为卤水七寸，亦具特色，将猪肠嚼劲与美味提升至上品。西江河虾，野生与网箱区别虾爪粗细，因为野生虾迎水而游，故粗细不一，网箱人工养殖则一般粗细。友人告知：从前西江上船柴火烧鱼，现捕现烹，格外鲜美。如今禁船江上烹调，故岸上"华苑河鲜"店口碑上佳，云浮味道正宗。

六祖斋以腐竹粉丝香菇豆荚清炒，清香可口。黄鳝汤，鳝丝粉丝蛋白丝加绿葱，汤清爽且突出鳝鱼肉香。黑豆腐亦是云浮名菜，以黑豆为料，色彩异样，先声夺人。以肉末、金针菇合烧，再铺少许花生碎，增加香味，此菜云浮饭店普遍，但街坊菜场却是罕见。

广州是布拉肠，云浮是抽屉式肠粉，制作工具不一样，口感因此不同。云浮更多是石磨肠粉，先磨粉汁，再抽屉式蒸熟。往往是这种大招牌，标明是"河口肠粉"。河口原为镇，现为云浮市区一个街道。云浮肠粉较广州更韧性，筷子提升不断，青椒炒萝卜干恰好开胃。

云浮誉为"石都""石城""百里石廊""全球石材基地"，石材行业，蔚为大观。市内外几条街，将近100公里，其中贯通云浮一条街近30公里，以石材加工与流通出名，手艺精湛，全球领先。

石材企业四千多家。此街头排街为商铺，后排街为作坊。云浮石材本地资源枯竭，已开采完结。

贵在汇集世界各地石材，琳琅满目，包罗万象，应有尽有。意大利黑金花、西班牙米黄、希腊爵士白、伊朗紫玉，土耳其、埃及、巴基斯坦等名贵石材，国内北京汉白玉、新疆红、广西白，比较起来，中东石头亮度石纹更胜一筹，价格翻几倍至几十倍。

米黄色石材销售最好，被称为"别墅专家"；黑石主装大商场；白石多作为墙体与台面；玉石则多用于工艺品。恰恰因为各类各色石材齐备，欧洲传来马赛克画才可能在云浮完成。可谓揽天下美石，汇集一体方成石画。世界各地石材均海运再转西江航道，距云浮十几公里码头上岸。

一掷千金为美玉。购得巴基斯坦红花冰玉花瓶一支，晶莹雪白之上浮现暗红色石胆，花色天然，巧夺天工，欣然喜悦。中国传统，花瓶象征平平安安，可与如意搭配。专家评价：此类石材剖开100块也难遇如此鲜嫩石胆，此胆红色，尤为喜庆。

巴国冰玉多带红色石胆，故称"红花冰玉"。云浮人专程选材，小半经验，大半运气，剖石见料，因材设计，下刀制成。此品厂主苏进发乃公众人物，省委书记汪洋来村里视察，悄悄送书记一对金石南瓜。种南瓜三元一个，做石材南瓜三百元一个，身价百倍，书记赞扬。胡春华来了也抱一下，也进中南海了——苏老板颇多自豪，将企业更名为"图强金南瓜"。金南瓜由山西五彩石制成。

山城品牌为改革开放后第一代云浮石艺人区大师所创，他们家是最早来石材一条街开商铺的开拓者。如今大师退居二线，生意交给儿子打理。山城展厅琳琅满目，美不胜收。中西传统题材主打，禅意茶台后起。

第二代传承人区小洪南人北相，豪爽开朗，与吾话甚投机，以作品回答我行前好奇：云浮石艺有多少文人创意与情趣介入？区大师目前钟情禅意茶座，以单色石盘为底，嵌入木纹，设计泉眼流水，让石头瞬间灵动柔和，富有生机。他认为：石几石椅富有生命，应当与人的日常生活联系，云浮禅宗禅意浓郁，可以找到个性化的作品，反对同质化，要想法超越传统模式、超越自己。

云浮新兴乃六祖惠能出生、开悟及圆寂地。国恩寺可谓禅宗文化高地，亦是中华唯一国字开头名寺，由武则天所赐。大雄宝殿出奇处：十八罗汉多二位：法海记录坛经；神会护法，大火中奋不顾身抢出坛经。二人代表六祖参加辩经，成功让南宗思想传播进入北宗。

六祖生前督建报恩塔，2006年原址发现舍利子，惠能未留一言，又无法史料考证。但判断应属佛祖舍利，由达摩所赠。"见舍利如见佛祖"。公元696年，武则天也曾赠法物予六祖，当时欲请高僧入朝，惠能以年高婉拒。

六祖"生活禅"，建议与中国孝道结合，合乎中国传统文化。表达传播：可用通俗化、中国化、平民化、大众化四点归纳。当下新兴政府明智，对国恩寺只做"减法"不做"加法"，祛除所有商业活动，免除门票，香火钱随缘，颇得信众游人好评。本地长大的李讲解员说得深情，自言从小听六祖故事长大。我一旁观察，信众无论男女，大多专注虔诚。

六祖圆寂后，肉身放"藏佛坑"。光孝寺、南华寺争夺肉身，商议燃香决定去向。香烟飘飘所向南华寺，并当夜托梦众人"身在宝林心在家"，以至安妥移身。

雨中拜谒藏佛坑，沿崎岖山路拾阶溯溪流而上，终点半山一亭建于溪上，亭前十多米有中流砥柱，柱上供奉六祖圣像，金光闪闪。六祖当年坐化巨石，千年流水，已沉溪底，故造此座。

想当年风水师询六祖母亲：要"万世香火，还是九代状元"？六祖母选择前者，因为其夫贬谪经历。没料到自己儿子如今真正"万世香火"，且声名日隆，远播世界。禅宗一步步进入现代人生活，明确解释人生，给人方向：身不由己，解脱在我；每一个人均可赖自身心力，找到适意美好人生——禅宗因此承传，六祖因此永生。

亭外大雨如注，青山巍峨，山涧溪流声响隆隆，而吾心中却是一片寂静：仿佛由国恩寺到藏佛坑，走过千里万里，此时此刻却离六祖最近……

六祖圣像，以韶关南华寺惠能真身为参照，塑造六祖庄严智慧之法相。惠能双目微张，盘腿坐于莲花宝座之上，似与信众弘扬禅宗思想。圣像选取温润洁白的四川汉白玉为材质，圣洁人美。

正中纪念堂除惠能坐像肃穆外，上下天地两方莲花亦具视觉冲击力！象征着佛教十方世界的圆满，造顶通过叠色的现代手法，演绎空灵抽象莲花，自然天光从屋顶洒下，恬静空明禅宗境界完美呈现。整体外观，亲水自然，壮阔大气，令人肃然起敬。

目前惠能纪念堂只开放定慧堂作为核心纪念性空间，其他展室内容筹备中。纪念堂由华工何镜堂院士团队设计，唐代宫殿，恢宏气派，颇具震撼力。由新兴头牌企业温氏集团出资，功德无量，值得赞扬。

大雨进罗定，云浮过来一小时车程。城边正建新楼盘，"天宝豪园"售价平米六七千，与云浮相仿。罗定为广东首批历史文化名城，底蕴在新兴云浮之上。名人蔡廷锴将军，抗战名将，十九路军军长。罗定古称"龙城"，有地标雕塑"双龙戏珠"。由于珠大龙小，市民戏称"硬撑"，而龙则笑为"蝙蝠"。后推倒重塑，壮大龙体。

罗定学宫、文塔，代表明清文化；大埗头码头繁盛一时，高州、信宜货品经此贸易。泷州古城始建于唐，沟通西江通往粤西重要集散地。明万历时，升州府建城墙。罗定江代表南江文化，历史悠久，文化基因独特，具古粤特色——近年云浮竭力打造的地域文化名片。南江口对接西江，罗定群山中之盆地，稻米富足，水陆交通自古便利，古代州府之重地。难怪1994年独立设地级市时，与云浮有相争之意。

连日大雨，泷江猛涨，洪水已淹没城边码头。云浮正将泷江改名南江，意欲弘扬地域文化名片，并与东江西江北江并肩齐名。但愿望到现实，又岂止一步之遥。市府依旧，博物馆空洞，学宫凋零；老街陈旧，少数骑楼破烂不堪，难觅当年州府重地风华。唯罗定中学兴旺，高考优者领先整个云浮地区。但经济文化落后，导致学成归来者少。

岁月沧桑，繁华不再；登上罗定文塔四顾，城里一片老屋，城边新楼崛起；远处青山如黛，脚下江水汹涌；连日暴雨，洪水泛滥，水位报警，罗定古城老矣。

把云浮、新兴、罗定三座城市放在一起讨论，是一个很有趣的话题。罗定文化古城，历史渊源深厚，古代州府重地，所以，他有文化骄傲的本钱。而新兴因为有六祖惠能，一个世界重量级人物，以及温氏集团等一批广东省优秀企业，所以文化与经济双重优越感。

一个文化，一个经济，似乎均在云浮之上。而云浮则为地级市政府所在地，拥有行政优势。所以，三个地方的人彼此有一些看法，非常正常。犹如潮州与汕头彼此亦有些许看法。所谓潮汕，三条江孕育三种文化，彼此也有差异，而这种差异又恰恰是本土文化丰富性所在，文化的质地、气息、皱褶、气场表达着历史、现实与未来的多种可能性，其内容亦是本土文化表达所要考虑的诸多方面。

可以说，无论是政治、经济，还是文化的发展，所有元素均在其中，或明或暗，隐隐约约地起着各自的作用。这是一个很有趣的话题。很难在短的篇幅中间充分展开，有些话题似乎还不习惯摆到桌面上谈论。

话题回到云浮三城，三地各有其长，亦有其自尊心。反过来说，微妙话题，意趣其中。因为话题空间很大，内涵丰富。文化建设，一向有准确定位问题，比如三城的标志性雕塑就值得讨论。

我以为新兴相对明确，因为六祖惠能横空出世。云浮的工人雕塑表达的是，开石材的工匠，请了四川美院教授完成——我仔细端详，觉得他是一个古希腊美男子雕塑的翻版：完美的肌肉、健壮的身材，表达的是一种教科书式的模板。所以云浮市民并不领情，直呼"猛男"，人物显然不具有岭南人种特色，更没有云浮开山者的行业气质。

罗定的城雕是"双龙戏珠",文化表达似乎也很难有本土个性。我们如何寻找自己独特的文化气质与本土文化表达,实际上是一个非常重要的课题。至于一个地区如何在其内部"亚文化区域",进行进一步互动组合,又是另外一个话题。所以,本土文化值得研究的问题太多,需要各方面的人士去钻研去探索。这也是此次云浮之行,对我个人的一个重要启示。

转型时代文化建设,关山重重,任重道远。吾愿更多同行一道努力!大山云雾缭绕,浮出一轮明月,愿云浮早日起飞,有一个远大前程。

茂名：粤西文化余晖中的"石油之城"

2018年夏天，我从粤东到粤西南，再到粤西。二十天时间里，我一直在谈论与"三"有关的话题：潮汕的三条江，养育了三种文化；云浮的三座城，彼此纠结；到了茂名，谈论最多的也是三座城，左手高州，右手电白。三人成虎、三心二意、三国演义、三足鼎立……所有与"三"这个数字相关的神奇与神秘，从四面八方奔涌而来。

茂名是一座年轻的现代化工业化城市，与历史古城相比，面容清澈而开朗，一抹"城市的浪漫"。但另外两座城却是历史风云变幻。

高州，一座古城，曾经的高州府，辖管茂名湛江大片土地。高州不但有塔、有寺、有庙，而且有荔枝有桂圆，是物产富足之地。2014年，我在高州有幸遇到年例。这是中国人春节家庭家族村庄团聚仪式的进一步拓展与提升。春节团聚本来属于家庭和家族的，但是到了茂名却成了一个全民狂欢——家族与家族、村庄与村庄之间，几乎是一片土地上的团聚交流，亲情充分表达，乡愁全面宣泄。送神、祭祀、聚餐、拜年、串门，所有关于乡村春节娱神娱己的活动，都在这里充分展开。让外地人感到意外与新奇。

再者，洗太夫人的大庙与香火，印象深刻。我曾经在夫人庙前观察半小时，发现无论男女老少，祭者均十分虔诚。让我深感这样一个历史人物，跨越千年仍然在地方保持极大的本土文化凝聚力。可惜这样一个巾帼英雄，一个有历史完整记载、人神同体的南粤卓越女性，形象传播力限制在粤西、海南岛一带，未能获得应有的中华英雄之声誉。

再谈电白。据说凡是讲俚语的地方，民风剽悍，敢于冒险，电白即是。电白老板比较多，做生意胆子比较大，也出现过一些违法违规的事情，对电白人毁誉参半。比较起来，似乎高州人遵从传统礼仪，温柔敦厚一些。两地反差，加之茂名当代工业人的精神，构成了茂名本土文化的丰富性，其中所蕴含的内容亦相当有趣。

从近日茂名发布的十大地方文化名片看，第一张是"好心湖"。可以说，承载了茂名这座城市历史脉络。值得欣喜的是，政府力推"好心文化"之"好心"二字其历史渊源，恰好与洗太夫人的一句话："吾事三朝主，唯一用好心"联系，既有当代色彩，又有历史渊源。由此亦可看到，茂名既具有当代工业色彩，同时又承载了古老粤西的传统文化。

粤西文化充满谜团，值得探究。广东历来广府、客家、潮汕三大民系，从某种意义上也可以说是三支移民，从三个不同方向进入广东，他们所带来的先进文化，对广东本土的百越文化形成一个巨大挤压。原住民的百越文化最后就被挤到了粤西、海南岛，以及广西更远的地方。

所以，从粤西文化外部内部，我们可以看到不同文化的冲突、融合、交叉、互动。粤西是中国方言最复杂种类最多的地区：相互牵挂，彼此纠缠，你中有我，我中有你，创造了文化冲突融合之奇迹。方言作为"文化活化石"，恰到好处地表达了这个地区文化的特点，值得粤西人、广东人、中国人去共同探究。

此亦是文化使命，任重道远。

访问云浮三天，浸透历史沧桑。云浮大理石积淀岁月，新兴惠能回响禅宗，罗定蔡廷锴乃民国热血。所有这一切均是历史的回望。没来由想起杜拉斯的那句名言："与你年轻时的面貌相比，我更爱你现在备受摧残的容颜。"用杜拉斯的名言可以妥帖地传达我旅途的心境吗？

在这样一种心理氛围中进入茂名，平添一种"猝不及防"感觉，城市"小小华丽"让我有点意外。茂名这座城与茂名石化紧密相连，同时也拥有整个粤西的文化传统。其格局与建国后新中国工业，以及当年苏联专家对城市规划的一锤定音紧密相连。

因为从前时代一句话：茂名有矿可炼油。于是，有了露天矿，开采油页岩，有了企业，才开始有了茂名这座城市。参观露天矿所在地牙象村，油页岩露天矿坑，引水造"好心湖"——水深处百米，"将一块地球伤疤变成美丽人造湖"。

茂名属于后发工业城市，不排外，兼容并蓄，大批外来工作者进入。1959年建市，城市规划由苏专家制订，所以完全方块式的。现在搞美丽乡村，牙象村在发展新农村战略上开始出名，成为典型。

茂名现在推"好心文化"，这个湖也称"好心湖"。牙象村书记提出叫"母亲湖"：没有这个矿就没有茂名。宣传词："好心湖，好辛苦，好幸福！"可谓好心湖的前世今生：开矿时灰尘蔽日，村民出外打工；引水成湖后，重现乡村振兴希望。

茂名三菜印象深刻：薄荷鸡汤。新鲜薄荷叶入鸡汤，鸡之鲜美薄荷异香携手汇合，别有风味，且凸显鸡汤之药用保健价值；电白芥菜脆口清甜无渣，据说上佳电白芥菜，摔到地上会如西瓜一般碎裂，可见其脆度非常；生蚝沾生粉油炸，包心生菜裹紧入口，蚝之鲜美与生菜清脆甘甜，达成上佳口感与味道。

茂名期望大家改变污染印象，目前空气质量大为改观，排在广东省前列。好心湖占地一万多亩，面积大过杭州西湖。临湖远眺，湖面开阔，波光粼粼，水天一色。

第二辑
羊城美食

北园，北园，尽显粤菜广府气派

北园，广州三大园林酒家之一，五星特级，让人联想五星酒店，均是顶级。1928年创建，已近百年。酒楼置于岭南园林之中，楼台亭阁，山石嶙峋，小桥流水，草木繁茂；山光水色映射满洲窗，五彩缤纷辉煌古典家具，店内常备兰花清雅，国画书法琳琅满目。古色古香中有名厨名点，衬托粤菜既华丽多姿又日常实诚之亲和。

早茶午饭晚餐，茶点无数，名菜上百，包房雅致，大厅富贵；推窗皆是园林佳景，满桌皆是美食佳肴。早茶丰俭由人，从一盅两件到粥面精品；点菜更是海阔天空，天上飞地上走水中游，几百上千大菜齐备，几十特价家常亦有；点贵挑廉，店家不欺，笑迎八方富豪贵人，亦不拒草根街坊俭朴来客。

只要你安静坐下，茶水滚烫，点心可口，如坐春风，如归故里。彰显食在广州园林羊城，更坦露岭南淡定亲和务实低调之风。北园虽不及南园宽敞，但餐厅包房四围园林，更显亲切，如居家园。羊城旧时原有东西南北四园，东园被广州酒家收购，西园修业停办，唯剩南北两园，倍觉珍贵。

雨中访园，点心之后，有三菜值得评点。芥末芥蓝炒北极贝。北极贝外壳平常，但贝肉亮丽，红红贝尖与白嫩贝肉构成红白相间之丰腴；上好芥蓝佐助，芥末入菜，口味独特，红白翠绿，色味俱佳。牛肝菌啫滑鸡，贵在一个"啫"字，粤语发音，实质为焗。嫩鸡稍稍腌制，用红葱黄姜佐配秘制酱料，妙在炒焖收汁，味道全在滑嫩鸡块。

客家支竹腐乳肉的亮点在五花肉，肥瘦分层，块块带皮，最显猪肉威风；羊城腐乳隐约肉间，暗香浮动；一口下去，肉汁涌动，肥而不腻，舌齿生香；此时腐竹清口吸油，成了优秀配角。

粤菜好处，主角显赫，食材原味为上，其余皆是配角，众星捧月，全为主角光耀天下。不似四川麻辣，湘赣红椒，铺天盖地，一统天下。换一句大白话：全为突出主菜原味。佐料种种，类似繁星点点，其使命只有一个：捧出一轮明月。而以上三菜的"明月"则分别为北极贝、鸡肉、五花肉。细细品味，果然三荤味道正宗。不由欣然叹道：北园，北园，尽显粤菜广府气派。

陶陶居：绮丽多变的传统

陶陶居，广州百年老店，羊城美食招牌。把传统茶楼放到高档大厦，装修精致且存留传统风格；传统食材华丽转身，色香味依旧，菜品外形绮丽多变；价格30—70元，丰俭由人，可一粥一菜，亦可点菜小宴；既有鲍鱼龙虾，亦有干炒牛河。平凡食材，传统出身，却有绮丽多变，且中看亦中吃，浓郁岭南风味。

广府豉油鸡打头阵。脆香石斑鱼块，就有创新：蛋清包裹油炸，点沙拉酱，一口咬开，鱼肉鲜嫩，油炸粗放担忧瞬间化解。剁椒小皮蛋，明显引进湘菜剁椒，色彩夺目。蜂蜜柚子炸鸡翅，西式烹调，既有柚子清香，又锁定鸡肉嫩香，难得刀工细致，小小鸡腿利刀开片，利于油炸入味。

一口酥豆腐，妙在点酱，甜中有辣，一口一个。啫啫生菜煲，看似砂锅寻常，妙在虾干虾酱干焗，让虾味入菜，生菜小棵斜切，入口生脆异香。滋补大鱼头，桌边现场制作，鱼头一分为四，鱼汤加沙参玉竹红枣姜片，汤鲜鱼嫩，尤其是鱼头骨髓，轻轻吮吸，入口即化，若有若无，神仙享受。

餐后点心，一对天鹅，凸显中西合璧，让人联想这座千年古城：烟火中的繁华，繁华中的日常，绚烂与平淡之相遇。荔枝涌，黄埔港，或许，江南王谢堂前燕，从来就在羊城寻常百姓家。

泮溪：羊城三大园林酒店之首

泮溪酒家，羊城老店。毗邻荔湾湖公园。1000多年前南汉王御花园"故地"，也是昔日"白荷红荔、五秀飘香"的"荔枝湾"。1947年，粤人李文伦在"古之花坞"创办酒家。附近5条小溪，其中一条叫"泮溪"，故命名。

荔枝涌边小街，桥头店门，古色古香。进门大院，小湖大塘，楼台亭阁，雕梁画栋，回廊蜿蜒，水光倒映，不知多少去处？湖石假山，簇拥一条瀑布，哗啦啦水声，绿蓬蓬榕树，好一幅曲径通幽图画。正值午餐，客人都在厅里享用美食。日头下竟无人声喧哗，仔细端详，路牌上有画舫厅、中国会等十多个餐厅，各有路径，一时迷茫。亭下阿叔指点：前行茶位费9块，湖上最贵15块。看来以茶位费拉开档次，客人自由选择。举目望去，湖中船形画舫厅似风景最佳，亦是茶位最贵，但茶点菜品却是一样质量、一般价钱。

落座点菜，点心喜欢，菜品更爱：金鼎白切鸡，148元一只，金鼎奖上品；古法烧鹅，208元半只，誉为"广州十大最好吃烧鹅之一"，可谓英雄盖世却谦为"之一"；蜜汁叉烧，丝丝入扣；金沙牛仔骨，韧劲滑嫩；顺德酸汤无骨鱼、客家柚皮焖烧肉，食味而遐想……不胜枚举。

最爱凤尾蓝度百合炒虾球,荤素搭若天仙配,"冠军相"十足:蓝度全称是芥蓝度,广东叫法,指经过精心裁剪的芥蓝。其与雪色百合配对,妙在芥蓝切出凤尾,碧绿片羽,点缀红果椒两片,黑白红绿齐心合力衬托鲜虾,鲜虾如何炒成虾球?好似众星捧月——虾即主角,一轮明月矣。口感上佳,菜脆虾嫩,鲜美异常。我家包包力赞"冠军"深得粤菜精髓:以众菜蔬佐料,凸显虾肉。西式摆盘,清爽无汤,兼容中西烹调之道。

迷你冬瓜盅,小小冬瓜中蕴含众多汤料,多而有序,鲜而清淡,一口汤入口瞬间达至仙境。紫苏啫大肠,啫即焗,收汁恰到好处,紫苏姜蒜洋葱充分渗透大肠;陈皮排骨,打的就是"广东陈皮"牌;沙白贝蒸水蛋,将平凡家常菜做到极致,我疑惑于白贝何时进入蛋羹?以造型看逐个插入,应讲火候。白兔鲜虾饺、泮塘马蹄糕均为名点,绿茵白兔鲜虾饺获奖无数,已然抵达色香味境界。

广州现存三大园林酒店,泮溪为首,不但历史渊源、地形优势,而且规模远在南园北园之上,亦是米其林入榜餐厅。营业时间一天四段:早市、午市、下午茶、晚市,且有戏曲专场,荔湾区老城老居民力捧,老字号一条街烘托,荔湾湖公园荔枝涌古玩城陪衬,氛围气场彰显羊城,可谓羊城三大园林酒店之首。

广州新年庙会上的美食比拼

广州城隍庙，始于明朝，落在市中心北京路商圈，高楼大厦包围，名气渐小。近年因政府专设庙会，似有重振之势。庙宇规模受限，香火远不如附近大佛寺，佛教压道一头？这里道士主持。联想偏僻揭阳，城隍庙红火异常。广州新年庙会中心设城隍庙前小广场，今日搭台演出喜剧，普通话粤语相间，江南才子唐伯虎会岭南财主，诙谐搞笑，惜吾粤语不灵，只听大概，难解其妙，但身边观众嘻嘻一片。

北京路为"非遗"项目摊位，庙会尾声，人不拥挤，但好奇者众，观多买少，多为闲逛。古琴现场演奏，让人肃然起敬，但多不识，嘀咕古筝吗？唉，琴棋书画，传统失矣！榄雕、广彩、铜装、珐琅彩、通草画，辉煌昨日，均有一段历史出身。

与"非遗"摊位清静构成反差的是美食区，人声鼎沸，人头攒动，美食当前，食指大动，广东美食齐齐上场，色香味比拼。好在谢绝臭豆腐麻辣汤出场，温和广东小吃并无刺激异香，广佛潮似为三大阵营主场，支撑庙会美食。广府小吃历经民国繁华，蔚为大观，佛山番禺或许保留传统坚定，比如排队最长的佛山祖庙陈氏盲公丸、陈村粉与伦教糕。但广州多见中西合璧之作，比如橙子蛋羹。潮州蚝仔烙、手打牛肉丸，令人食过难忘。可惜庙会少了客家与粤西小吃，美中不足。

我食小吃五样：潮州鱿仔烙、橙子蛋羹、陈皮艇仔翅、韭菜煎饺、萝卜牛杂。佛山盲公丸，排队太长，放弃。潮州蚝仔烙，粉丝者众，割爱。鱿仔烙与蚝仔烙具异曲同工之妙，头一回在琶洲广交会食品博览会遇见台湾蚝仔烙，与台湾大厨温软闽南语一道，存入记忆。再遇潮州蚝仔烙，格外亲切，仿佛邂逅故旧熟人——扪心自问，恐怕与童年时代福州小吃锅边糊有关，海鲜味道居然唤醒童年记忆。鱿仔虽不如蚝仔细嫩，但嚼劲好，与鸡蛋同煎，香味卓越，堪称上品。

橙子蛋羹以半个挖空橙壳，注入掺奶蛋汁，大火蒸熟，蛋奶兼备又有橙子清香，属于西点形式与本土小吃混合气质。陈皮艇仔翅，令人联想艇仔粥的珠江身份，本土平民气息中亦有鱼翅高贵。韭菜煎饺最常见，一份八个，扎实早中餐。至于萝卜牛杂亦是羊城日常小吃，既平民又著名，享誉羊城。

我在北京路口小店结束美食之行，用萝卜牛杂画上句号，来广州十五年，北京路口的萝卜牛杂店，尽管价格从五元上涨到十几元，但坚守本色，味道不变，已成为我这个新客家本土记忆之一，与童年青年生活过城市的味道，享有一样美好而珍贵的地位。年年岁岁花相似，岁岁年年人不同。唯有人生走过地方的味道，如醇厚白酒，年代愈远反而愈发芬芳，令人回味呵。

及第粉原出于岭南文明发源地

及第粉原出于岭南文明发源地——粤西高州。几百年间，传至广府沙河镇，叫"河粉"；到顺德，又演变为"陈村粉"。制作讲究五分水、三分米、两分工夫，如果把三者做到极致，就像古代的状元及第，口味出众，口感第一，才能称之为"及第粉"——此介绍颇具自信：一誉发源地；二誉河粉祖宗。不知历史专家认可否？

反正高州曾经统辖大片粤西重镇，故事讲得不错！细品招牌粉，第一口汤够鲜，纯猪骨汤；第二口猪肝小肠肉片，猪杂够多；第三口肠粉，入口细腻且弹牙，所谓"弹牙"，指韧劲柔中有刚，乃米浆成品之境界：至柔软中有劲道。犹如书法隶书，羊毫起笔，却是力透纸背。堪称岭南汤粉上品，出身不凡，品质上乘。此店连锁，登陆羊城，从装修服务看，即刻进入时尚潮流，手机点餐，去收银台，现场电动石磨制粉、切粉、熬汤、下粉，过程敞开，送餐快捷，桌椅墙面均兼得传统与现代之时尚，品牌意识鲜明。当然，汤粉材料一流，但烹制火候稍过，猪杂过火口感木然，小肠不烂，多半舍弃。

我大年初四出门寻餐，原本冲着云浮石磨粉去，一看已易帜为私家牛肉面，隔壁却有新店高州及第粉开张。这也是羊城食界风气：新旧更替速度极快，除几家老店外，似乎不连锁不铺开即倒闭，恰似"长江后浪推前浪，前浪死在沙滩上"。我喜欢多年的贵州花溪牛肉粉，就轰然倒下，悲痛退场。不及怀念，已有新人妆容登场。及第粉亦为羊城新星，合吾口味。愿与近年登陆羊城的东北饺子、上海馄饨、重庆小面一样，站住脚，立起旗，长久下去。

出门路上遇邻居邓医生，偶然得知我去吃高州粉，两眼放光，一问：高州人。即刻亲近，邓朗朗言：及第粉好吃！自豪感油然而生，吾亦受到感染。新年之际，为粤西传统重镇高州一祝！

银记肠粉

银记肠粉，广州名店，遍布羊城，门面不大，连锁经营，顾客盈门，驰名港澳，深受老广喜爱。招牌为传统布拉肠粉："粉薄、味鲜、爽滑、口感独特"，誉为"白如玉，薄如纸，爽滑微韧，味道鲜美"，二十世纪五六十年代，即名扬广州西关老城，美食家蔡澜题名："以肠为王"。

大年初六出门寻食，点虾米韭黄冬菇肠、艇仔粥。羊城人日常生活离不开肠粉，好似湖南人江西人广西人之于汤粉炒粉，河南人之于呼啦汤，江苏人之于干丝。肠粉分拉肠与抽屉式两种，后者多见于排档，布拉则在店铺。虾米韭黄冬菇肠，亮点在虾，虽小却实，粒粒肉紧，嚼劲与拉肠细腻恰成反差，韭黄异香冬菇暗香，一齐帮衬烘托拉肠米香，滑爽入口，开启羊城一天。艇仔粥妙在佐料：鱼片肉片烧肉猪肚蛋皮炸猪皮丝青菜丝花生米，似神仙会，烘托平常白粥，出神入化，跃为上品。此粥清朝时多在珠江小船上买卖，故称艇仔粥。

一粉一粥，稍显奢侈，需17元。顾客一般或粥或肠，或白粥豆浆搭牛肉猪肉肠粉，或一碗鱼片肉片粥，10元上下解决。银记名店，自然价略高于小店，但质量保证，味道不变，信誉上佳。

　　与银记布拉肠平分秋色的"抽屉式拉肠"，显得更平民化一些，大街小巷排档店面，一屉一台即可操作，粉汁平铺，放肉末加鸡蛋，抹平均匀即入屉蒸，一二分钟即熟，用锅铲平刮卷状，切块装盘，加油与生抽，或厨师点料，或顾客随意自加，快捷简便，入口柔滑，加蛋加肉或选择不加——只吃斋肠，一般本地人配粥，亦是丰俭由人，白粥肉粥鱼片粥，上班族赶时间，多打包带走，另买一杯豆浆，一般10元内打发。羊城本地风味日常早餐，一般三个板块：拉肠与粥为主，粉面为次。拉肠打包，几分钟即可，故光顾最多。

羊城佳果美食

我喜欢的羊城水果之二：杨桃和番石榴。杨桃为劳模，因为不分季节，全年开花结果，但品质悬殊，甜与涩时常共生。番石榴亦有红白黄心多种，吾独喜青脆大个，切块与杨桃五星片拌话梅粉与陈皮粉：平衡青涩，凸显甘甜。可回味之甘甜：自然新鲜而质朴。两果与两粉携手，羊城绝配。

狮头鹅肉饭，潮汕人最爱，爱到深处近痴迷。把当地头有大冠的肥鹅吃得如火如荼，吃得无比精细——鹅之不同部位价格悬殊，青睐鹅头，其次鹅翅，可对？印象中潮汕人不仅津津乐道，而且人人好这一口，一如北京烤鸭，重庆火锅，广州白切鸡。我食之，鹅肉卤味透彻，嚼之劲道，较鸡鸭肉粗犷豪放，皮油稍丰。好在卤味细腻，使豪放兼得柔和细腻，潮汕"种田如绣花"性格使然。

羊城稻香名店的五仁红米炒饭，十分抢眼。第一眼的联想是"桃红李白"与五仁月饼。亮点首先在色相：白米与红米与瓜子仁与葱花，红白黄绿，色彩纷呈。细细端详，还有杏仁，瓜子仁，松子仁，火腿丁，鸡蛋丁等，仿佛十面埋伏，让白米与红米倾情上演《霸王别姬》。米饭颗粒，嚼劲正好，五仁抱团，汇聚一堂。油不多不少，促果仁释放清香，大大提升炒饭品位。

　　三元及第粉，源自羊城名吃三元及第粥，启于明代，猪杂称"杂底"转意为"及第"，三元指乡试会试殿试。一般用猪粉肠猪肉猪肝三样，与滚粥合成，其白粥熬至米化绵软，三荤汇入，米香浓郁。尤其排档大妈现场烹调，风味十足。不似汤上工夫此品，猪肝已老，粉汤不浓，出身虽正，形象走样，看来求礼需乡野呵。

　　重庆小面，江苏卫视主持人孟非不断推荐，名扬天下。红油满碗，麻辣劲爆，夏天光顾，满头大汗，一嘴失感。今冬寒再光顾，要了不辣牛腩肥肠小面，一口汤发现肥肠不香，还是加了少许红油花椒，即刻焕然一新，重庆味道高扬。可见地方小吃均在地方体系之中，离开佐料，难问西东。依旧通体发热，额微汗，换了一个道理。

羊城立夏说花果

花间传燕语，翰墨寄心声。旧时园门，让人肃然起敬，浮想联翩，连墙头水君子亦透露沧桑。立夏，羊城似无仪式。从前住过城，有立夏米粉肉；八十多岁岳母电话说：菜市场买了立夏果吃——但与我而言均是记忆遥远。羊城立夏，雷雨阵阵，罕有长达一个多小时的大雨，致使恒大在家门口天体输球，不爽。让人隐约不安天气：时而阳光灿烂，时而阴云密布。水君子莲雾花盛开，菠萝蜜芒果挂枝，龙舟水将至，夏天来矣。

宋代诗人杨万里《闲居初夏午睡起》写道：梅子留酸软齿牙，芭蕉分绿与窗纱。日长睡起无情思，闲看儿童捉柳花。可惜羊城四季不分春夏不明，柳树永远婀娜多姿，芭蕾四季叶大肥厚。所以比较起来，端午节扒龙舟季节气息更浓郁一些。届时，报纸上连篇累牍报道羊城各村扒龙舟吃龙舟饭，还有各村珠江赛龙舟访亲戚的民俗风情。入夏后，开空调睡觉，穿T恤上班就是常态了——再不用乱穿衣，一街棉袄短裙共享时光了。

除了树上的花，水果铺的果也呼应着夏：砂糖橘退场，海南粤西菠萝登场。今年菠萝大年？菠萝又大又多又香，黄灿灿坚实，甜丝丝浓香飘出果铺；三华李子与广东青梅上市，让人眼前一亮，却又担心青涩酸苦——广东当地这两种水果应时季节上市，时间只有个把月。可惜口感不稳定，大不如杨桃番石榴长销。

但我的朋友潮汕歌手李四顺却大不以为然，他深情写道："去超市买瓶梅十分钟，自己浸要一年。一粒梅三斗火，新鲜青竹梅吃不得，卤上年份后却清热降火——潮州人吃生果要有梅汁作佐料，梅子熟在春雨淅沥时节，阿妈眼里没有坏天气——洗净晾干，卤盐融化腌制再入樽密封。明年这时候可以和豆瓣捣成酱蘸黄瓜吃。"四顺在写歌词？最末两句诗意盎然："这个礼拜都在梅的清香里睡着，随着盐浸入果身，每一天香味都不一样。"羊城水果档铺此刻正酝酿着一个天大喜讯：荔枝桂圆即将盛大上市——此两位才是岭南佳果的招牌主角呵。

羊城寻食：遍地好吃

　　羊城老城区，街坊老店煲仔饭，吾食榨菜鱼腩饭。有笼仔煲仔两种，笼仔是小蒸笼蒸熟，味道柔和清香；同样食材到了煲仔饭，则一饭一砂煲一火头，单独在米饭上下料点油烹饪，妙在烧出锅巴，飘出喷香，较笼仔味道强烈，更加诱人。细想煲仔饭味有三层：食材鲜美，比如鱼腩伴着香油与姜丝，充分入味；米饭与鱼肉荤香互动交融，相得益彰；上层中层油汁香味沉淀煲底，让锅巴焕然一新，微焦脆香。可见手工一品一做之煲仔饭，的确比成批制作笼仔饭可见品质，故价格每件高出二元，亦是值得。

　　新开店面，食客吾爱。哈，居然高州品牌，居然自称陈村粉祖先，口气不小。高州荔枝美誉千年，一骑红尘妃子笑，一说即为船运果树，二月始红，上岸快马进长安。名人名头大的洗夫人和她六世孙高力士——给李白脱靴的太监，但高州博物馆为他平反正名。粉皮大刀切出，蒸笼现蒸，绝对手工，但细品其粉，细腻Q弹似不如陈村，一碗猪杂汤则媲美客家。洗夫人离世一千多年了，当时高州是否影响西江流域？粤地传统肯定，发源地则难以山头树大旗，自说自大呢。节日从一碗鲜美汤粉开始羊城嘛，还有早茶的千军万马。

　　羊城老城区，我要了一份菠萝肉粒炒饭，13元，传统餐。猪肉丁加火腿肥丁加菠萝丁，三丁炒饭，无须太多油，肉粒荤香加菠萝果香，使炒饭有了乡间田之风，炒饭吾喜，菠萝吾喜，喜上加喜，喜不自禁，风卷残云，一扫而光。食罢直悔未能细细咀嚼，再三品味。

羊城早茶，至"三园"渐入佳境

南园酒家，羊城三大园林酒家之一。僻静街道，门面不大，却是城府深藏，出身高贵。罕见白金五星——此为何种等级呢？进门惊艳，如入名家花园：古树参天，楼台亭榭，曲径通幽，流水潺潺，岭南风味浓郁。更让人心折的是早茶之规模、茶点之丰富之精美：园林之中，多座庭阁俱为茶室，林林总总，楼上楼下，茶客欢声笑语，茶点琳琅满目，样样精致，件件可口。日日叫号坐等，天天茶客盈门。羊城早茶，至此"三园"，一跃顶级。可谓登堂入室，渐入佳境矣。

小碗濑粉贵在手工；金沙红米肠——红米肠包裹油条，油条中含鲜虾一只；绿茶糕玲珑；墨西哥叉烧包——中西合璧，外形西点，馅为叉烧；酸辣牛杂汤——温和等级，亮点为小块酸萝卜，辅佐牛杂；虾饺皇堪称茶点上品，完整鲜虾呈现；黑椒牛仔骨鲜嫩；金粟甜薄餐特色明显：玉米糕精制，提升平凡；香芋火腩卷，将香芋扣肉完整一块裹入，藏大荤于面点，略显豪放；鲍汁凤爪体现烹调神功，化凡为奇，凤爪既烂又鲜且留嚼头；生滚鱼片猪红粥，两大主力携手，姜丝细长，葱花点点，粥到极致。

南园特点与五星酒店不同，虽装修豪华环境优雅，但人声喧哗，多操粤语，颇具市井老城氛围，与羊城早茶市民气质投合：一盅两件，坐谈生意，闲聊人生。不过，还是比市井酒楼有优势：设无烟区；茶具精美，茶点精致，较"点都德"更具传统品质。园内楼舍，满洲窗琳琅满目，本为贵族富豪专用，然羊城人不论贵贱，拿来即用，共享概念似有传统。早茶若在文人雅士亭阁内，似乎清静风雅，但羊城人偏不，吃得如火如茶，吃成早茶广场，一派亲民，一派日常。与江南所谓"兰亭雅会"明确拉开距离。

遥对羊城：珠江岸边的深井古村

　　离开喧闹花城，坐交通船一元船票到对岸长洲岛。黄埔军校所在，我们避开军校码头，另一水路去深井码头，看明清古村落：深井村。

　　宋末元初，凌氏响应陆秀夫、张世杰的号召，组织义军抗元，三次收复广州。凌震一支落籍深井繁衍，成为大族，并建成深井村古民居建筑群。悠长的麻石街巷边，到处是宗祠私塾书亭民居店铺，繁茂一时。深井村有三条进士巷，自古文风鼎盛，明清朝共有七人中进士。最大的官，光绪年间直隶布政使，正一品。

　　凌氏吸引我的还有一位后人出色：凌叔华——20世纪20年代与丁玲、林徽因并称"民国三才女"的现代作家。凌叔华虽出生京都，但此为祖居之地。类似梅兰芳认祖江苏泰州，凌对深井亦是认可的。可惜在村内没有看到文字介绍。

　　凌氏宗祠之外，各支系还有众多祠堂，其中前山一堂如今已成咏春拳承传基地，每周六有拳师授课，师门继承，讲求武脉：广州咏春之父，"第一打仔"少春，可谓师出名门，渊源深厚，颇具底蕴。

　　深井老巷，邂逅梁老伯根雕艺术馆，建在他自己小楼里。我在门口打量，以为出售艺术品。探头一问，不卖只看。进门问好，边看边聊，打开话匣。老人七十有一，两个儿子：一个成家住在村里，另外一个做厨师移民澳大利亚，现在他一个人独守老屋，守住这群根雕。他津津乐道地阐释满屋根雕，开口观点令我刮目相看：现在市面上只对学院派的作品感兴趣，我这种木匠出身的作品就没人愿看。我仔细观赏，不难感受一种粗犷淳朴的民间气息，所有根雕都取材于金银花、芒果、荔枝等当地常见的树种根系。比如他的一尊根雕作品，他解释为：一边虎门，一边蛇口，后面一个洞是香港，从虎门和蛇口之间偷渡到香港——显然他用他自己的人生经历来阐释并构思创作。他自己就有在香港工作多年的经历，他母亲姓凌，本村人，抗战时为躲炮火从香港回到老家，定居扎根。梁伯说他的小楼就是由他赚的港币建成的。走上二楼，楼梯旁有自贴剪报，哦，梁伯已经是小有名气的深井民间根雕艺术家。71岁的他自豪自创根雕，一组体育题材抓我眼球，他拿下一尊，让我猜猜像什么？冰上芭蕾，他哈哈一笑，翻过来就是外国脱衣舞。还有"聚宝盆""深井烧鹅""活鱼""骏马""芋头"等，均与日常相关，异常亲切。说得投机，告别时梁伯递上名片，欢迎再来观赏：先打电话约呵，不然我常去钓鱼呢。

珠江岸边，深井码头。榕树成行，绿荫如盖。露天搭台，阳光从榕树绿叶间穿过，斑斑驳驳，江风微凉，暖阳下开食。当地小店，三菜一汤，小岛特色。支竹煲鱼头——支竹即腐竹，鱼头鲜味与大条腐竹相得益彰。沙姜猪手——最个性粤菜，妙在沙姜异香。上汤枸杞叶——皮蛋衬托枸杞清香，乃羊城日常菜品。紫苏炒螺蛳，惜勾芡过多，汤汁无法渗透螺肉。也许螺蛳小菜难入粤菜大厨法眼，此种湖南江西喜食小荤尚未进入羊城菜谱呢。

珠江岸边食肥鹅

羊城四月初夏，吃货目标为珠江对面长洲岛深井村"深井肥鹅"。从广州海珠区新洲码头乘船过江，客轮船票，只要二元。登上码头，步行一刻钟，小山坡上，竹林半掩的农庄餐厅即目的地。涉水登山，就为了食客口碑的那只肥鹅啊！近处竹林摇曳，远处江水滔滔。一杯茶刚喝一半，"深井肥鹅"上桌，一盘半只一百元，肥嫩丰硕，金黄酱色，油光闪闪，大盘上桌，力压全场，成为午餐主角。齿间早已期待呼唤，小心翼翼入口，瞬间恍惚仙境，忘却一切，沉浸其味。妙在脆皮与鹅肉之间有一层薄薄脂肪，潜伏其中，皮脆肉嫩，以至境界。在牙齿进入皮肉刹那间，一股肉汁涌入口中，与先前甜酸蜜汁蘸料汇合升腾，分分秒秒，渗透鹅肉，甜甜咸咸，融会贯通，异香满口，回味无穷。可谓肥而不腻，色味口感俱佳，岭南风味，上品粤菜。

深井烧鹅，粤系名菜。印象中港深穗均有深井地名，以何正宗呢？此菜工序讲究，可谓不惮其烦，食不厌精。据说长洲深井烧鹅奇妙讲究，还在于用当地荔枝果树为柴，慢火烘烤。吃货上品者告：深井并非地名，乃指传统古法。平地掘坑，状若深井，底铺炭火，鹅悬挂铁棍之上，慢慢烘烤，方有名菜出世。

羊城烧鹅，制法讲究。大致步骤可归纳三步：特殊宰杀及调制味汁；全方位充分腌制；下锅烫水及烧烤。具体如下：选取优质仔鹅，宰杀洗净，肛门处切口掏出内脏，斩去鹅掌及翅尖。用姜末、蒜蓉、葱末、精盐、白糖、料酒、玫瑰露酒、五香粉加适量高汤调匀，制成味汁；另将蜂蜜、白醋、枧水调匀，制成脆皮水；味汁灌入鹅的腹腔，旋即针线缝实，密封味汁；将鹅头向上，用气枪气嘴从鹅颈杀口探入，按压气枪，促使空气打入鹅体皮下脂肪与结缔组织之间，使之胀满已抵达全方位充分腌制之目标；沸水锅中烫约半分钟，用冷水浇淋鹅的表皮，降温稍凉，即将脆皮水均匀刷于鹅表皮，挂阴凉通风处晾干；稍后入烤箱，用慢烤至鹅肉熟透，改用230度的温度将鹅的表皮烤至酥脆，取出倾尽鹅腹内卤汁，大功告成！斩件装盘，淋上卤汁，随酸梅酱味碟上桌蘸食即可。工序如此复杂，应该是古法之上又有多种改良，比如深坑柴火转为先进可控烤箱了。由此也可见出，从前古法烧烤，需要多少经验和耐心，制作成本相当高。

不过，无论如何，远离市区，保留古法，并不整齐划一的羊城深井烧鹅、古港烧鹅，恰是当下城里人找的那种新鲜土气吧？肥嫩大块，嚼劲十足，兼具烤制、焖烧、蜜汁等多种风味，各家不一，均称本土民间传统特色。大盘上席，规模宏伟，我食半只，价一百元，亦是盘大肉实；若是整只大鹅，几乎宏伟如山，气势直冲屋顶，岂不快哉快哉！

一个雅字呼应粤菜

杭帮菜让人遐想，西子湖畔，温柔富贵之乡。外婆红烧肉是招牌，东坡肉整块切开，腌鱼四围，冬笋垫底，砂锅蒸熟并小火加热，温度保证肉香鱼香笋香，不但造型诱人，而且颇具风味。

韭菜蛤蜊肉、"莼鲈之思"的莼菜汤、杭三鲜、酒酿圆子羹、马家沟芹菜、雪菜炒野笋、素烧鹅、腐皮青菜，均将平常食材提到精致境界，色香味万变不离其宗：明明白白一个"雅"字。黄鱼烧年糕印象尤其深刻，且不说黄花鱼烧得如何鲜美，那薄片白色年糕与鱼汤邂逅于杭州湖边，实乃天作之合——"湖州熟，天下足"，江南鱼米之乡，鱼鲜稻香恰为正道。

鱼与米之精妙结合，足以引吾想象：千年之前，北宋南宋，华夏之国，何等富庶？"暖风吹得游人醉"，蒙元入侵前夜的西湖日常生活图景恍若眼前，何等精致讲究？而"南宋之后无中华"——又是何等沉郁低回，似归雁悲鸣。哦，还是回到快乐食客吧，面对美食美景，所谓"乐不思蜀"，实在是凡夫俗子情理之中呵！

羊城乃大批移民之地，本地粤人虽钟情粤菜，但一向不拒八面来风，故杭帮菜亦有数家："西湖春天""外婆家""江南厨子""江南味道"，开一家红火一家，深得市民欢心。或许清淡雅致杭帮菜，原本就与粤菜心心相印，气质呼应呢。

粤菜极品，亦在传统与西式之间徘徊

　　广州酒家天极品酒家，尝试所谓的极品粤菜。一进酒店，黄永玉写的招牌字"天极品"映入眼帘。走几步又发现赖少其的大幅书法挂在墙上，令人刮目相看。

　　广州酒家目前多种经营，多种档次并存。我吃过几家，有做快餐的点菜的，顺便售卖广州酒家出品鸡仔饼腊肠腊肉等，十分日常平民。这家店打招牌"粤菜极品"，是一个什么样的面貌呢？多少有点好奇，静静期待着。

　　菜单拿上来了，一共九道，边看菜名边议论边品尝。所谓的粤菜极品，配的酒水是澳大利亚2016年葡萄酒，每人面前有精美的餐具，西餐刀叉和中餐两套筷子与一个汤勺，同时配备。每人三个酒杯：葡萄酒装大酒杯、中杯盛矿泉水，另外一个是玉米汁或杏仁汁。类似西餐，一道一道上，食罢撤去餐盘，再上下一道。

　　上菜开始：第一道古法盐焗鸡拼白玉蔬菜卷，在一个长条的白色瓷盘上，摆了一块盐焗鸡，一侧一枚蔬菜卷，蔬菜卷的皮类似春卷，裹着几样蔬菜，口感鲜脆，佐配盐焗鸡恰到好处，但是因为仅有一小块鸡肉，所以并没有完全吃出盐焗鸡味道就收场了。第二道潮式过桥桂花鱼，稍显规模，一人一钵。食前大家还议论，这个"过桥"是什么意思呢？难道是把鱼放到水里汆一下？端上来一看，黑钵里头还真有一些米粉，几片桂花鱼鲜嫩无比，放在米粉上面，点缀几片酸菜与姜片。主人说这套菜是把粤菜、云南菜、贵州酸菜鱼组合而成，同时又加了一点点辣味，兼有湘菜味道。颇具特色，口感口味的确兼容各家，但也说不上精彩。

再一道：安格斯牛肉烩雪梨。安格斯牛肉，西餐中一道著名牛肉品牌，雪梨切成一半，掏去梨心，将牛肉先行腌制后放入，两半合一，然后清炖。牛肉鲜嫩，保有嚼劲，同时雪梨清甜自然渗透。此道菜颇有特点，外形好看，色香味达到一定的境界，据说也是今晚八道正菜中最贵的一道。第四道：春荞河虾仔煎薄饼，这道菜的亮点是春荞，三月初春季节菜，河虾仔倒是常见河鲜，分别烹制后，与薄饼一起油煎，外形颇似中国春卷。第五道：甘香柚皮焖鱼骨腩，鱼骨腩乃顺德菜中典型的一道河鲜，但此极品特点是把柚子皮进行腌制，与鱼骨腩放在一起清蒸。柚子皮的清香衬托着鱼腩，柚子皮为亮点。食之顺口，但总觉得形式超过内容——鱼骨腩量少，无法获得顺德菜中那种"焗"之香味。

第六道：山泉水浸有机菜苗。潮州春菜，用矿泉水过水，也许放一点点橄榄油，清香素雅，满眼翠绿，清水出芙蓉的感觉。除了餐具衬托，其实也是一道非常平常的菜。第七道：艾叶汁手工布拉肠。亮点是当下时令菜艾叶榨汁，掺入米浆，手工制作拉肠。此品为"广州银记"的主打产品。因为所谓的拉肠分抽屉布拉肠和手工布拉肠两类，手工布拉肠当然价格要高些，但也是日常食品，把日常食品做到如此精致，量如此之少，似乎亦代表一种高档消费。

最后一道菜：紫薯炖燕窝拼松露粉果。更是典型的雅俗共赏，紫薯这种平常的薯类，做成西餐式的一朵花，而围绕它的却是珍贵的燕窝。可谓大俗大雅熔为一炉。至于松露素粉果，外形极其好看，亦是广州与潮汕早茶时可以看到的粉果，细腻透明的粉皮包裹着数种素菜，玲珑可爱，清新可口。贵宾水果结束：小果盘亮点是台湾莲雾，当然每一道菜量都控制到极少。以精致精美见长。

据说这家店接待了很多外国首脑和国内领导，但我品尝以后，两点感受突出：一是赞美可以把粤菜做成如此精细精美。今年在南京秦淮河名店里吃江苏菜，印象是造型摆盘上超过粤菜的，但是在今天"天极品"系列面前，这个印象似乎可以做一些修正，也就是说，粤菜也可以在摆盘上做到惊喜。当然，就这几道菜来说，大厨手绘图案倒没有达到令人惊叹境界。

第二点感受：如此类似于西餐精致有序的食用方式，似乎掩盖了粤菜煲、炒、煎、焗等种种手法。每一道菜的微量，不由地让我猜测它是一盘菜炒出来的，还是一个一个做出来的？锅镬气消失了，煲汤味不见了！或者说将粤菜的那种街坊亲密、亲和吉祥、热烈红火的气息，演变成了一种宫廷式、精致的、安静的乃至孤独的沉寂气息。

这一点，我个人不太喜欢。尤其是粤菜中的"煲"与"焗"给我很深印象：煲汤乃本色，食材之鲜于汤中完美呈现；"焗"是通过砂锅的收汁，把所有汤汁都渗入食材，汁液饱满，鲜味淋漓尽致。比如潮式过桥桂花鱼，作为一种粤菜组合其他菜系之尝试未尝不可，但一定不是主流，因为粤菜最讲究的是食材自然，尽量释放食材自身天然鲜味乃烹饪核心，意在激发、提升、点化。

这种极品菜，由于食物规模太小，过于精致，确实有形式大于内容之憾。让我想起古代的一个故事：有人去买珍珠，发现那个盒子特别漂亮，结果买了盒子，还了珍珠。即成语"买椟还珠"。"天极品"自诩讲究"色、香、味、形、皿"，我觉得此次小宴做到"色、形、皿"，却忽视了粤菜中最重要的"香与味"。粤菜务实，尽管亦有高中低档次菜品，但贯彻到底的却是朴素的四个字：入味好吃。

由此看来，对于天极品，我赞成粤菜的一种尝试，但它一定不是主流，尤其把这种尝试做成一次宴会所有菜的形式，值得商榷。目前电视大厨争霸赛中，可以看到中西菜系交汇融合，但不少菜保留了传统烹饪方式，做好一盘菜，再用勺子置入盘中，即刻趁热送给每个评委尝试。这里既有西餐分餐的方式，同时也保留了中国聚餐的众人合吃一盘菜、同喝一钵汤的饮食传统。而腾一份热闹的气场，众人同欢同乐的气氛，似乎在这种高档的西餐方式中消失殆尽。我们是否可以折中地找到一种兼容并取的方式呢？天极品，霸气外露，天上人间，惊艳极致。望盛名之下，不负众望。

南乳猪手：透着文雅与尊重

南北杏菜干煲猪肺，粤菜名汤。猪肺瘦肉佐以少许杏仁桂圆陈皮蜜枣与菜干，别小看一钵汤中之"少许"，恰如各路神仙聚会，各具风采，风光一片全在汤中，枣桂鲜甜，杏仁异香，实乃夏令祛湿排毒清凉上佳汤品。

此汤与梅菜扣肉饭绝配，上好五花肉腌制后肉皮油煎，掺入广东梅菜上笼蒸熟，铺垫生菜托底。炎热夏日，既脂肪蛋白充分，又荤而不腻爽口满足。

东山老店，多做街坊邻居生意，且老人居多，注重老味道老式样。近年虽铺面涨价，货币贬值，广府食品稍有缩水，比如南北杏汤汤料减少，杏减少陈皮消失，但老味道七八成还在。

至于午晚例饭价格早已突破10元，向20元一档挺进。好在街坊生意，从13至25元各价位均有。调料酱醋辣也由各桌具备转为前台自取，餐巾纸多已取消，但一壶开水尚可自取。饮食涨价，餐品缩水，近年羊城趋势明显。

我的美食写作，常在享用之后即刻成文，一是记忆犹新，二是与懒惰斗争——转身而去常被杂务缠身，小事易被轻轻放过。然，写得匆忙，又不懂粤语，常以外地人思维评判，不免有误。好在微信既是公开媒体，亦是讨教课堂。微友不吝赐教，让我写作过程延伸为学习过程：时常在感激中有班门弄斧之愧疚！

比如同事强哥指教：干菜，粤语叫"菜干"、笋干、鱼干。不说干菜，大概是保留古汉语的"倒装"式？还有类似：公鸡，叫作"鸡公"；梅菜扣肉的梅菜，属于客家腌制咸菜一类，不干的。所以不称"梅菜干"（梅干菜），就叫作"梅菜"。再如学生烁倪从汕头参与讨论：菜干的"干"应该和"果脯"的"脯"相同作名词吧，潮汕话也说菜干、鱼干，这里的"干"作名词发音，读音和作形容词不同。

有时美食讨论会向纵深发展，比如四川人小冯发声：我猜梅菜扣肉与四川咸烧白起源应属同宗，不过演变至今就品相看，四川咸烧白更精致，前者很容易让人联想到"大块吃肉，大碗喝酒"，四川烧白则不然，可登大雅之堂也。一孔之见，仅限于盛盘品相和口感，没有褒贬之意。有异议者，一笑而过足矣。

南乳猪手是粤菜一道色香味俱全传统名菜，岭南人称猪蹄为猪手，是否古语？透着文雅与尊重，对生物与食物之双重尊重；南乳又叫红腐乳、红方，是用红曲发酵制成的豆腐乳。用腐乳生抽爆烧煮熟猪蹄乃用心所在。荤而不腻，嚼劲回味，我甚好之。大可以店出品一份16元，贵吗？罗汉果瘦肉汤，半个干果异香微甜，几块瘦猪肉，佐配小块甘蔗，煲出汤汁浓厚。一钵蒸饭，一盅老火汤，已然绝配。

猪手猪手，手足有别。一时讨论者众，亦出分歧。比如上海阿勇认为：应该是这样，后面的叫猪脚。大概后来就统称为猪手了。

四会阿红则认定煲汤描述有误：罗汉果炖瘦肉应该不会是这个颜色吧？感觉像猪脚姜醋。当然还是最懂广东的老徐表述稳妥：猪手，猪前蹄也。这种区分于讲究吃的粤人很有必要，因为猪后蹄没多大吃头。

感谢微信朋友圈，既有铁粉，亦有同好，更有义务指导老师。凡事皆有反响，写者不亦乐乎。

粤菜品名，雅过广州"六十三层"

广东流传一句话："广东人是会生孩子，不会取名字。"广州人也有这个特点。比如大家熟悉的广州塔起名，即一波三折，先是在网络上征名，征集了"小蛮腰"，还有一个非主流的名字"羊巅峰"。

政府同时请专家组起名，中山大学黄伟宗教授主持，他们取名思路在地名基础上提升：广州塔现在所在地为珠江边的一个沙洲，原名海心沙。所以，他们就取名为海心塔，寓意海洋之星。但是，各方并不满意；后来政府又批下一个项目，让中山大学重组一个团，进行调查了解民意，最后回到一个平凡名字："广州塔"。

现在看来，广州塔虽然平常，却有一种大气，跟广州这座城市——比较海心塔——似乎更加吻合。广东人在取名字上大多走朴质无华的道路。广州花园酒店斜对面的"六十三层"，是当时广州改革开放后最高一栋楼——广州市民就直接用楼层为大厦起名，约定俗成，相当亲切，相当世俗与实用。

不过，你说广东人会生孩子，不会起名字，也不完全对，因为如果放到粤菜里看，这句话就不灵了。粤菜菜品有很多名字不但词有韵味，而且动听响亮。比如说，绿茵白兔饺、碧绿琵琶虾、雪花凤凰球、生磨马蹄糕、沙湾原奶挞、岭南菠萝批、椰茸草叶角、鸡丝拉皮卷等，不胜枚举。你看，每一个名字都非常文雅，应该都有文人趣味参与其中。

如果你觉得还不够雅，让我们看看四川菜名来一个两相比较：担担面、龙抄手、赖汤圆、粉蒸牛肉、开水白菜、水煮牛肉、干烧鱼、麻婆豆腐等。比较一下，哪个雅呢？其实四川的菜名亦有韵味，透出一种质朴美与灵秀气。而西北饮食中的烤全羊、手抓羊肉、羊肉泡馍等，那又是另一番景象。其实大雅大俗，各具其美，各又有各的风韵味道。

我感兴趣的是，广东人在孩子、建筑、穿着等方面取用名字多质朴无华，但是在美食上却煞费心机。由此也可见出，广东人对美食的尊重和关注。我喜欢这种态度，也通过美食加倍喜欢这座城市。

我对"广州美食"写作的基本想法，可以归纳为四句话：还原市井现场；传达日常喜悦；保持文人雅趣；祛除精英傲慢。期望吻合贴近广州这座城，务实低调包容，注重感官享受。同时，提升品位，体现襟怀与视野。文风亲切随和平民，克制形而上思辨，不做虚泛抒情，并以此达及文学性。

关于市井描述，我受美国作家海明威巴黎描写启发，写点现场价格，既亲切又有社会学意义。遵循"冰山原则"的海明威，不吝笔墨地在《太阳照常升起》中写巴黎日常生活各种价格，颇具现场感，深受后世城市研究者青睐。近观获得金棕榈奖的日本电影《小偷家族》，编创者对"回到日常生活"的呼唤与阐释，亦有深刻启示。

第三辑
羊城凡人

岳母新年讲了三个故事

生于1934年的岳母过年时来到广州，住了一个月，她试图讲述一些让我们感觉新鲜的故事，以期达到一种代际沟通。临走的那一天，她讲了三个故事——

第一个是她12岁的时候，随大人到庙里去。一个大铜壶，在火炉上水煮开了，咕噜咕噜地响。香客唤和尚去灌水，和尚不理，香客走了，和尚才把水壶提下来，打开的那一瞬间，12岁的岳母意外一瞥，铜壶里面全是圆溜溜的鸡蛋。所以，这个疑问在年幼的心灵里萦绕许久，和尚不是不能吃荤吗？为什么煮那么多的鸡蛋呢？

第二故事，一个女知青，因为家里贫困，偷偷拿了另一位女知青的十块钱。在那个贫困的年代，十块钱是一笔很大的数字，后来岳母找到了那位女青年，做思想工作，让她主动把十块钱还给失者，并说在地上捡到的。同时又去给失者说：钱还了，就不要再追问了。这个女青年后来回城前，对岳母非常感激。

第三个故事，20世纪70年代江西弋阳，一个上海知青，16岁的小伙子，长得像白马王子，衣服个头相貌都相当出众，与当地女青年恋爱，一不小心把对方肚子搞大了，这在当时可是一个很严重的问题，可能判刑，但女孩子愿意去打胎。不过当时要打胎的话，需要公社证明，否则就要作为案件调查。男方的父亲，一位有钱人，从上海赶来，哭哭啼啼请求领导放他儿子一马，否则他的儿子一生命运就要毁在江西了。思前想后岳母答应了这个请求，亲自去找公社书记反复请求，最后书记磨烦了丢下一句话：你签字，让她打胎吧，有责任你负。后来这个事情得到了解决，家长知道后，双泪长流，给岳母很深的印象。

岳母的思维相当活跃，虽然身体比三年前孱弱许多，加上前一段被共享单车撞伤住院，背显微驼，步履蹒跚，但是心智还是保持着相当活跃状态。毕竟是赣东北一个文化底蕴深厚、县城商会会长、布店老板资本家的长女，当年考头名入县中的女学生。我带他们去广东财经大学，绕过新图书馆时，我顺口问了一句：岳父岳母，你们能看出这个建筑是什么东西吗？岳父沉默不语，岳母须臾大声说：像一个斗，日进斗金的斗！——反应灵敏，堪比青年。我当即表扬，岳母脸上洋溢兴奋与喜悦。

希望我的太太能够继承她母亲的智慧以及生命活跃度。84岁的老人！走过了中国半个多世纪坎坷历程。我着实钦佩，同时也担心：自己到了他们这个年纪，还能有这样的生命状态吗？

老式传统家具修复新生，岂止艺术收藏？

美国人艺术家哈维1988年与故宫筹备"天子"艺术展览，与翻译小波相爱结婚，1990年落户广州，在国内遍寻老式家具，开始艺术收藏。创立修复作坊，保护收藏传统家具。拆开清洗，只修破损，保留原貌，重新油漆，延长寿命。哈维开始设计中西合璧家具，深受国外客户喜爱。家具表现一种生活方式，蕴含信仰，成就艺术品。

哈维是黄永玉的首席艺术顾问，协助建立艺术馆。哈维今年77岁，但中国传统家具艺术寻梦远没有结束。他们夫妻经营所得即刻投入家具作坊，作坊技术工人，费用不低。所以至今没在广州买房。其长安大柜，山西运城大柜，庙椅，马架子等，均为心血之作。

目前哈维夫妇将收藏品分成八个号，每一号200万，建民居艺术生活博物馆，寻找认购人。让民间客栈保存并使用，目的就是承传。目前维波楼在广州有四处，大连北京湛江各一处，哈维夫妇准备建十六处，为收藏家具找婆家，嫁女儿般安置妥当处。买主只管硬装修，摆件挂画装灯都由哈维夫妇自己完成。

此村民宅为十三行客商邝家，1879年开建家族居住。掘地见朱红色水，风水先生称为龙出血，故称聚龙村。邝家由此聚集。目前，由地产商买下再招租文化产业，文物保护，民宅装修不得改变结构，比如婚庆馆。还有少数邝家后人居住。今访村中老家具博物馆，源汀是也。为何名"源汀"呢？

馆主杨姓，潮汕人，珠宝生意人。一次听小波讲座被深深吸引。小波不但看经济实力，主要看文化品位与素质，是否喜欢传统家具艺术。不可据为己有，必须开放，做博物馆或民宿。此馆350万一揽收入。每一件家具什么讲究，山西大柜、长安大柜图案工艺水平如何，目前不甚了了，如何讲故事，还要费一番力气。

一段岁月的回望，一屋珍贵的呈现，一对夫妇的心血——艺术收藏，老式家具，中西携手，光大传统，延续美丽。向维波楼致敬，向几十年努力致敬，向哈维小波夫妇致敬，向引路人蒙张夫妇致敬，向源汀博物馆杨女士致敬！致敬——因为我们有着相同热爱，面对博大精深而美不胜收的传统，我们五体投地，我们高山仰止，我们一往情深。

梁伯的根雕艺术馆

在深井古村邂逅梁伯，他建有自己的根雕艺术馆。梁伯的根雕艺术所透露的民间趣味，显然与学院派的精英趣味，构成反差。很难说，孰优孰劣。但毫无疑问，人类在对自然的探索中间，需要抽象思维，需要具象向抽象的过渡，或许这是一种更高的境界。这种境界还很难说，与中国画：看山是山，看水是水；看山不是山，看水不是水；然后到达第三个境界——看山是山，看水是水。应该说，比这个表过可能要更复杂一点。

毫无疑问，西方的艺术在整个20世纪，人类对于自然世界和心理世界的不懈探索，在爱因斯坦、弗洛伊德、马克思等人的探索之后，西方的整个人文科学、社会科学，涉及艺术，都有一个飞跃的发展。所以，在这样氛围中形成的人类主流艺术，与民间趣味与民间艺术之间，显然有着不同的追求。或者从某种意义上说，民间的艺术更面向历史、过去、从前，而如今主流的艺术则含有一种面向未来的探索，或者说，是一种面向未知世界的探索。其间，精英参与的主流艺术相对来说，要更抽象一点。关于这一点，梁伯也许不能理解。

不过，民间艺术不但有辉煌历史，亦有广泛社会基础，今天中国社会处于转型时代，我们还是要大力保护民间艺术，发展民间趣味，尊重民间艺人。因为中国的艺术，民间是基础，是源泉。我甚至很难用一个金字塔的底座来涵盖它们。但毫无疑问，艺术有文野之分，趣味有民间与精英之分，还有雅俗之分。当代艺术显然呈现极其复杂的状态。而所有这一切都无法抹杀梁伯他们在民间的艺术努力，以及艺术成就。这是我离开深井村后的一个思考。

羊城古玩店的阿文

　　阿文是地地道道的广东人，高高瘦瘦，目光温和，面带微笑。我看他的第一眼，感觉在哪见过？他是那种温和谦虚、衣着朴素的"80后"。阿文十几岁就跟着父亲进入古玩这一行，熏陶浸染，使他对古董古玩有一种过目不忘、上手熟记的特殊技能。他说自己不会读书，但对一个物件的构造却有天然理解，一件老家具，琢磨一下，就可以拆开，再装回去。汽车不用学，就会修。

　　我赞他天分，他却轻描淡写说，一个人入行几年，辨识真假不成问题，平常人完全看不明白老物件，对他们来说，一眼识破，上手就知高低。他认为，最难是对一件古玩的判断——是不是属于艺术品？在他看来，上档次的古玩有价值的古玩都是属于艺术品。什么叫艺术品呢？阿文并没有跟我明说，他只是打开古玩店的保险柜，拿出几样收藏品，让我上手把玩，一旁细细述说。阿文表情显得有点木讷，普通话很"烂"，语速较慢，勉强可以交流。我不由自主地想到动画片中澳大利亚动物树懒，动作缓慢，比正常慢半拍到一拍。但是我发现，当他所心仪的收藏品上手之时，两眼发光，语言变得流畅，而且焕发出一种现场描述的气氛，即刻把你笼罩。

阿文指着一尊黄杨木佛像开讲：雕刻技艺水平高，衣纹表达无比生动，面目慈祥，手指传神，特别是胸前一方肌肤，柔软润滑，用刻刀一刀一刀刻出来的。黄杨木佛像靠砂纸打磨，2000号砂纸以上，极其细腻，不用上漆，真木好木自带光华。内行说"三分工，七分磨"，磨工超越雕工。他又拿出一个紫檀木托盘，镶嵌银丝。阿文认为这两样就是艺术品，尽管价格不一，十多万到百万，但内涵达到水准了。他小心翼翼地捧出一件明代小几——摆佛像托底的精致小几——自言可能出自明皇帝之手。阿文不无神秘地轻声说：明代有一个皇帝叫朱由校，木匠爱好者，经常做一些小巧物件，一个木匠活完成后，让太监拿到宫外与那些木匠高手的作品放在一起卖，看看客人更喜欢谁的作品。此件收藏于明代高官大宅，造型精美，简而不华。几面绿端石是典型明末清初家具镶嵌。但收藏时缺一脚，请最好师傅修复，依旧无法达到原件水准。阿文要我用手细细抚摸，接榫处一点都摸不出来——这是野史传说？但阿文相信这位皇帝的爱好。

镇店之宝出于景德镇：明宣德洒蓝画缸，高39厘米。外壁通体施洒蓝釉，釉色明亮艳丽。妙在蓝色之中自然分布许多白色斑点，状若飘飘洒洒的雪花，故美誉"雪花蓝"。色料用竹吹管吸蓝釉口吹至缸体，形成"雪花蓝"。妙处在缸沿与缸内，观赏俯瞰为主，为古人存放国画卷轴而用——我看他陶醉，冷不丁问一句：有人买吗？阿文居然没有迟疑道：就看卖家会青睐谁的作品，一旦买下，内心大悦，仿佛分享了艺术创造的喜悦。不急不缓，犹如山谷清风——这样的故事，阿文絮絮叨叨，说了很多。

临近午时，收藏品被重新锁到保险柜。咔嗒一声，仿佛把阿文话语也锁进了暗柜。他又重新变回那个木讷寡言的人。阿文的古玩店，一片宁静。我们慢慢地饮茶，浓浓普洱茶，岁月悠悠。我这才觉得古董这个行业，就是对从前旧时光一寸寸一点点地回味品味。恰如阿文所说，这一行一般的人不敢轻易进入，很可能倾家荡产，拿到的却是一件赝品。江湖险恶，深不可测。

这个周末，在羊城头一回结识了古董行的阿文。分手时，他挑了两件旧物送我，说是让我回家把玩：一个是肇庆收来的民国初年竹香盒，小巧玲珑又布满沧桑，先人用过；一个铜制发簪，两寸来长。阿文认为这个发簪，可能是道士所用。我小心用手托着，细细打量，花纹精美，颇有分量。尖尖双叉，让我联想到古人的暗器。须臾之间，发间抽出，向敌方甩去。

阿文平和地与我握手告别，一种与他年龄不相吻合的老成，与广东人特有的低调务实此刻融汇，化成别一样感受落吾心头，犹如店中古玩古董，幽暗中透出隐约的光芒。

拥挤厂房片区中的小提琴厂

广州郊区一片拥挤厂房片区，开车驶进并无统一规划弯弯曲曲的巷道，靠导航加询问才找到几分杂乱环境中的艺术工厂：广州小提琴厂。托维波楼女主人小波之福，介绍认识了关尚持厂长。平常不起眼的一栋厂房，无任何艺术装饰。走进一楼会客厅，厂长绕开客套直接打开墙上PPT介绍——

小提琴发源于意大利小镇，距米兰2小时车程。小镇博物馆里收藏大师制作名琴，多用工匠大名命名，其中名琴价值人民币2亿。清朝庚子赔款留美生司徒梦岩，成为中国琴匠第一人。广东开平人司徒当年学造船，对住处楼下制琴引发兴趣，学成回国带回全套图纸与工具，从此成就一个行业。关厂长说：我的老师是第四代传人。

广东音乐最早引进提琴，近代广东音乐发源地沙湾开风气之先，可见与广东缘分很深。制琴首要选木材，材料多出于欧洲原始森林，巨大枫木与松木，须要骑马进山选材。木材天然干燥，置放3—30年。所以，这是一个需要时间与耐心的行业。弓拉琴弦，琴弦、琴码、面板、音箱相继震荡形成音响。制作工艺精湛，具有不同流派。

古代小提琴从百万到上亿，标志常在琴头，形状不同，代表不同工匠。黑色琴板，材料更加珍贵，用玫瑰木乌木等。名店"谭木匠"用乌木制筷，1000元人民币一双有售。除了木材特殊，漆亦讲究，需要特殊配方。琴体装配技艺更加高超，因为对音质影响超过50%。

世界乐坛，名琴多与大师相伴。关厂长说：因此我们也不定期请名家到广州演奏。世界上也有不少制琴比赛，国内亦有类似比赛。当下国内琴厂与家庭作坊共存，广州上规模的唯有我厂。琴厂好处还在便利与国际与行业交流。

2017年入选广东省"南粤工匠"的关尚持厂长，获誉无数，颇多建树，工厂亦成为国内乐器行业50强。他颇为骄傲地说：北京奥运会音乐会就是用我厂的琴，广州亚运会奏国歌亦是。工厂主打产品为零售一万元人民币的小提琴，市场需求量大，每月二千把，98%国外订单。

走进车间，只见每一位技师工作台上有一盏昏黄色台灯，凿木、打磨、装配、上漆，屏息静气，全神贯注，一丝不苟，全手工各种刀具上手，犹如雕刻玉石般细致。我即刻被深深吸引，一种近乎神圣之艺术气氛弥漫，瞬间将全身心笼罩。到三楼提琴仓库，一种喜悦降临，仿佛从一楼二楼三楼逐层登阶步入艺术殿堂：圣器满目，熠熠生辉。成排叠架的小提琴，犹如天鹅湖畔翩翩起舞的仙女；大提琴则似合唱团俊朗靓丽青春少年；高大巨型的贝斯恍若欧洲古希腊神殿前的圣徒……

我们一行人沐浴在艺术甘霖之中，为美感动，为美遐想。关厂长兴犹未尽，为中外客人演奏小提琴一曲，让这个羊城平凡夏日闪烁着艺术的光芒：优雅而动人。

金牌月嫂阿香

阿香是广州金牌月嫂。几年间，工资从几千到一万，再到一万二至一万五。她是家政公司标兵，得过许多顾客感谢锦旗，她很自豪。对阿香采访很顺利，因为她说：很少有记者作家来写她们这群人，写她们心中的高兴和苦闷——

我从小生活很苦，有三个哥哥，大哥二哥是我同母同父兄弟，三哥和我是我母亲再嫁后生的，所以大哥二哥比我大20岁，他们总是埋怨母亲再嫁。分家时二哥歹毒说，老三老四是老妈自己去讨来的。

母亲怀我时，父亲不想要孩子，生下来女儿，更是不受待见。49岁意外怀孕，吃了许多药也打不下来。生产后我妈只吃了几个鸡蛋，后父嫌弃，竟然把家里所有鸡蛋一锅煮了吃掉，还把我放在房里，希望自生自灭。没想到，三天不吃不喝，还是活过来了，我命硬。

后来我15岁就离开乡下，亲戚酒楼做工，学炒菜；20岁先到广东惠州工厂打工，后又去武汉工地搬砖施工；再去黔江表哥酒楼做两年小工；21岁时到广州、佛山南海打工，认识了一个英德男人。

铝材厂多男工少女工，老板说，"捞妹"要嫁就嫁个有钱人。但英德男人追得紧，一年后同居怀孕，生了儿子，只好23岁去打结婚证，老公30岁，大我7岁。家庭生活并不幸福，老公好吃懒做。

2005年我来广州开始做月嫂，先做保姆。后来别人介绍参加月嫂培训。我喜欢带宝宝，但丈夫不愿意，来来往往，做做停停。最后，还是铁心做这一行。儿子初中时送到私立中学，缺少父爱母爱，所以性格不好，与我不亲，很少联系，打电话就是要钱。2006年正式做月嫂，我性格无忧无虑，开朗乐天，适合此行。同时参加家政培训，2008年有正式行业资格证，先开始无须交钱；2012年家政公司开始培训收费，一千到两三千都有，还有4000，各种证：育婴师、营养师、月嫂证、产妇康复、小儿推拿证、催乳师等等。我除了个别证，大多都有。是培训的作用，代表具有资格有经验。

一般一个家庭做1到3个月，顺产42天，剖宫产52天，现在年轻人讲究，刚开始4100一个月，2006年后逐年涨，到了2015年一个月上万元了，第一次做月嫂，4100一个月，我不太敢做，担心应付不了，第一个家庭是生第三胎，广州人做生意的，母亲是全职妈妈，小心翼翼对待婴儿，东家大致满意，白天我去家政公司培训，晚上自己看书学习，第一个东家就是开家政公司，女老板直接介绍我去做月嫂。

18岁时就听人家说广州好，在惠州打工，600块一个月，已经非常开心了，因为在四川酒楼才100多块一个月，2005年第一次做保姆，900元月薪，因为我不是熟手。做保姆比工厂打工自由点，但要细心，孩子可爱，家庭有生活气氛有趣味，带着孩子反而没有无聊感。那时不像现在有手机玩，闲空时经常想小时吃苦，经常落泪。

但现在一个是忙碌，空闲下来要补睡觉，再闲下来就有手机了。这一行比较难过的事，晚上觉睡不够，先开始不习惯，白天发晕，总没睡够。做到第四家时，开始适应，随时醒随时睡，月子里宝宝比较事多。我随时起床，24小时服务。有的东家不体贴，不给时间休息。我们月嫂姐妹有个朋友圈，也听姐妹们埋怨。

有个东家要晚上九点多去买猪肉，稍稍辩解：第二天早上再去。东家即刻变脸，马上解雇。我们有时得不到尊重，这一行多半低文化，还有离多聚少，家里什么事都管不到，导致夫妻关系不好。有的东家看不起我们，炒点肉都放到一边不给我们吃，也很委屈，但也只有自己安慰自己，吃苦一晃眼就过去了。有的东家要求高，随时随地吩咐，让你没有一分钟休息。还有的广东人要吃五更饭，生姜切成丝，油炒米饭，稍微做得不好，东家就发脾气。东家一挑剔，孩子一哭闹，我也紧张。

不过我喜欢宝宝，虽然不是我自己亲生的，但看到就喜欢。我碰过最挑剔的，什么都不满意，整个晚上不让你睡觉，认为你1万块一个月。但我们24小时在线服务，抵过别人每天工作8小时，相当于三个人做工，好的东家会理解，让你适当休息。带双胞胎要1.6万一个月，换尿片也挑，换多了浪费，换少了屁股会烂。做这一行，我们最怕挑剔，整天这也不行，那也不行。有的东家一天到晚去医院看儿科，婴儿都有黄疸，正常范围，但父母斤斤计较，随时看医生；还有不信任我们，凡我所说，他们都要上网查证；有的东家自己带孩子，一般不让我们碰，主要做饭打扫卫生。一次，我听到孩子哭，忍不住冲进去，被东家大声呵斥："出去！"真是受不了，有的东家工作不多，但就是不信任，连个固定睡觉的地方都没有。

最古怪的东家，是一位有抑郁症的母亲，比如宝宝哭一下，母亲就生气，好像我会夺去母亲抚养的权利啊。这个母亲有天突然对我说，我亲生孩子有权利带。因为我太喜欢宝宝，听不得宝宝哭，那个抑郁症严重的母亲，看到锅盖没洗干净也不说，就去卧室哭好长时间。我们就怕有的人家永远不满意，比如给产妇吃苹果，外婆看到了就直接说我害她女儿，吃了头会痛的，随时随地责怪我们。对吃什么菜什么果，常常会有分歧，如果有老人家在场，广州本地人讲究更多，老一套经验固执；相对来说北方人好一点。香港人看重坐月子，比广州人更多讲究。我大概一共做了八九十家，香港做了将近十家，区别不算大。但香港信佛教多不杀生，老年人多吃五更饭，现煲干饭，再下锅炒；在香港做月嫂，开探亲证，回深圳住一晚，住宿费家政公司出，再返港。但海外人不讲究坐月子，只有华人家庭讲究。

　　当我问，你遇到最感人最害怕的事是什么？阿香回答：曾经遇到夫妻俩难对付，相当固执；他们不缺钱，做到第三天，就说你好好做两个月，再多给你补1万元。我想你们要是不相信不信任人，连医生都不信，对我更不信。加钱又有什么用呢？他们跑遍了广州各大医院，一个医院要挂几个号，虽然经济上出手大方，还给我儿子买了一台手提电脑，但为什么对所有人都不信任呢？这位母亲乳房堵奶，引起炎症发烧，就不信医生，后来我说服他们，给她按摩疏通就好了。这以后才慢慢获得信任。害怕的一件事，刚做的第五家，晚九点宝宝睡了，我也蒙头睡着了，即刻被炒掉——让我至今摸不着头脑，差点害抑郁症。

　　问有没有一些奇葩的客户？阿香说有的有的，与客户最难打交道的问题，就是如何对待孩子。宝宝为什么哭啊？为什么动啊？要我马上说出原因。还有的就是丈夫是妈宝，每晚在母亲房间聊天到很晚，才过来看看小孩，对母亲也好过太太。

问月嫂经历里有国外生活吗？阿香答：外国去过英国、澳大利亚，都是给华人家庭带孩子，一般就请三个月，海外价格高些，两三万元一个月，天天在家，也没有什么特别异国感觉。好在外国留学的孩子都不讲究坐月子，我从国内带去洗澡的药材他们都不用，放开水龙头就洗，照样出门，不像中国人坐月子，不能出门、受冷风吹。

我也做过跨国婚姻家庭，一个丈夫是美国人，一个是非洲黑人。有一个重庆妹子生了两次双胞胎，请了两个月三个保姆，妈妈任务就是天天在网上给这几位月嫂阿姨买衣服，我的衣服她都包了，丈夫做酒楼特别有钱。每个阿姨带一个小孩。这个重庆妹子会笼络我们，大家做了都不想走。

女人一般找丈夫有标准：乡下人找城里人，小城市找广州，广州女找香港，香港女找英美混血儿，混血孩子长得可漂亮了。我认识许多东家，感情很好呢，可惜太忙，东家没空联系，时间一长就淡了，最多微信里偶尔聊几句。

又问进入广州有什么突出感觉呢？阿香答：城乡差别太大，我在四川打工多年，但一到广州头皮发麻，人流密密麻麻下火车，第一感觉就是人丢了也没人知道。手中没手机，口袋里没钱，只好紧紧抓住老乡，生怕走失了。20世纪90年代，火车站还有人抢东西，紧张万分，我结婚后戴金耳环金项链，在佛山大沥被人后面熊抱，边抱边说别作声，吓得我连气都没了。刚来时，第一个月拿600元，还在信封里寄夹200元给我妈。在广州火车站，那是1990年，我同另一个女孩到站，找不到接站老乡，就让广播室喇叭里叫，叫一次两块钱，一直把钱用完了，还没找到；后来遇到一个男的，一人给了两块钱做车费，让我们回到佛山。

你觉得嫁给广东人有何感受？直率地说：特别不好，外嫁的都不好，生活方式、习惯性格都不同。从我四川人角度看，广东人不够热情，人情味不够，我不沾你光，你也别沾我，广州人比较小气，说到我老公，大我七岁，性格合不来，广东人本来做生意人，讲话委婉，但他不会做，不爱说话，说话很直；在英德老家，连我做生意都比他强；广东男人大多大男子主义厉害，当然不是全体，也不能一竿子打死一船人，各人各人不同。

又问，你做月嫂有梦想吗？如果有来世，你还会做月嫂吗？听到"梦想"这两个字，阿香笑笑说，我年轻时做女孩子，到广州打工赚钱养妈妈，还有一个小哥哥，小时被打瞎了一只眼睛，我为他找了一个老婆，女方是离婚的。小哥哥在我老公家乡英德买了房子——重庆征收老房子，政府给了十多万，用这个钱在英德安了家，这算是实现了我的一个梦想；而对母亲只能给点生活费，没有赡养到母亲，母亲去世十五六年了，是我的人生遗憾。要是有来世，我还会做月嫂，主要是喜欢孩子，面对他们时就没有什么烦恼了，开心活宝。我现在已经习惯了随时起床的生活方式，我担心的就是如何买社保将来养老。你说老有所养，怎么做呢？我无处咨询。我想买套房子，但属于夫妻共同财产，丈夫酗酒，我就担心他会开车出事；我最遗憾的还是没有给予儿子母爱，儿子没有亲自带，儿子要钱就打电话找我，开口就是钱，其他没有一句话讲。月嫂大多是离婚的，或者夫妻关系不和，父母盖的房子，没敢写儿子名字，担心将来结婚后被儿女赶回，扫地出门。丈夫经常喝醉发酒疯，我半夜经常收到他视频说胡话，我在家经常与他吵架，但他全家都骂我：他不勤快，你勤快可以养他。所以，外嫁都不好，我现在只有靠自己，将来买份养老保险，自己管自己的养老。

邻居段叔：金矿收金子，越南贩海产

　　邻居段叔，一个相貌平常的广东人，个子瘦小，早生华发。他的年龄不太看得出，一问才知到了退休年龄，60岁上下，收山不干，颐养天年。问他以前做什么？说在广州一德路，有一个档口，做海产品生意。不用去看吗？他说，请人。一个月去一两次就好。段叔日子过得悠闲，不太与邻居说话，只是自己出去散步，做饭由老婆承担。有一次，我夸他女儿又高又漂亮。段叔颇为自豪说：在大学城读书，快要毕业了，正在找工作。我说你女儿长得又白又高，同你们不太像，他突然冒出一句：收养的老四。

　　我顿生好奇心，站下多聊了一会儿。他说朋友们起哄，一块喝酒的时候，酒友说这里有一个弃婴，看你能不能把她养起来，我一高兴就把她抱回来了。她现在长大成人，也找到了她的亲生父母，我们也让她见了，但她跟我们一起二十多年，格外地亲，就是自己女儿。这一番话之后，我对段叔有了一种新的敬意。一个人可以把别人的孩子收养，养成有出息的大学生，确实是一件大有功德的事情。

　　这一番话以后，段叔搬到了前面一栋，我这才知道，他正在等拆迁房重建，所以租在楼盘里暂住，一住也有三四年了。不常见到段叔，有一次看到他，瘪着嘴，好像一下老了十岁。他告诉我全口换牙，要十几万呢。今天早上遇到他，看到牙齿装得又白又齐整，便聊了起来。顺便问了一句，你出过国吗？他说在越南经营海产品好多年。段叔心情不错，话匣子打开——

十五六岁从阳江出来打工，先是跟着老板，进金矿收金子，他的粤语发音金是钢，因此我还以为在钢厂，听了许久才发现，原来是金子。段叔普通话很烂，但一字一句，咬字清楚，只是在讲到激动的时候，又自然回到粤语。猜其大意，继续询问：做生意最重要的是什么？要交几年学费？他说这可不一定，关键是要诚信。这两个字从他嘴里说出来，让我颇感意外。社会不停宣传的主流价值观，在他的嘴里很平常地迸发出来。他说从金矿里收金子，一个人负责，随便捞一点，就可以发财。但是自己坚守一个原则，每天记账，分厘不差。所以，深得老板信赖。

后来转行去广西做海产生意。当时，老板先跟我说，一个月工资200块，我说可以；第二个月加到500块，我说可以；第三个月，工资加到700块，我还说可以。重要的不是工资，而是我要入行做生意。半年以后，工资呀加到了一千，老板完全信任，把鱼档交给我做。不久，我觉得应该自己去闯荡了。20世纪80年代，对越自卫反击战，中越关系相当紧张。但越南海岸线长，海产富足，质量上乘。我带了10万块钱人民币，冒险闯越南，先去一个港口，边上租了一个房子，观察他们的鱼市价格。我怕别人欺骗，广州请了一个会讲越南语的翻译，到当地又请一个，要他们两个人分别给我报价，害怕被翻译欺骗，因为语言不通是大障碍。当时通讯困难，一个电话半天打不通，所以价格上有很大的利润空间。10万本钱，可以很快赚到100万，那里拿货，通过海运到广州来卖，利润空间很大。我问他跟当地人怎么打交道？是否危险？他说，危险肯定，但靠朋友。如何与当地人交朋友呢？段叔说，就是用平常心来对待他们。还有一个就是我看人很准，他开口说几句话，我就知道这个人，为人忠不忠诚，贪不贪财。

你这种本事是怎么学来的？我依然好奇。他说就是中学时代读书读来的。13岁的时候，我就把四大名著读完了，抓到什么书就读，读了很多的书。却成了一个老师不喜欢的调皮学生，我不是跟别人打架抽烟赌博，而是会挑老师的毛病，指出老师在课堂上什么地方讲错了。我问为什么会这样，他说自己书看得多了，就发现老师常有口误。

段叔的形象，在我的面前又一次高大起来。我觉得他真是一个有故事的人，心头没来由地冒出一句毛主席诗："喜看稻菽千重浪，遍地英雄下夕烟。"一个貌不惊人的左邻右舍，身上居然有那么多堪比英雄传奇的冒险故事，广东这样人的比例有多大呢？一个值得统计的数据。也许在内地，这样富有传奇的生意人，一百个人中间有一两个，而在广东，一百个人中间可能有三四十个，或许不止，或许遍地都是。人数相当，就完全有可能形成一种地域风尚：职业选择、做事原则、价值取向，以及他们的人生追求，逐渐塑造成广东人所特有的低调务实性格。此种商业物流四海为家的普遍风尚，也非常吻合广州这一座千年码头的城市特质。广东人的风气显然与内地人的不同。体制内和体制外的区别，以及对于自由、勤恳、冒险、诚信、经商等的重视。以少聚多，融会贯通，岁月塑造，地域特色。

广东人在社交场合里，尤其是在当下，他们大多吃亏。首先是语言障碍，普通话一般讲得不好，而社会中上层、主流精英的场合，多半流行普通话；第二，他们的相貌并不出众，穿着随意，在所谓的上流交际场合中，他们也不占胜算。但是这一切似乎趋于表面的劣势，却隐藏着他们低调务实开拓进取敢于冒险的精神，所谓"闷声发大财"是也。当然在这一种精神中间，既有敢于开拓，也有小富即安，呈现比较复杂层面，亦是值得玩味的精神状态。无论怎么说，这样传奇的英雄，遍地都是。就面前段叔这样的一个事实，就足以让我好奇之后，回味不已，充满敬意。

广州安家的湖北老兵

孙老，出生于1942年，今年76岁，湖北孝感人。他身体健康，思维清晰，打开话匣，往年岁月即在眼前——

我是1960年当兵，飞行员出身，航校毕业，1962年到广州。从空军航校改行，原因是与苏联断交后，航空汽油的供应断绝，飞行员无法在航校培养。只好改编制到广州空军。22岁时，第一次到广州，住三元里，广州空军通信团的一个军营，只有破烂房子，条件很差。东边是白云山老机场，军民共用，飞机架次很少，不像现在的白云国际机场，一分钟起落几架次。

我从营房步行到广州市区，一路荒凉。广州火车站那时还没有建，只有泥巴路，从三元里走到越秀公园，才发现真正的市区。我见到的第一座房子，就是越秀公园对面的老体育馆，高大巍峨，惊奇万分。在河北保定上航校，没见过什么大城市。记得还与几个战友上街，到烈士陵园，就是中山三路省人民医院对面，怀着庄重心情吊唁烈士。

第一次进广州，干的第一件事就是去找好吃的。当时部队发津贴，我是技术兵，属于学员，每月津贴12元人民币。我们三人同行，有人说肠粉好吃，但我吃了及第粥。后来才知这是名吃，另一人吃了云吞面。依稀记得，两毛五分钱一碗，及第粥用料丰富，口味独特。现在这个粥大多偷工减料，只有白云山云台花园路口处左手一家小吃店，前年吃了一次，还是老味道。几十年来，我钟情及第粥，每次上街都要喝上一碗。1963年转业到广州市公安局，1969年下放沙田干校，原址为劳改农场，待了不到一年，调到花都一个中学当政治教师，1982年到广州海关，直到退休。

现在我在广州安家，生活舒坦，有个儿子在澳大利亚，所以每年都会去住三个月，现在年龄渐渐大了，觉得出国坐飞机辛苦，所以，今年还犹豫着去不去。身边还有两个女儿，得人照顾。我的晚年生活，还是舒服的。只是心里有时会想着我的红军老兵父亲，觉得他一生没能落实政策，人生遗憾。因此，我还写点文章纪念他。很少回到老家湖北了，我已经把广州当作自己的第二故乡。

我曾经是一名乡村留守儿童

小南，一位刚刚大学毕业的开朗女孩——顺利考上公办教师，已经入职广州市区一所小学。生活向她展开了都市新生活的绚丽画卷，她的连衣裙飘逸，时尚又质朴，青春洋溢；她的笑声不断，眸子明亮，夏日凉风般清爽。

采访切入相当顺利，她口齿伶俐、表达相当到位，但内容却让我大吃一惊！小南说：我一直称我自己是一个有故事的人，每个人的成长都是有不如意的，人生往往有两面性：阳光外表后面其实有不少阴暗的地带。我无法当面诉说，因为有痛，我发文字给你吧——

童年记忆是我最不想回忆的一个阶段，因为我的童年不是池塘边欢乐的榕树做伴，不是知了和鸟叫的声音，而是自卑沉默与委屈填满了心胸。小山村出生的我，出门便是三面环山、门前即水的偏远小山村。90年代兴起南下广州打工潮流，为了生存父母便早早地出来打工。

2002年的下半年我正式成为一名乡村留守儿童。记得那一年的冬天特别冷，粤北雪下得很大，没过了膝盖，而我的脚上还是妈妈去打工之前给我买的那双粉色的塑料鞋，并且它已经"笑口常开"了。天知道我还穿着这双鞋和我两个发小拍照留念了，我那个时候真的很羡慕我的一个发小，因为她爸妈在家，给她扎小辫子，有套装的冬季衣服，还有球鞋，全身装扮都是干净整洁又漂亮，真是无比羡慕，和她站在一起我内心超级自卑，以至于我所有的小学照片都是低着头，不敢看着照相机。

童年这片灰色的阴影中，除了缺乏父母的爱，还有隔辈中奶奶的不喜欢，只因为我是女孩。然而那时还小，没有生活自理的能力，不得已跟着奶奶生活，纵然我心中有一万个不愿意，却依旧每个星期五父母打电话回来，都会告诉他们我在家吃得饱穿得暖。直到年二十五，他们打工终于回来了，当我妈摸了一下我才穿了一条很薄的裤子，我明显能看到她眼睛里的泪水在打转，但她却没有说什么，因为她明白过完这个年，她还要拜托我奶奶照看我们。

说到我奶奶，她是一个超级的重男轻女的人，每次她煮了肉或者蛋都是先给我哥吃，然后我哥吃完剩下的才是我吃，还有那些零食小饼干，就是那些姑姑送的她也会藏起来，然后留给我哥吃，而很多时候那些东西快坏了才会拿出来给我吃。久而久之，我也习惯了她的做法，反正活我是干最多的，每天她会很早就叫我起床去田里拔草，或者其他能干的活，这些我都认了，我对自己说，她最喜欢的在你家，最不喜欢的也在你家，也算公平吧；可事实却是她并没有把你当一回事，我深深地记得有一次我奶奶她自己把钥匙拿在手里，偏说是我拿了掉了，我就站在门口旁边的小桥上听着她的漫骂声，我低着头不敢有一丝的顶嘴。那是2003年冬天里的一天；这一年过年，我低着头躲过了身边人的目光，说话也变得小心翼翼，好像一不小心就会触犯天条！

好在黑云过后，温暖阳光照射进来，刺痛我的眼帘，却无比的开心。2005年的下半年，我开始读五年级了，叔叔把妹妹送回来给奶奶抚养，我也以此为借口并向我妈保证我自己可以独自一人生活，我可以自己做饭吃，自己一个人在家里睡（因为哥哥已经上初中了，他在学校住），还会好好努力学习，我妈也知道我奶奶不喜欢我，所以她同意了。在搬回我自己的家住之后，我的天空，星星都亮了，超级开心，我妈去打工之前还给了我300块钱的零用钱，这对于当时的我来说真的是一笔巨款，我跟着发小还有她的妈妈去赶集，给自己买了衣服，那个时候一件衣服15块，讲价讲到12块都能够开心好久。

我还学着大人种辣椒卖，在我们那里辣椒是一种重要的能够卖钱的农作物，我把我家的两块地都种上了辣椒，施肥除草，好好地爱护，我还种了花生，花生榨了80斤的油，辣椒一年下来总共卖了一千一百多块钱。那时候周围的人都夸我，我自己也过得很开心，还经常和我发小半夜饿了起来烤番薯吃，现在想想真的回味无穷，因为番薯也是自己种的，因为自食其力，也因为重拾的自信。

说到学习的动力，除了父母的期望，还有一个重要的原因，我深深地记得六年级的时候，身边好几个初中毕业的大姐姐出去打工两三年就嫁了，然后生孩子了，然后感觉她们的一生就这样过了。然后，我就对自己说："你一定要考上大学，摆脱这种命运。"这是我自己建立的人生信心。那个时候觉得考上大学就一定能够以后过得好。经过自身实践证明，上了大学并不一定能改变目前的经济状况，但真的能改变一个人的一生。我的初中三年高中三年过得平淡无奇，唯一值得肯定的是我的成绩一直都是中上水平，这也为我能够上本科奠定了坚实的基础。

为了保留小南的叙述原生态，我对她的文字只做了小小修改，我赞扬她的文字和诚恳。小南看着我说：也许你会这样评价：乡村留守儿童的经历给了我悲伤，却也给予动力。但我宁愿不要这个经历，童年的创伤很痛很痛，缺少爱导致的屈辱感像刀刻得很深，难以随着岁月而消失，它一直在那里，以至于影响我的择偶与婚姻，影响我对人与事的看法。即使天天走在城市明亮的街道上，阴影依旧，挥之不去啊！

第四辑

四方行走

一条西江：让广东广西成为一家

梧州美味：两广同源

梧州地势起伏，高低不平，据说由于洪水的原因，老城区建在半山腰，现在堤坝修好了以后，新城区就在堤坝下发展起来了。周末从酒店去梧州学院，没料到沿途堵车，是道路设计太少了，还是车太多？总体看街道比较破旧，绿化的树木具南粤两广风格：大叶榕和小叶榕。绿化倒是不错，基本上把路面遮阴布满。专家介绍梧州是中国第二森林公园城市，森林覆盖率达百分之七十五，据称超过挪威。

梧州使用的语言是白话和普通话，粤语在这里非常盛行，据说顺德有大批的生意人，早年就来这里，贩大米贩木材，等等。

梧州也是一个吃米粉的城市：猪杂粉、牛肉粉、杀猪粉、桂林米粉、螺蛳粉，还有广州的肠粉，明显看到与广东生活习惯相近。第一次遭遇木菠萝入菜。以芹菜的脆感与木菠萝的糯性汇合爆炒，产生一种特殊的口感与味道。从炒菜的角度来说，木菠萝和菠萝还是有区别的，菠萝本身比较脆，而木菠萝的感觉是柔糯中稍带韧劲，芹菜脆香衬托出其鲜甜奇味。梧州木菠萝入菜，就是那么肆意任性。

梧州大塘菜市场，浓浓粤语，满目岭南，接壤粤西，与广东大致相同。与柳州比，食店偏少；与玉林呢，只见一只白切狗。没有猫肉，少点血腥味，难得专辟一个大棚，地摊专用，1—2元钱就地讨价，竹笋2元一斤，本地荔枝4—5元一斤。地摊热闹，近似乡圩，恍惚从前老时光，外婆拎菜篮，伛偻而行。

梧州美食名店中有醒醒田螺，因为老板娘的名字中有一个"醒"字。类似于四川格局，每小碗价格3—8元不等。其中炒田螺为招牌，有小田螺与大田螺两种，每一小碗都是六元钱，应该是中国内地最贵的田螺了。味道鲜美，爆炒八分熟再用好汤煮沸。但是从最贵田螺的角度要求，味道偏咸，掩盖了螺肉之鲜嫩。

翌日，心有不甘，大东酒店再点田螺，这家的紫苏螺蛳保住了梧州螺蛳美名。大东招牌却是纸包鸡，专用一种玉扣纸，将浸透特殊卤汁的鸡块包裹烧制而成。纸包鸡一份15元，由服务员帮助拆开，小盘相托，特色鲜明。卤汁异香与三黄鸡肉汇合，鸡肉熟而不烂，恰到好处地保持口感劲道，可谓鸡肉一绝。梧州的纸包鸡和田螺，是米粉之外给我印象最深的两道美食。食之不忘，回味再三。

梧州扣肉米粉，不粗不细的上好米粉，加上香菇金针菇油豆腐炸豆皮青菜，开水烫熟，配以高汤和两块扣肉。扣肉引导主体味道。招牌佐料也起了很大的作用，酸豆角酸笋花生米炸黄豆，这个粉摊精彩处在于有紫苏。小小一碗米粉中添加了众多佐料，它们像众星捧月一般地把这一碗小小的米粉变得美轮美奂。紫苏异香，犹如林中精灵，让扣肉米粉非同寻常。坐在我对面的林先生说：就像这座小城丰富多彩，什么都有。

梧州这座城不但流行粤语，而且据说有80%的人口都来自于广东。所以相比较来说，她要比广西的其他城市，具有与广东更加密切的联系。广西广东确实在植被、水域、食物，甚至人种方面都相当相似。我们在这里一样可以看到鸡蛋花、棕榈树，大叶榕、小叶榕；一样可以看到黄皮果、番石榴、荔枝、桂圆；菜市场卖菜品种，甚至价格都相近。只是在小吃方面略有差异，主要是米粉制作和水质不同，广西米粉似更有筋道，相对来说粗多于细。

一条西江：两广相连

梧州坐落在三条江上：桂江、浔江和西江，谓"绿城水都百年商埠"。桂江上游，据说喀斯特地貌丰富，所以水质清澈，而西江的水质偏浑浊的，所以两江交汇处有黄绿相间的壮观，但这种壮观随着堤坝的修整，已经趋于平淡。但鸳江桥两江分界处，有时依旧能看到水上奇景。

梧州自誉风水宝地，千年码头。是广东乃至海外连接广西贵州四川大西南的重要商道。文化上属于两广，与广东历史天然上亲近。这种亲近关系，可以从新石器时代形制相同的石器获得印证。

学者认为，梧州对广东有重要功绩：没有梧州，就没有广东凉茶与靓汤，甚至饭都吃不饱，因为广东大米主要供应即来自这里。民国时就有《梧州人广州求学指南》刊印，亦可见广州与梧州之关系。故梧州号称"千年岭南重镇，百年两广商埠"。

如今梧州，亦是辉煌不再。水运衰弱，物流不旺，经济平平。房价平米三四千。与广西各地市比较，仅为中游。

广东财经大学学术会议海报地图：一份是旅游地图，一份是当时的军用地图。强烈空间感，与明清以降的"时间感"——成为学术聚会之起点。麦博士观点引我兴趣：百姓生活如何成为历史讨论之中心。

梧州博物馆，地级市大牛，多件国级一级文物：东汉羽人铜灯造型优美、创意设计一流；但明德化窑白瓷观音像亦为一级，年代并非主要标准吗？不过形象超级柔美，衣裙衣带飘飘，微小佩珠圆润，实在珍品。亮点一为有自己民间神龙母，历史远过日本；亮点二名人辈出：袁崇焕、太平天国四王、李济深等。

广东德庆的龙母诞是一个重要的节日，每年广州的各大报纸都有大幅广告图片力推。这次到了梧州才知道龙母庙最具代表性的在梧州，她的出生地。德庆据说是龙母出嫁的地方。

在梧州博物馆，头一条内容就是龙母的传说，它对面是舜帝南巡古苍梧的事迹。可见龙母，在梧州地区具有至高地位。我看龙母的事迹，直觉就是粤西洗太夫人那样的氏族领袖；她通医术，我又联想到古代的潘茂名，也是粤西著名民间医生。

龙母有三个特点，第一，出生附带女神传说；第二，抗洪中具有领袖地位；第三，通晓医术，仁爱众生，治病救人。秦始皇当年闻其大名召见皇宫，专船迎接，但是官船四次被风吹回梧州，未能成行。她的神话传说中还有一个龙蛋生五子，五龙也有被认为是蜥蜴等动物，均为秦代岭南蛮荒之地的动物。这些神话同时也表现出一个女神，对于万物的驾驭。

从龙母庙我们可以仰望山顶龙母的铜像，女神双眉紧锁，长相类似男性，少了几分温柔，却多了一分严峻。双手捧住一枚印石，不知是何说法？可以想象她是西江的河神，看着西江洪水年年泛滥，颇有点忧国忧民焦虑。在庙里看到一幅壁画，河神舞动双袖与恶龙斗法。龙母庙是典型的本土崇拜神，与洗太夫人相同，有名有姓真实人物，生卒年可考证。

诧异梧州多西洋风格建筑，梧州学院不但教学楼罗马柱高耸，图书馆有个欧式圆顶引人注目，连学生宿舍门窗均为欧式，为何？到了珠山英国领事馆，才知全是开埠商港刮来的英伦风。尽管千年古城，英伦文化却是如此强势！清末民初，千年巨变，惊涛骇浪，至今余波不息，痕迹深刻。

想想也是，这座城几度辉煌，几度崛起，各种文化介入：中原文化、英伦文化、太平天国文化，太平天国英王等四王都是梧州人。黄埔军校的副校长李济深，当过广东省主席，中华人民共和国成立后与中国共产党合作，任民革中央主席，他也是当年李宗仁上台的主要支持者与策划人。

此次学术会议，用田野调查的方式，寻找这座2000年古城昔日的辉煌、人文的遗址、地理的标志。由此我们可以看到历史在瞬间复活。

我们看到古代的校场，两广总督府如何在这里点兵出征？我们也可以看到欧洲的宗教如何进入这座城市，教会医院开门看病，教会学校招收当地的子女。

我们还可以看到由于商业活动所形成的娱乐区、美食区，以及红灯区。在清末民初的时候，老码头一带甚至是烟馆遍地。梧州的许多广东商人，他们的第一桶金都是贩卖鸦片，好在他们常常在有了第一桶金后，就进入其他行业。

只有在这样的步行巡城之中，我们可以真切地感受到广东和广西这两省之间的密切联系。比如我们来到了粤东会馆，如果按今天的概念粤东是指潮汕地区的商人，但在当时，广东被称为粤东广西被称为粤西，他们两个的定语在前面都有一个"粤"字，这一个"粤"字就把广东和广西紧紧地捆绑在一起。他们不但在物流商业以及生活各个方面民俗都有密切的联系，可以说他们在文化上就是处于一个区域。我们的考古专家甚至从新石器时代的双肩斧的造型石器出土中，看到今天这两个省份的行政区域划分，无法抹杀向来就属于一个文化区域之历史事实与文化渊源。

梧州80%广东移民从西江下游到上游讨生活。由于靠海，由于开埠比较早，他们的生意头脑相对灵活，商业传统相对久远。所以，此次学术会议上，美国学者研究的就是明清广府男性单身汉的流动，给广西带来的各种社会变化——包括家庭的模式、夫妻的关系，以及妻妾的组合，等等。

去高铁站，一路与四川籍司机聊天。谈论梧州，话题热烈。县志上有一句这样的话：梧州是广东的"弃子"，广西的"养子"。梧州与广东粤西相近，非常重男轻女，家里要是没有男孩子，连祠堂上香的资格都没有。因此，男孩子从小就娇生惯养，反而女孩子勤劳肯干，所以重男轻女观念，直接影响孩子的培养。

这位出租车司机来梧州生活了20多年，成家买房，儿女当地读书。他认为梧州的特点明显：男人好吃懒做；没有大的工业体系，没有经济基础，所以他们还是比较穷。以前靠水路，也曾经是广西排在第四位的经济，但是后来就衰落了，高铁和高速公路都落后了。梧州工资非常低，比如沃尔玛大商场男的做保安，月薪1700；女的做售货员，月薪1500。但消费并不低，菜价跟广州差不多。不过，近年粤桂特别试验区等举措，显示了广西对梧州的重新重视——这位四川人的最后小结却是一个光明结尾。至少希望仍在。

君住江之头，我住江之尾。一条西江贯通，广东广西自古一家。一衣带水，文化亲近。相信两广不止有昨日的辉煌，一定还会有美好的明天。

在梧州的几天，时时感觉行政区域隔离感，被相识相熟瞬间消化，乡里乡亲于粤语中浓郁。粤语中，骑楼肠粉……所有符号交替出现，映着月光下的西江水，波光粼粼，流淌古今……

如此深切地感受"两广"，此行为最。从前读过的所有书面文字，仿佛瞬间聚集在我的面前，化为一条船，与先人一道借风扬帆，破浪西江。

一碗螺蛳粉，说不尽多少柳州事

柳州处于粤桂黔三地中间：粤桂黔高铁经济带，珠江西江经济带，三地政府论坛，柳州承办之决心在经济。当下广州人印象中，柳州螺蛳粉最具代表。当然不止，所谓"生在苏州，玩在杭州，食在广州，死在柳州"，说的是自古柳州棺木上佳。古人尤重葬礼，棺木优劣，实在关乎生的世界名誉与地下灵魂之保障。但火葬多年，如今棺材已做成工艺品，取"升官发财"吉利。柳州20多个少数民族，侗族苗族两个自治县。从前柳州铁路局有名，现在搬到南宁，柳铁变宁铁。柳江水质极好。重工业柳钢、柳汽、柳工，西南工业重镇，广西财政十元钱四元出柳州，广西首位，远过南宁。柳州欲打造250万人城市，颇有"小巨人"雄心，区区地级市，建声光电先进设备城市规划馆，可为例证。不过，我印象上好的还是柳州城中柳江环绕，回龙湾据说是风水旺盛之地。四五线小城，有此跃动姿态，我站在广州，亦生钦佩。据悉，此次论坛，吸引广东百家企业。

桂林山水甲天下，已然名言；柳州奇石甲天下，今日方知。有眼不识泰山，无珠不晓奇石，惭愧。知石奇，但不知如此之奇；

知玩石赌石，却不知有全球奇石金奖博览会。一说：石贵天然。又说：精品在人为。我看：前者为基础为前提，后者为点化为提升。所有人工再多么精巧，仍然无法匹敌大自然。瞧那尊尊河床洞穴采来之巨石，无不与水滴石穿之时间相辅相成，老子"上善若水"之道无往不胜，不由你不服气。细心观之，以手抚之，水之波纹与石之坚硬，刚柔相济，浑然天成。鬼斧神工，天作之合；万古精灵，跃动其中。顿觉亘古不变之中有变，倍感生命如白驹过隙，短暂而渺小。奇石累累，让我刮目相看于柳州江山风水，有此造化，必有神奇。

柳州奇石馆，清朝廷风格大房间，有满汉全席。食物直接唤醒食欲，观者无不心动嘴动，判定何者形似乃至神似。

柳州人本土热爱与自信心，源头之一是20世纪两次工业高潮。20年代洋务运动后，在原有西南商埠码头上，运进德英先进机器，乃至抗日战争造飞机上天参战。1958南宁会议，中央特批柳州十大工程，延续为西南工业重镇。因此，所有老机器老产品老产房，都是这座古城光荣的记忆。工人老大哥，曾经主宰这座城。把老机器摆成艺术品，有一份历史尊重与本土热爱，洋溢弥漫于柳州工业博物馆。

三地画家交流，恰好三地三派。岭南画派：洒脱华丽；漓江画派：山水飘逸；贵州画派：淳朴厚重。除了各人传统路数题材不同外，地域文化乃至山川风情，均或明或暗或深或浅影响画家。仿佛命中注定，天地缘分。

城上高楼接大荒，海天愁思正茫茫。惊风乱飐芙蓉水，密雨斜侵薜荔墙。岭树重遮千里目，江流曲似九回肠。共来百越文身地，犹自音书滞一乡。柳宗元登柳州城楼，感慨为诗。他不但为政清明，受民拥戴，而且46岁时死在柳州位上。百姓祭祀，成为柳州历史文化一部分。城以人名，名人辉映；相辅相成，相得益彰。柳州人，存古风，当与柳公相关。

张继刚导演，柳州艺术剧院打造剧目。舞美如梦如幻，交代民族文化背景，令人惊叹。理念跳出民族符号，试图接通人类，虽然亦有急躁跨越痕迹。思春、踩月亮，尤其是鱼戏，大有新意，甚至出人意料，与舞美完美演绎。惜尾声理念提升迅疾，但舞意紧跟不上。大舞场面似不够淋漓尽致。但一地级市有此大戏，亦是小巨人举泰山着实不易。

柳州老城区，青云菜市场。大部分食品荤腥菜蔬，包括早点与广州大同小异。按柳宗元登柳州城诗云：共来百越文身地。两广文化渊源相近呵！稍微新鲜的是咸汤圆，素馅为多；狗肉专店；油炸豆腐、茹夹；卤猪小肚，三十元一个。早点也是肠粉粥，柳州螺蛳粉最抢眼。

柳州螺蛳粉，地方名牌小吃。已在全国吃货心目中占据位置，惜光辉被名扬天下桂林米粉笼罩。其实口味独特，个性就在汤粉关键的汤底：柳江清澈，清水螺蛳，"小荤"河鲜，与猪骨煲汤，深度融合，大火文火，加上桂皮八角，滚滚沸沸扬扬，灵肉浑然一体，诞生桂中鲜汤一碗。石破天惊，吃货有福。

此次亲密接触，又受鼓舞。原来柳州螺蛳粉，并非自古有之。20世纪80年代，当地人有感螺蛳汤鲜，遂将米粉投入再度创新。于是，螺蛳肉、猪大骨与米粉三位一体，高奏凯歌，完成"柳州螺蛳粉"之大业。汤粉之上，还有诸多汤料加盟：牛羊猪肉牛羊猪杂、传统酸笋豆角、黑木耳白萝卜红萝卜等，应有尽有，锦上添花，共遂英名。桂北名吃，由此走向世界。当地人热爱此粉，早餐主力，中晚饭随意，男女老少皆宜。青云市场有一家名为黑子的米粉店，常年排队，已有名气。螺蛳粉在柳州要多辣有多辣，见外地客人，店主会大声询问：要辣嘛？不辣微辣大辣，当地人说不辣不够味道。我个人体会，没有红油满碗，哪里有辣爽境界，没有辣爽境界，如何深刻体验螺蛳猪骨米粉三江汇流之宏大浩荡呵！粉店满城，外卖火爆，已经进入网购时代。柳州螺蛳粉网店，即为新媒体时代标志。

玉林古风：从围屋到"狗肉节"

　　文友黄教授祖屋，朱砂庄大院。建筑两万平方米，占地六十多亩，广西最大客家围屋。黄教授祖上五品官，武将出身，乾隆年间屯兵于此。由江西修水迁入，黄峭公一支。围屋有军事防御功能，高墙之下护城河环绕。城门内有小小瓮城，城墙上枪眼密布。围屋中心为祠堂，"大夫第"同治皇帝所赐。围屋城中心为宗祠，九进十八井。九进为祭祀厅，高悬"江夏堂"牌匾。南方黄姓多出"江夏堂"支系，源于汉代先祖在湖北江夏为官。其中著名者为北宋文学家书法家、江西诗派开山之祖黄庭坚。据族谱记载，文友即黄庭坚的后人。

　　"江夏堂"下方，神龛的位置乃祖先牌位。牌位两侧一副长联："朱砂垌里乾坤千载流芳还是诗书礼乐，江夏堂中俎豆万年无非礼义孝慈。"牌位的后方，有一首诗。内容为："骏马匆匆出异方，随从任处立纲常。年深他境皆吾境，日久他乡即故乡。朝夕不忘亲命语，晨昏须荐祖宗香。但愿长天垂庇佑，三七男儿总炽昌。"此诗为黄家氏族客家人既开疆拓土又重仁义孝悌家风之写照。

不由忆起十多年前访问江西永修"农民诗歌之乡"情景，农民自结诗社，定期以诗会友竟然传统。我去黄庭坚故居，客家村落——依稀记得青山环抱中半月形山间地势凸显。可谓风水旺盛，上佳之地。恍惚之间，文气贯通，时空中有了联系。不禁欣然，恰似风流云散，薪火相传。文友习文学，博士教授。围屋城内，满门学子，一脉书香，钦佩不已。看着黄兄历数家史，指点老屋，实在又把我这个没有故乡游子之羡慕平添几分。此即寻根，乡愁味道竟然亦有酸甜苦辣，五味杂陈。而与黄兄比较，他为甜，我为苦呵！

　　玉林古风犹存，风水先生巷口摆摊。隔壁就是玉林生料大排档。名为生料，我望文生义即是生猛鲜料。主要牛生料和猪生料，大盘上桌，即是爆炒牛杂和猪杂。我随口溜出"牛烘烘""猪辉煌"，算是菜品命名。因为牛杂猪杂品种丰富，堆满一盘，煞是壮观。其中牛百叶牛肚黄喉口感迷人。或香脆或韧劲或爽滑。猪杂中大肠小肠最有嚼劲且回味无穷。玉林炒猪牛杂特色除料鲜量足之外，笋丝豌豆托底亦是鲜明特色。笋丝清爽，豌豆清香，辅助引导肉荤浓香达至美味境界。何样境界？多样肉杂生料，各显神通，诱惑味蕾，让荤味既层次丰富又细致入微，同时有素味伴随，相辅相成相得益彰。两大盘猪杂牛杂，仿佛将军凯旋两声礼炮，轰天响亮，振奋肉身，淋漓尽致，不由大呼痛快，无酒已醉，有酒更成神仙矣。

　　桂林米粉名天下，柳州螺蛳粉近年紧随其后。其实整个南方都是米粉天下，不吃米粉的地方，大约北方地盘了。皖北苏北多吃面，恰恰南北交界。广西米粉遍地，玉林亦不例外，满街粉店，大多门面简陋，却纷纷亮出老店招牌，"曾二十四"赫赫有名，乃曾家二十四代，二十四代有多长？没人追溯，无法考究。若按古人算法二十为一代，则达至四百八十年前的明代了。其他各店未见超越二十四，但十以上居多。不管老店新店，吃到嘴里最要紧。招牌再大，名副其实。牛巴牛腩牛蛋粉，最抓眼为玉林特产牛巴，就是牛肉干薄片浸泡特制褐色油里，牛腩牛丸常见。我在柜台里见到四口圆锅，三热一冷，沸水锅烫粉，牛腩牛丸分锅热煮，冷的即是牛巴。客人点食加料，十元上下一碗，粉不多浇头足。我细细品味，名店价高但汤料平平，并无惊喜。反而另一个小店，以猪杂上锅快炒，下粉合煮，锅火气十足，粉汤鲜美，印象深刻。就如我对本土文化之热爱，各地特色小吃愿尝试，从中辨得本土之关联。

玉林垌口，市区最大菜市场，市民都知道。闻名而去，一进档口，触目惊心。白切狗、白切猫之成品，居然是小狗小猫死前挣扎模样，一排烤熟完整肉体……几乎不忍描述，因为即刻联想到爱犬宠猫，不忍直视。前几年"玉林狗肉节"宣传，天下大哗，反对者众。玉林民俗，夏至那天既食荔枝又吃狗肉，身体大补。荔枝一把火，狗肉足温补，颇似火上浇油，以火攻火。不过广告效果不错，类似江西宜春——"宜春，一座叫春的城市"。抓眼的还有高高悬挂，迎风飘动的猪肠，准备灌香肠用。再就是切成丝的水笋、腌制好的猪脚。另有一条街，我称为"八卦街"，满街都是风水、赌马、六合彩、老皇历，算命先生大声招呼生意，顾客不少，生意红火。小吃摊子不少，十元钱一盘肉菜，锅气旺盛，材料亦是新鲜。早餐摊子，破烂条桌，小凳环绕，三元一碗浓稠稀饭，七八样小菜任吃，似乎生意不错，老少皆宜。城乡接合部，低收入草根人群，一望而知。倘若换上古装辫子，瞬间穿越清朝，我也不会奇怪。

玉林容县，古称容州。容州真武阁，建筑史上罕有奇迹，梁思成1962年撰文大赞，并进行考察。真武阁建筑奇迹源于"杠杆结构"，惜明代这一"怪招"匠人未留英名。三层楼阁，临江而建。楼台高出绣江二十米，距今千年，现阁距今四百余年。二层奇观，塔柱悬空，与地板有一掌之隔，细而观之，亦是靠杠杆楔子借力边柱，支撑三层地板。仰望木楔相互勾连，彼此借力，偌大木架，虽结构交替错综复杂，却无一颗钉子。虽建筑史上奇迹，名声却不大。容县真武阁实在有幸得梁赞而一鸣天下。据说古代可与三大名楼：滕王阁、黄鹤楼、岳阳楼并肩齐名，可惜少了名人诗赋，渐渐落伍。唐朝诗人元结曾容县为官，却无名篇颂之传之，实乃千古遗憾？

　　容县千秋村，沙田柚原产地。村民说，今年小年，柚少价高，季尾开价七元，五元成交。每一个约二三斤，15—20元一个。当场剖开尝鲜，味道新鲜，却是平和之甜，离蜜甜尚有半步。是否与肥料有关？询柚农，言鸡粪最好，掺加几斤有机肥。看墙上广告，不知还有多少比例农家肥见？沙田名气大，全国订货，直至香港。所以老屋换新房，生活还是靠绿油油黄灿灿成坡柚林柚子。可惜霜降后，柚子全摘，硕果挂枝照片拍不到了。

走过南宁：边境街印象

我对南宁多年印象：城市中心，豪华百货街口，摩托穿梭，交通不畅；百货大楼对面树林里，居然有十几桌麻将，推着喧闹，一座日常生活气息浓郁、乡土气息的南方城市。但昨晚大雨中进入民族大道，夜景璀璨夺目，颇感意外。国际化网络化的时代，超越发展的中国，每一座城市都会呈现出矛盾复杂的多个侧面。盲人摸象，难免片面。

中越边境，一片祥和，越南街上，朝至暮归的越民，坐着站着，路边摆卖，租赁摊位，全是越南货：法式咖啡、榴莲糖饼、特效鼻炎药、虎牌药膏……女顶尖笠，男戴军盔，太熟悉不过，中越纠纠缠缠，打打歇歇，约有三四代人。

边境街，法式房，亦有骑楼，装修偏新，广告偏多，无法看出整体风格。似乎法式楼房与岭南骑楼的结合。越人开店：红木为多，原产越南。巨大榴莲、红木雕像、大蛇药酒，印象深刻。

近距离观察越南女子，亦非印象中肤色黄褐，脸颊高耸，肤白大眼，身材挺拔者也有，不过主流是东南亚瘦小个子。男人似乎一色黄瘦，脸部线条刀削一般。印象尖锐。越女兜售一种孵化一半成型的煮熟鸡蛋，好吃又补，然而细细端详，不寒而栗。

　　菠萝炒饭，就是整个青菠萝切半，做成托盘。椰子蒸饭，更是椰子壳里塞上糯米饭上笼蒸熟，切开几瓣分吃。越南春卷，点鱼露入口。最具越南风味的可能是柠檬蒸鸡了，鸡肉切块，放上香茅柠檬叶，入笼蒸熟。

　　广西"八桂大地"生活十几个民族。拥有奇迹般侗族大歌的侗族，居然只有那么一点人，在民族博物馆八桂灯光显示中间，他们偏处一隅，完全是山区里的少数民族。京族是广西唯一的海洋民族，但是人数稀少，只有2万到3万人，与越南属于同系。

　　印象突出的铜鼓，整个南方，尤其是云贵川高原上的各个民族都有。最早是一个食物的锅，翻过来就变成了一个乐器，然后逐步演化为用于祭祀的礼乐器。鼓面上铸有青蛙铜饰。意为"青蛙一叫，风雨就到；青蛙再叫，子孙繁茂。"白居易有诗谓："牙樯连海舶，铜鼓赛江神。"可见铜鼓源远流长。

　　广西岩画有2000多年的历史，岩画的画法大约有四种：自上而下的悬挂法；自下而上的攀缘法；水涨船高的浮船法；平地而起的搭架法。岩画为人类奇迹，著名的西班牙岩画有4万年历史。显示早期人类物质与精神状态，狩猎、种植、祭祀、节庆，具象与抽象兼备，神韵十足，令人浮想联翩。

　　一条邕江穿过南宁市区，一座青秀山青翠南宁市区。南宁的青秀山，相当于广州的白云山，但是我弄不清楚，为什么青秀山可以评上五星级的风景区？询问市民，他们说青秀山里并没有古迹，只有名树不少，遮天蔽日。

　　南宁的特点是男人有些好吃懒做，女人勤恳能干，而且南宁家暴比较厉害。女人，常常一年赚到的钱，就被男人拿去吃喝嫖赌，花完了，妻子只好丢下家出去打工，一年一个月有2000多块，她们也挺满意。我们碰到一位湖北白酒代理商兼职滴滴快车，几句话把南宁男人否定了。是这样吗？想起前几日四川司机对梧州男人的批评，广西男人如此不堪？

仔细想想。一方一隅的风土人情，往往与历史渊源、本土文化密切相关。而脱胎于中国乡村的城市，往往是由拼盘式的文化所组成，或言之后为受到各种文化影响而产生的一座城市。南宁作为省会，历史渊源与文化传统似乎不如桂林。她到底是一座什么文化个性的城市呢？匆匆过客，唯待日后琢磨判断了。

黔西南：吊脚木楼与城市广场之间

贵州兴义市有三个关键词：少数民族；金矿；避暑胜地。贵州黔西南布依族苗族自治州成立于1982年，是全国30个自治州最年轻的自治州之一，州内居住着汉、布依、苗、彝、回等35个民族，总人口350万，其中少数民族人口近半。

黔西南地处珠江上游，黔滇桂三省接合部。黔西南被称为中国金州，黄金储备量中国排名第二，10个有钱人，6个开金矿。但目前禁止开采。这个州最大的好处是冬无严寒，夏无酷暑，常年平均气温在13到19摄氏度。我所在的兴义新城，几无民族特色，与内地无异，豪华时尚主导，酒店楼盘林立。

南龙古寨，布依族特有的吊脚楼，有360多棵古榕，簇拥山寨；木楼依山而建，水田绕寨。但是，与我见过的苗族、侗族、瑶族木楼和排楼比起来，似乎并无更大的规模与气势。但南龙古寨的亮点在于，南明永历皇帝朱由榔流亡到大兴以后，在此屯军。万历皇帝撤离时，心有感激，大笔一挥，赐名南龙。偶遇骡子驮货，看农夫农妇牵骡进门，恍如从前时光，经典场面：遥想山间铃响马帮来。

车行大山，可见布依族老人，布依族的老妇服饰，头上戴黑色的布帽，穿着全黑的衣服。年老时，种族特点尤显突出，就是所谓的凹眉洼眼——眉骨与眼窝愈见深陷，瞳孔色彩似乎亦有不同。

当地名人首推何应钦。他的背景是日本陆军士官学校，黔军中成长起来的将官，曾经任黄埔军校总教官，国民革命军军长。其人生巅峰是代表中国战区，接受日本投降，解放战争时期任"国防部长"，战败后飞往台湾。故居开阔通透，一反老宅大院的封闭与郁闷。庭内两株丹桂，恰好应了"风清月白，丹桂芬芳"的境界。

参观故居，印象深刻有二，一个是何应钦的家境殷实，11个子女，其中5个儿子，号称五虎。在旧时代乡村，家里儿子多，人丁兴旺，可是一个了不得的事情。而且他父亲，不但会种田，还会经商，所以积累了一些财富。居然祖籍江西，从江西迁过来的。这也说明一个道理，家底殷实，才能够让孩子受教育。

第二，我发现何应钦是个美男子，我看了他跟孙中山、蒋介石、黄埔军校合照，何时任黄埔军校总教官，站在蒋介石的旁边，似乎比蒋介石还略高一点。在我的印象中，蒋介石与毛泽东的身高差不多。何五官英俊，身材挺拔，堪称黔地第一俊男。

何应钦的故居所在地叫泥凼。这个平凡地方为什么会出现这样一个英才？也许不远处那个布依族黄龙古村，留存祥瑞之气——南明最后一个皇帝曾避难于此，走时心情见佳，大笔一挥，给这个深山赐名：南龙。故居工作人员小何，何应钦大哥的第四代告知：整个民国时期何是贵州影响最大的名人，无人匹敌。往前面数，清朝的时候贵州出了一个兵部尚书叫李士杰，尚可比肩。不过我查资料发现，清廷统治者所选兵部尚书，却全为满人。留下一个疑惑，离开大山。

兴义虽然被称为中国金州，有很丰富的金矿储备，但是现在已经禁止开发，主要是从环保考虑，所以总体来说整个州的经济，还是不太好，以务农务工打工为主，他们的房价实在，1000到2000之间。我在说的时候，前面的师傅立刻反驳我，说已经买不到了，现在只有3000到4000。政府鼓动外地人到这里来买房子，夏天到这来避暑。

我询问开车的布依族小陆师傅，他说住在汉化程度高的城镇，对种族身份淡漠。我问他：布依族的图腾是啥？他摇头不知。但是他说，看家谱原来家族来自高原，是蒙古人后代。我很诧异，一时无言。因为，超越了我的知识边界。

我们穿行在大山之中，山中高速公路，据说它的成本是其他地方的七倍。因为崇山峻岭需要把山从中劈开，相当于愚公移山。先用炸药把山炸开，然后再用喷浆机在表面喷上一层。山有三种：红土山；风化岩山；喀斯特。群山之中可见农庄，农庄一般盖在半山腰，大多砖石结构了，据说政府扶贫，盖新房国家出资一半。周围是梯田种植，玉米恰是果实成熟季节。

兴义有名的小吃，和广西的米粉相去不远，也是牛肉粉羊肉粉。唯一的区别，用剪刀或者菜刀切成条状，所以也称为剪粉，剪刀的剪。黔西南剪粉，与桂林米粉同下一锅，不难感觉出不同形状就有不同口感：或缓慢或迂回或快捷或流利。

刺五加小刺苗然，野菜味道浓郁。折几根入食普遍，既小菜又成汤粉佐料。凉粉亦为米制品，与米粉比肩。花红果，酸中带甜，外形玲珑，胜过果味，颇有一点"中看不中吃"。

鸡肉汤圆，兴义招牌小吃。始创清末。"众家皆甜，唯我咸鲜"乃其特点。以上好鸡肉剁烂为馅，灌鸡汤，点芝麻酱。一碗呈现，玲珑悦目。缓缓进口，糯米清香与鸡肉荤香、芝麻酱鲜香，三者融合构成风味特色。以老广口味挑剔，汤太浓，味偏咸，汤圆与汤在咸淡上可以此起彼伏，达至相得益彰之效果。

黔西南为一碗粉举办盛大节日，贵州三地招牌合成"贵州三碗粉"，何等重视，居然成扶贫项目，可谓用心良苦。我尤其喜爱的南方米粉家族，成员众多，各有胜场，但说到重视至如此，还是少有。

这碗粉，亮点二：牛骨汤鲜且宽，让米粉充分滋润；配料简洁精当以少胜多，酸萝卜鱼腥草炒黄豆腌辣椒香菜葱花，让牛肉粉口味独特，更让我满意的是汤鲜而不咸，为老广留下点醋点酱之余地。

黔西南大山里的烤玉米，已然进入市区，成为当地名吃。山区坑坑洼洼中的糯玉米，用柴火慢慢烤熟，烘干水分，逼出米香，地道原生态，口感软糯中兼有嚼劲，十足农家乡野风味。

碧澄碧澄的蓝天，像一个巨大的舞台，形成一种底色，为白云在天空的表演，提供了一个巨大的背景板。奔涌的白云，在天空形成各种形状：如古人所说那般白云苍狗，今人所言万马奔腾；有时，在偌大的蓝天上，只有一两朵白云，更多的时候，是半天空的白云，在哪里不停地翻滚奔涌，迅疾地变化成各种形状；有时它们布满了天空，只能从间隙处看到蓝天。云彩浅的地方，一定是阳光透射充分，显得雪白雪白；云层厚实的地方，显示出水墨般淡黑。

阳光照耀下的黔西南，午时天空热烈、豁朗、恣肆、大气。此时的群山，青翠浓绿，勃勃生机。

阳光下的白云变幻莫测。有时像雪山皑皑，有时又似大海上漂流的冰川。更多的时候，让你想象各种动物，或一头巨狮，或一只白狗，或一头白虎，或一只白鲸。也许你眼睛直视云时，会觉得刺眼，但是你透过墨镜看云的时候，会发现云的层次感。正是这种层次感，焕发出云彩的质地。

　　走遍大半中国，美景不少，但今遇万峰林依然惊喜，4A景区在我眼里已是顶级。不仅仅因为喀斯特地貌，群峰耸立，还因为整个谷底，田野坦阔，方整如画；布依族村落，青瓦白墙镶嵌其间，犹如巨大绿色挂毯上的粒粒宝石；还有，就是我多年没有仔细注视的天空，阳光照耀天地，白云汹涌澎湃，变幻莫测的白云居然衬托出青山峰峦，并为谷底稻田投射奇妙光影。一切如梦如幻，恍惚浮在半空，以至于从山上下来进入布依千年古村时，平添"除却巫山不是云"之感慨，美梦苦短，惋惜隐隐。不是没见过奇山奇水奇石，而是山光云影如此奇妙，实乃天作之合呵。

　　西南奇缝，鬼斧神工，天地造化。又如快刀切瓜，刀至瓜心，抽刀而出，留下瓜心，泣泪如血。大雨不止，选择电梯降落谷底，落差平均200米，谷底瀑布倾倒而下，水帘洞随处可见，谷底窄处仅50米，宽处亦只百米。马跃河水流湍急，轰隆声与瀑布轰响交汇，让人震撼。天幕愈加狭小，河流却在雨中咆哮，"地球上一道最美丽伤痕"瞬间跃上心头。

　　我在兴义著名酒店大堂仔细寻找，询问大堂经理"四片叶子"设计何意，摇头不知。除了旅游点风景画外，整个酒店几乎没有一处能够表现民族特征。而我实在想看到布依族或苗族图腾符号。既然是布依族苗族自治州，外来访问者更希望看到民族自己的符号，我甚至在兴义偌大城市广场亦遍寻不见蛛丝马迹。

布依族"八音坐唱",多次看到介绍,但它到底是什么? 无从得知。酒店屏幕可否播放一下呢? 资料显示,目前兴义有八家布依八音戏班、南龙布依八音戏班等。由于没有文字记载,加上布依八音艺人在口传心授自古规定:传内不传外,传男传媳不传女。给布依八音的传承和发展形成了人为的障碍,存在流传的局限性。由此想到,少数民族本土文化传播的传统障碍。我还遇到广西壮人恳切请求布依大嫂说壮话,并以此证明与壮语相去不远。南龙布依古寨发现图腾为一个筋肉发达老者,但香火不旺。疑惑之下,联想民族特征与性格:信仰稀薄或特征淡漠。大大问号,悬搁心头。

唯一欣慰的是,国际会展中心的餐厅自助餐的旁边,始终有一个鸡肉汤圆专柜,一位厨师定时在那里烧汤圆,一碗两枚,向外推广。一点不要小看食物,食物的记忆最顽强,食物的传播力,常常在其他的符号之上。关键还是须要倡导本土文化传播意识,全力抵抗文化的同质化。全球化真的像巨型压路机,把一切差异都压得平平整整。以至于我的同行不无失望地说:难道少数民族特征真的只能到西藏去看吗?

中国城市化的步伐何其迅猛呵。20世纪90年代起,不到30年工夫,黔西南边远大山中小城城市氛围便如此浓郁,硬件软件兼具。当然有文明滞后,比如电梯大声喧哗、豪华美食街排烟不畅等问题。但一切都在向着一线城市看齐,时尚豪华成为接轨同义词。瞧,儿童时装走秀大赛、街舞、机器人一应俱全。更为难得的是一份悠闲与从容,对外地人到来亦自然淡定,他们的焦虑症一定少过北上广吧? 不过,城市广场喷泉池边的老妇人与竹背篓仍在提示我：这是十万大山中的黔西南布依苗族自治州。

仔细想想黔西南，在大山榕树遮盖吊脚木楼与青山环抱的兴义城市广场之间，隐藏着多少令人深思的东西。我们正在获得许多，同时也失去许多。是信心满怀，抑或忧喜参半？扪心自问，没有答案。

南京大报恩寺重建：把千年古迹优雅地放进一座大房子

风情依旧秦淮河

立冬飞南京，应邀参加"全国著名作家江苏采风团活动"，我分工写秦淮河。头一站江南贡院以及科举博物馆。中国古代最大科举考场，鼎盛时可纳二万余名考生同时开考，为全国贡院之冠。江南故国，十朝旧都，绝代风华。科举是第五大发明，一千三百年承传，清朝取消，国就亡了——一位作家的名句。江苏，中国富庶地区，江南水乡，诗书传统，古代状元人数为中华之首。文化遍地，中华精英。名美镇，名美食，名美物，名美景。历史积淀深厚，文化内涵丰富。

夜色降临，秦淮河边夜餐。一席美看，抢眼大麻球如篮球硕大，闪烁金黄色光泽。紫薯糖片，鲜艳无比。清汤滑牛肉，汤鲜肉嫩。一根削皮白萝卜托盘上桌，问服务员得知"肉汁萝卜"，一看菜谱直呼"南京大萝卜"——此称谓专指南京人，相当于绰号：一半自嘲戏谑，一半自信坦然。当即采访周桐淦主席，他答：有点土有点直白，却坦荡不遮，一目了然，质朴本色，亲若家人——这与雪白壮硕大萝卜相似吗？秦淮河自古三家：问柳，问渠，问池。分别是菜馆，茶馆，洗澡。我们就餐的就是名店"问柳菜馆"。

秦淮河边另一家金陵名店：南京大牌档。不是"大排档"，而是"大牌档"，名牌之"牌"——市民游客皆喜欢。小吃也许比大餐更体现本土：鸭血粉丝汤与咸水鸭交相辉映，没有一只鸭子可以逃离南京城——此语精彩！清蒸狮子头，猪肺炖白萝卜，凸现荤的清爽。一碗阳春面让我回到童年，想起猪油酱油汤面。这个老店还有说唱老曲，有账房先生高喊请上座，难怪排位叫号，红火一整天呢。

秦淮河，最南京的地方：夫子庙、乌衣巷、老门东、明城墙。"旧时王谢堂前燕，飞入寻常百姓家"——金陵老城所在。秦淮区旅游收入占南京百分之四十。朱自清名篇《桨声灯影里的秦淮河》在此成文，算来已近百年。

大报恩寺重建是一项成功的文化创意工程

隔着一道明城墙，蜿蜒着外秦淮河。中华门外，秦淮河旁，就是举世闻名的南京大报恩寺。南京自古就有："南朝四百八十寺，多少楼台风雨中"之盛况描述，誉为佛都。孙权统辖江南之时，此地就是江南佛教中心，宋时又有一波兴建高潮，到了明代永乐皇帝手中，推向极致——兴建的大报恩寺已达世界水准，西方将大报恩寺琉璃塔誉为"南京瓷塔"，媲美于古罗马斗兽场等"中古世界七大奇观"。如此辉煌历史遗迹，其实也给予重建一个相当高的期待。

南京人不负前人，可谓再创辉煌。城外重建南京大报恩寺，不但是近年投资几十亿的景点大手笔，而且也在创意文化产业上探索出了一条新路：千年古迹与现代建筑、声光电科技手段完美结合，充分显示文化创意的巨大潜力。比如舍利佛光展区，四万二千盏灯，玻璃墙放大一倍，八万四千合乎古印度八万四千座佛门。可谓千年佛光，照耀古今。"千年对望"的时空长廊，亦是极其富有创意，印象深刻：玄奘法师的清瘦背影，静静面对前方佛祖头像——妙在头像使用特殊材料，焕发亦真亦幻之光芒，好似穿越千年的精神维系，让人回味不已。长廊两旁的琉璃立柱，一共八根，寓意释迦牟尼佛八相成道。步道上有七朵莲花，步行七步，步步莲花盛开。地宫天幕放映释迦牟尼佛诞生，视频水准已然大片。细细品味，微妙处处，拈花微笑，心领神会。那些带有佛教理念的体验馆，常常是创意丰盈之地，比如说把菩提树想象成通体白色，银白的叶子，重现佛光。用了24000多个LD灯来重现传说中七彩佛光，透彻的声光电体验，瞬间沟通佛教境界。实为现代文化创意进行传统创造性转换的成功实践。

用玻璃和钢架做的大报恩寺新塔，更是创意空前。初见新塔，大出意料！我对中国塔的概念，完全颠覆！与中国传统的古塔的巍峨庄重与砖木结构，似乎相去甚远。完全是一个现代建筑的体现，连高塔传统的飞檐，也是由画家画在玻璃上烧制而成。这样的一个高达一百多米的塔，给我的第一感觉：精致、轻巧，与厚重庄严有相当距离。但夜晚灯光放射，其通体明亮，好似佛光，倒有几分壮观。时近中午，我坐电梯直达塔顶，整个中华门城外城内的景物尽收眼底，不禁遥想当年大报恩寺盛况。

回身俯瞰，马蹄形玻璃钢的建筑，合抱着一座玻璃钢材料的百米高塔。导游告知：大报恩塔的材料类似手机屏幕，结实而轻巧。我暗自揣摩：玻璃钢材料与大报恩寺传统琉璃瓦的确有某种联系，但设计家和下决心拍板批准这个方案的人，相当大胆！眼前这座现代建筑风格，使我一下子联想到罗浮宫贝聿铭的设计，当年遭到整个巴黎市民质疑与媒体批评，但蓬皮杜总统决然拍板，就成了今天的景象——现代的设计，如何与传统的建筑展开一种混搭，微妙曲折，值得推敲！

我最突出的感受：重建报恩寺是把一个无比珍贵的古迹，装进一个精美大房子里。这个大房子充满了创意，属于现代文创产业的结晶。徜徉其间，随处可见灵动创意闪烁跳跃，佛教的庄严，历史的故事，现代声光电的传播，佛教境界的再现，都在这个精心设计的大房子里，得以完美地呈现。因此，我说：南京设计者是把一个无比珍贵的古迹装进一个精美的大房子。房子有两间：大报恩寺是第一间；佛顶宫是第二间。

牛首山风景点佛顶宫可以视作第二个大房子。佛顶宫横空出世，喷薄而出，极富视觉冲击力。我步入牌坊正门，抬眼望去，不由震撼，八个字概括：惊心动魄，极尽奢华。佛顶宫外形，让人联想鸟巢、北京大剧院，一派现代。但理念依据，又贴紧佛家佛学佛祖，整个外形由一个圆球为主体，覆盖一个弧线形的侧翼。圆顶依据佛祖发髻造型，高扬飞动的侧翼则是巨大袈裟。构思奇特，想象大胆！滚梯下行，卧佛所在的大殿空间宏阔高大，令人震撼。"三棵树"理念，构思精妙：平地两棵树用3d打印完成，第三棵树则是大殿顶部钢架，灯光形成斑驳影子，类似森林景象。白色卧佛，无比庄重。莲花座可以升降，再次感叹科技神奇。

所以惊心动魄，佛顶宫除地上宫殿外，又有地下六层：利用废弃矿井扩建而成，供奉头骨舍利地宫就深藏地下。地宫金碧辉煌，极尽奢华。各种工艺：佛像、木雕、漆艺、瓷品——无不精湛绝美，顶级材料辅佐，可谓极尽奢华，不计工本。可以说，南京人通过弘扬佛学，创造了21世纪的古迹。让我联想梵蒂冈大教堂的顶级奢华、巴黎凡尔赛宫的艺术氛围、纽约大都市博物馆的宏大现场、叶卡捷琳娜二世的皇宫气派，仿佛瞬间汇集眼前。令我惊叹，促人遐想……

面对金陵中华门大报恩寺重建，感慨万千。文化创意成功处或还原现场，或复原精神，或提供体验，把菩提树想象成纯白叶子，生母之谜化为美轮壁画，七步莲花，达摩对话，佛祖生平，塔用材料，摇篮轮椅，由生而死——回味惊讶，俯拾皆是。既出奇制胜，又情理有据。

古都旧朝须要重建本土记忆

生活在南国广州，我读徐南铁散文——叹秋天文化属于北方。眼前秋色渐浓，品味江南秋色独特韵味：温婉悠长，绚丽而不失清雅。美龄宫在网上走红，出于一张俯拍照片：秋天梧桐树金黄树尖沿山脊构成一条长长项链，美龄宫恰巧落在项链宝石位置。别墅建筑刻画有一千多只凤凰，包括屋顶以及阳台围栏上的柱头，可见老蒋宠爱美龄，两人白头到老，惜无后代。灵谷寺亮点：玄奘法师头骨舍利供奉。另一印象国民党阵亡将士纪灵堂——无梁殿没用一根木头，全砖石搭建，厚实沧桑明建筑。中山陵山谷飘着国民党人传说，汪精卫戴笠坟均被炸毁。

南京江南佳地，六朝古都，十朝旧都，佛教之都，文化名城，亦是亡国之都，悲情石头城——在秋天绚烂又感伤的季节里游中山陵，满山谷里飘荡着历史传说，明朝的那些事，民国的那些人——在这样的氛围中，坐在灵谷寺的一树金黄的银杏树下，与年轻导游李雪晴探讨金陵历史。听我谈及"亡国之都"，她笑言可换一视角：南京踞长江天险，常为汉主体的中华文化最后留存之地，亡而不绝，绝地反击！斯言壮哉，不由击掌称赞。联想起今年八月在上海，听闻上海文化人疾呼必须重建城市本土记忆……

波兰首都华沙，世界建筑史上的一个传奇。二战时期，希特勒恼火于华沙人民的顽强抵抗，决定把华沙夷为平地。多年前读《第三帝国的兴亡》，其中一句话至今印象深刻，希特勒宣称要"将华沙从地球上抹去"。这种灭绝性毁灭，意在摧毁城市传统特征，消灭城市记忆。二战后，波兰重建了首都，顽强复活了城市景观，保存了城市记忆。一个复活，一个复制，使我们看到了对城市记忆保存的重要性。

在上海复旦学习的日子里，我注意到思南读书会中的一个讲座标题：外滩是我们自己的外滩——表达的意思是上海不是殖民，而是租界。这是一个很有趣的表达，也就是说城市的记忆不但有复活和保存的可能，还有"改写"的可能。为什么说是改写呢？因为人们一向认为上海是殖民地文化，但是今天的新上海人并不这样看，他们认为外滩并不仅仅是西方列强建立的，它是40多个国家经济贸易世界市场化的结果，上海人、江浙人、广东人、中国人参与了这样的跨国建设。所以，他们希望恢复一种文化的自信："外滩，是我们自己的外滩，而不是西方列强的外滩。"多么自信有力的发声！

即刻给我一个很大的启发：上海一方面在不断强化他们的城市记忆，不断推广上海的本土化叙述，比如王安忆的作品延续了张爱玲对上海的描写，这些对于城市的都市文学与文化叙述，帮助了上海这座国际大都市的文化推广与全球传播，一方面在不断修复改写城市记忆，用心良苦，思虑长远，其中实践经验值得我们好好琢磨。南京这座千年古城，显然也有相同的努力，只是看似不经意地由一位年轻的导游口中道出，让我有些许惊讶。

我相信，再过50年、100年200年500年，南京就是中国著名的佛学圣地。应该说，大报恩寺发现出土，牛首山建殿供奉，两个地点之间拥有一种历史文化逻辑。而找到这个历史文化逻辑，正是南京人的发现与创新。当我得知设计与施工全球招标后，均由上海和江浙本国本土公司中标实施，我倍感欣慰，坚信中国本土创意与文化产业已经接轨世界，具有世界先进水平。我还要再三称赞南京大报恩寺重建与牛首山佛顶宫方案的决策者，他敢拍板，即为勇气，即为胆识！一个大报恩寺新塔玻璃材料，一个牛首山佛顶宫造型——哦，毕竟21世纪，有中国崛起、江南实力垫底，南京气派非凡，文化大手笔呵！

嚼着泡馍听秦腔

　　香盆子，时蔬、豆制品、蛋、丸、米线、粉类，相当于烩菜一锅，但却是素锅。蛋是鹌鹑蛋，丸是小鱼丸，几片火腿肠，加上萝卜片藕片海带丝清水一煮，清甜中夹带些许肉味。配合肉夹馍干饼食用。10元、20元、30元三种价格，大小金属盆区别分量。热米皮，6元一份，水焯黄豆芽圆白菜垫底，酱韶辣椒油，加米皮，冲清汤而成。小店客人光顾较多品种。类似广东河粉，但造型粗犷，大片些厚实些，亦是米制品。我细观面前一碗热米皮，颇有广州羊城素拉肠之风度，本质大致相同。你看中华虽大，千里万里，同源同根的稻米制品，竟然亦是惺惺相惜，面相气质如此相似。

　　肉夹馍每个4—10元不等，有肥瘦、纯瘦、优质，还有孜然土豆片夹馍；配合馄饨、紫菜蛋花汤。

　　至于西安名扬天下的羊肉泡馍，则是羊肉汤为主角，馍为配角。一碗淳厚浓郁羊肉汤，一个正宗本地白面馍。食客将馍掰碎浸入肉汤食用，享受的是面香与肉香融会贯通自然一体之美味。如今店家求快，多人埋头掰馍成丁状备用，大锅羊肉汤加粉丝香菜及两三片羊肉，热气腾腾盛碗，挖一勺白馍碎丁，快速合成。味道好坏，羊汤浓淡成了关键。如今西安回民街上，人潮如涌，食客人手一碗，尝鲜者已无法顾及汤之淳鲜，只有老西安才会知晓哪家老店羊肉泡馍是否正宗。依我感受，羊肉汤淡薄了，白面馍小个了，连那西安霸气的海碗也成微型了。将来子孙，恐怕很难想象《红高粱》里那个喝小米粥的海碗了.

西安小吃，名头大的还有上了《舌尖上的中国》的现压饸饹，还有炒饭类、粉类、米线等。饸饹其实属于杂粮面，传统妙处在于用手工即时制作。但当下机器时代，一切追求效率，大多为机制。我吃饸饹似乎与臊子面相去不远，优劣只在汤底与浇头了。我这个南方人显然是面食的门外客。西安街坊小食店，品种门类大致如此。广州人去哪条街上求食，面馆为主，炒菜白饭几乎没有。当年，孔夫子要是来了这条西安小街，恐怕产生不了"食不厌精"之感慨，二千年后我们这些吃货就会少了一条金科玉律。岂不可惜？愿西安哥们不要灭了俺。

大秦正声。西安就有这个底气：豪迈浩大，正统雅声，中国气派，华夏声音。岭南粤地，就没有这份气势，至多挂个南粤。为啥？西安有秦皇汉武大唐垫底，广东至多有个南越国，偏居一隅。

第一个演唱，男演员。阳刚、高亢、悲怆。宝莲灯，劈山救母。须生角色激越处，声震屋宇。其次为旦角，美丽中年女子。女声亦是高亢激厉，阴柔缠绵少有，铿锵有力为主。再次为丑角，演唱内容多为杀猪宰羊、生意兴隆等日常生活。

第四个为黑衣旦角，唱《三回头》，缠绵悱恻，隐痛深入，委婉动人，如泣如诉，悲伤如山。可见，亦是刚柔相济，并非一味阳刚高亢。几千年前，肇始形成，为当下国粹京剧前辈师长。

戏曲源远流长，相互融会贯通。可谓你中有我，我中有你。旦角青衣，花脸丑角，历史多可追根溯源至西周秦朝。戏曲没角不行，当年清朝魏长生带戏进京，比徽班早了十年。轰动京华，梆子戏的梆祖笔祖戏神敬唐玄宗李隆基，他既是多情帝王，又是秦腔戏迷加演员。天子粉丝，堪称第一推手。

大雨入沈阳

　　大雨入沈阳。一出老火车站，又遇要价出租车——懒洋洋老"的哥"却是侃爷一枚：俩长春也抵不上一沈阳。获知：黑龙江辽宁人眼里，沈阳人就不是东北人。为啥，不爷们，少打架。想想，那是沈阳人文明。东三省，亦区别。出站直对大街，老房子不少，询问俄式日式？答：大鼻子（俄罗斯）的，不是小鼻子（日本）的。车过临街一排漂亮老房子，告知张作霖时代的——老好了。

　　小街农贸市场，北方气氛浓郁。正是瓜果上市时节：西瓜甜瓜菜瓜苦瓜，红李黄杏水蜜桃，还有叫不上名字的小黄果，老乡告诉我是李子嫁接枣树结果。大部分蔬菜广州也有，但均具北方风格：个头硕大，饱满丰厚。比如西红柿，个个结实；比如茄子，滚圆硕果，与南方细长外形，恰成反差；同为长豆角，这里的更长更壮实；同样卖豆腐，多为大块老豆腐，少有广州的小巧与玲珑。比较抢眼的是水蜜桃，两元五一斤，一大拖车装着，卖成白菜价，老乡告知，两手一掰可分开的桃熟透顶甜。西瓜硕大，卖主汉子用手一捶裂成两半，表明熟透，大声吆喝，买主卖主均欢天喜地。大红肠悬挂，山鸡架卤味，大馒头，黄窝头，大蒸笼，一派豪放。

沈阳集市传统。离中心区不远一条街，夜市烧烤小吃成片。周末清晨，地面清洗水渍未干，小摊小贩又成街市。看看老人家，一元一个小盆景拿几个坐卖——家庭经济状况堪忧。辽宁GDP负增长，大型国企大多关门，这些摊主是下岗工人吗？街旁小巷农贸市场水泄不通，生意热。西瓜一斤3—5角，青菜蔬果多在二元上下，还有五角一斤的。老豆腐厚实二元一大块；咸鸭蛋论堆，十元钱一堆。也有卖花车，但品种单调，抢眼的就是小向日葵花，怎么看都离闲适文雅差半步。

2018：大雪初霁访泰州

从广州飞扬州泰州机场，2018年第一场大雪。当地零摄氏度，大雪刚止。大地白茫茫一片，俯瞰酷似一张炭笔风景画，只有房屋公路大河树木呈现灰与黑色，其余白色。站在室外，脸微凉，耳不冻，羽绒服正好。一种大气磅礴、开朗纯粹之冷，与羊城晦暗不明湿寒纠缠的冷，天壤之别、境界不同。

大雪初霁，阳光露面，照耀苏中平原，泰州水乡。水乡河汊纵横与珠三角平原相似。当地人念叨：多年未见一天一夜大雪，铺天盖地呵。雪后空气极佳，清冽纯净。污泥被白雪遮蔽，露出的绿叶尤显青翠。餐桌上的青菜格外甘甜，主人屡屡推荐。

郑板桥故居对面，郑家大饭店，当地"八仙"——兴化河鲜；兴化本土"六大碗"；板桥喜狗肉，菊花茶，籼子饭，烧豆腐。红烧虎头鲨，每只小鱼两寸长，完全野生。关于虎头鲨，当地俚语称为"先有儿子后成家"——意指男人食此鱼异常凶猛，让女子"生米煮成熟饭"，先有儿子再办婚礼。此小鲨游于淡水河汊深处，喜食小虾，肉食，故鲜嫩异常，无法家养。

古城兴化，有一种大都市消失的恬淡静谧。但熟人们坐在一起，却有一种童年记忆中的亲热。乡音浓郁，乡情淳厚。话说三句，即到祖上。传统在这里如水银泻地，如月光普照。众人热议圣人韩贞，明泰州学派布衣哲学家，仁慈四乡，大雪天晨起，登高观谁家烟囱雪没化，说明断粮揭不开锅，即派人上门救济。当地美谈"望烟送粮"。

王栋故居乃明代泰州学派旧址。中国历史第一个真正意义思想启蒙学派，发扬王守仁心学思想，反对束缚人性，引领明朝后期思想解放潮流。其弟子中有刚烈耿直李贽，至情至性汤显祖，兴化东海贤人韩贞等。因文友世凯乃贤人之后，故倍感亲切。非经院、非科举，向愚夫愚妇百姓布道，认为日用家常即道，亦给我接地气好印象。

泰州姜堰北大街。胡哥故居亦极有讲究，二层向阳木楼——便于储存茶叶；徽派马头墙，带有祖籍建筑色彩；棺形天井，人人相对屋檐，亦各具含义，后人兑现？引人遐思，回味不已。

黄龙士纪念馆。"龙士如天仙化人，绝无尘想"。时人甚至将他同黄宗羲、顾炎武等人并称为"十四圣人"，推为"棋圣"，足见其影响之大。棋圣少年得志，身为国手，天下无敌。曾以一击三，力扫高手。传奇故事，世代相传。如今姜堰继承遗风，喜棋者众，多出高手，誉为"中国围棋之乡"，受聂卫平等人高度评价。

苏中为扬州泰州南通，大扬州，小泰州——1996年单建地级市。平原水乡，三水相通：长江、淮水与黄海。农家鱼蟹虾，淡水海产俱佳。前日食野生虎头鲨，二寸短小精悍。今晚见大青鱼，一尺见长，壮硕丰厚却不失鱼之鲜嫩，烹烧甚佳，凸显食材原味，似近粤菜传统，询仍属淮扬菜系。不过各系互动相互学习今有实例：

凤爪烧卤蛋。印象颇佳的还有青菜丸子、酸菜炒饼，贫家日常菜身价上涨，青睐有加。

中国评书评话博物馆。镇馆之人柳敬亭，说书艺术一代宗师。黄宗羲评其："每发一声，使人闻之，或如刀剑铁骑，飒然净空；或如风号雨泣，鸟悲兽骇。亡国之恨顿生，檀板之声无色。"一生传奇，跌宕起伏，交往官宦将领文人青楼三教九流，将人生体验融入评话，影响南北，虽历史评价纷争，但宗师地位无可置疑，吾深敬之。科举有规可循，民间大师摸索成长则犹如野地，历经风雨，不拘一格，自由成长。

泰州姜堰东桥大炉烧饼，市"非遗"项目。妙在传统大炉，麦秆烧制，完全人工。赤膊汉子，把手探进火炉，一次贴一张饼。大寒冬天，尚且如此，可想夏日炎炎，贴饼师傅多少辛苦？饼皮焦脆，芝麻与麦面质朴结合，十足往昔面香，口感粗粝豪放。我这半个广州人，吃惯肠粉滑腻，上腭倍感摩擦，但瞬间被脆香征服，加之黄鳝骨熬制鱼汤面，劲道小吃，特色十足。

梅兰芳是泰州显赫名牌，虽然生长北京，但1956年回泰州认祖——万人空巷，争看梅郎，泰州倍感荣耀。梅不仅是四大名旦之首，而且他在京剧上做了很多探求和改革，使其成功转型为新时代的中华国粹，被誉为与布莱希特、斯坦尼斯拉夫斯基并肩的世界三大戏剧体系之一。他本人亦成为中华文化符号，功载史册，流芳后世。

泰州千年古城，鱼米之乡，生活安逸，30年前陆文夫《美食家》谈及苏州"早上皮包水，晚上水包皮"，此城即是。汤包+浴室，享受一整天。物产丰富，贸易兴盛，自古繁华之地呵。

苏中水乡冬景中的枯黄色，着实令我喜爱着迷：茅草摇曳，生机依旧；芦苇焦干，却无憔悴，反而与树木、半干塘水构成动人景象。柳敬亭虽潦倒一生，祠堂处有如此一片柳园陪伴，足可地下慰藉。何况博物馆镇石一般浇铸记忆——坚若磐石，阔如东海呵。

溱湖国际湿地公园，仅次于杭州西溪，国内排名第二。溱湖标志为药师佛三面佛像，临湖而建，拔地而起，横空出世，高达81米佛塔成为千顷湖面焦点标志。冬季溱湖，水波不兴，水质极佳，可直饮用。湖中鱼虾丰富，簖蟹扬名。岸边柳树，半枯半黄；更有芦花，摇曳多姿。阳光照耀之下，凉风扑面，一派静谧；眺望远方，溱潼古镇所在。

溱湖人家，湖边餐厅。红烧老鹅，贵在熟鹅，烧炖极烂。鹅血合烹，酱红汤浓，肉香淳朴。蚬子豆腐，上好豆腐与小蚬干肉汇合成，凸显河鲜，味美异常。银鱼涨蛋，银鱼打入蛋汁，下锅油煎成饼，用刀划格，美若葵花。煎蛋与银鱼双鲜并举，鱼香弥漫，特色鲜明。慈姑红烧肉，湖中慈姑脆香让红烧肉少了油腻，多了一份清甜。咸肉河蚌，以咸肉切片，入汤大河蚌干，河鲜味道浓郁，但蚌肉大块，少了精致。泰州虽为江南水乡，但风格亦有北方豪放，江南苏杭无锡，秀丽天下，江北扬泰盐城，景象已有不同。乡间餐厅，大盘上菜，盘大量大，菜式粗犷，油多酱浓，比如"家乡老鹅"与"慈姑红烧肉"，均有体力劳动饥饿时代遗风，人少点菜，难免浪费。

泰州溱潼古镇，全国首批特色小镇，4A景点。明清建筑成片，历史渊源深厚。古建筑磨檐博山，青砖小瓦，砖雕灰塑，淮脊雀尾，砖雕木雕，火巷密室，泰式建筑，独领风骚。早酒晚汤中午茶，自古繁华。名镇四大家族：朱储李沈，各有豪宅。遗憾在于，湖镇人水一体化不足。对比上海朱仙镇，就少了小桥流水，人家尽枕河之胜景。另外，导游介绍中少了古镇地域文化定位：运河水运，商贸码头，文化交流互动之地。

溱潼会船是溱湖水上庙会，泰州旅游最大亮点。从照片中可以想象清明前后水上盛况，千船竞渡，龙腾虎跃。会船民俗来历主要说法有二：岳家军与金兵作战，死亡将士就地掩埋，当地民众以供船招魂祭祀。另一说法，村民帮助官兵水战倭寇，船上竹篙拒敌。无论什么说法，演绎到今天，就成了水上庙会，享有"天下会船数溱潼"之美誉。

朱元璋与张士诚争夺天下，士诚败后，朱迁怒于张的家族臣属，将其驱赶泰州垦荒。所以，当地有"生而姓吴，死而姓张"的说法。因张士诚为吴王，所以他们生前姓吴，死后仍然在墓碑上改回原姓张。历史沧桑，风流云散，古代家族背井离乡，其中又有多少悲欢离合可歌可泣！大历史下笔太狠，粗轮廓大线条省略多少个体生命挣扎？据说是近年文化普查，在吴姓祠堂牌位后偶然发现数行小字，记载血泪家史。多少人背井离乡，几行小字即交代了，历史无情，史书无痕呵！

欧洲纪行：世界另一端

　　卡塔尔航班，广州飞多哈。对卡塔尔印象有二：足球厉害，我国足不敌；多哈办过亚运会。凌晨起飞，7.5小时后抵达，还是黑夜，因为从东向西飞，时差六七个小时。卡塔尔空姐身材苗条，脸小而尖，五官精致，黑发，亚洲个子，但还是靠近中国北方女孩——比南方丰腴。四五位空姐身边大概有一位服务先生：皮肤黝黑，脸庞尖削，浓眉凹眼，个子不高，但身体结实挺拔。空中客车QTR875，双层三区，一排十座。凌晨两点半第一餐，正餐：前菜、主菜、甜品。先发精美食谱，中英文。满舱国人，空姐中英文招呼，夹生发音，讲得吃力。前菜：蔬菜丝凉拌荞麦面；主菜：黑胡椒炒鸡肉配泰国香米和炒蔬菜；法式蘑菇酱烩牛肉配炸薯角和地中海时蔬；中式蔬菜炒面配炒蘑菇；甜品：芒果起司蛋糕。飞六小时，八点早餐(当地时间仍然凌晨)：前菜：时令鲜果；主菜：蛋卷烤鸡胸和里昂炒土豆配新鲜法式炖菜和烤番茄；中式炒伊面配竹笋和三杯酱；鱼肉粥配香菇姜丝和葱花。甜品：水果酸奶。一人一个托盘，一碟量少，但程序三道，式样完整。主餐米饭西式做法，没感觉塞进嘴。只对早餐鱼肉粥感兴趣，可惜接近西式，一块鱼肉加白米粥，香菇切丝与细长姜丝搭配，点上葱花，颇为美观，入口爽滑，可惜葱花非国产，味道太冲，煞了风景——哦，好歹近似中餐粤式。

卡塔尔航班呈现传统与西方化的结合，空姐制服西式，但似乎在肩胸部设计上保留伊斯兰袍子皱纹，即将降落多哈，空姐换装：民族风格上衣，无领浅色，既文雅又亲切。

多哈凌晨5：16抵达，机场休息，8：30飞布鲁塞尔，约再飞6.5小时，加上前半段共飞14小时。中间地面换机三个多小时，算休息吧。

空中俯瞰，多哈灯火璀璨，黄金铺地一般。阿拉伯沙漠小国，因为石油暴富，有钱。多哈国际机场，国际航班中转点，比白云国际小，但更豪华。听说2005年靠填海兴建。

满地老外，抓眼球是阿拉伯女子，最保守的服装全黑大袍，头巾包头包脸，仅露双眼，阴沉看世界，惊恐视外人。不过，亦有素面对人，目光沉静，另有一种美丽。看来，包括卡塔尔在内的阿拉伯国家，尤其是石油国，传统正受西方化冲击，女子面纱可见一斑。比如头张广告风貌，机场偶尔亦有，不敢拍，心窃窃。

国际机场西式快餐，自助式、点份式，简易快捷，尤其适合旅行。我看老外多是一份热狗、一份水果、一支矿泉水。比较悠闲就餐者，则是沙拉自助，加比萨或面包，咖啡陪伴。工业化产品，已无农业社会田园风味与"慢生活"节奏了。

从《一千零一夜》神话里走出的女子，像不像？团友拍的，女孩比我大胆，面见女神并果断拍。女神身后是机场吉祥物，熊吗，或是卡塔尔或首都什么？无人可问。走了几家店，只用卡塔尔币。

美金、欧元、人民币不收，这似乎又不是国际范。

上上下下，起起落落，进关出关，用足24小时，跨进欧洲，布鲁塞尔。第一站居然是欧盟理事会委员会议会三大机构，因此誉为"欧洲首都"，欧洲20多国，元首选举领袖。比利时以此为荣吧。作为游客，感觉平平。想想也不对，欧盟离我的广州生活很远亦很近，瞧瞧欧元，随时挟持人民币呵。

布鲁塞尔亮点底牌在"世界最美广场"，议会厅哥特式建筑，老皇宫金碧辉煌，老酒店名声显赫，楼下天鹅咖啡厅与众多名人相关：大作家雨果来此写作《悲惨世界》，马克思恩格斯构思《共产党宣言》。据说广场建于十二、十三世纪——欧洲优点之一，保存了中世纪文化。修旧如新，传统底蕴，令人钦佩。

幸好还有世界遗产中世纪古建筑群——布鲁塞尔广场，以及周边老街，否则，费时过多参观欧盟让我感觉好像公务考察。广场惊艳，小小震撼，我心目中五星景色。但更具温情的是布鲁塞尔招牌："撒尿小童雕像"，似乎知名度在广场之上。我知道像小，但没想到小到那个程度，50厘米高度，雕塑家着眼点在"撒尿"这一壮举。阴湿冬夜，小雨零星，小童干连赤裸裸地不歇止地撒尿，冷呵！古代战争潦草马虎，炸药引信居然灭于一泡尿……其实，人们看重的是英雄壮举与小童撒尿之间的诙谐感，喜剧效果中的英雄，日常且亲近，让我凝视瞬间，喜爱上了这个比利时小孩。

当然，更多的游客大众欣喜于比利时名特优产品：华芙饼干与巧克力。女孩尤喜，人类嗜好甜蜜，亦为传统。还有啤酒有名，广州珠江啤酒就属于这个欧洲系列。难怪距我羊城住处三里路啤酒博物馆，就有大招牌欧洲啤酒广告。全球化时代，虽风马牛不相及处，亦可能有千丝万缕关联。世界很大，我想去看看。世界又很小，你我他相连。

比利时往巴黎。途经滑铁卢，拿破仑战败地。人筑山丘，山顶雄狮雕像一尊，狮子面法国而站，可惜只能远眺，想象其威武。拿破仑成名19世纪，势力盛时几乎一统欧洲，是名扬史册之军事家政治家思想家。拿破仑一生显赫，后世颂为传奇，"打不败的小个子"成为文艺热门题材。尽管我始终对"欧洲中心论"怀有警惕，但从他提出欧洲经济一体化，可看出其并非单纯炮兵专家而是具有创新改革宏图思想家，当为今日欧盟先导。拿破仑出生时头大身小，牧师观之直呼"雄壮狮子"，即名为拿破仑。拿破仑统一霸业，遭遇二个障碍：英国与俄国。可见，历史由来已久，绝非无源之水、空穴来风。

法国高速公路服务区。餐饮购物娱乐卫生间一体化。小超市与国内相近，但似乎售成人杂志更加开放些，封面大幅裸体，尺度在露两点。面包三明治有打折，一般正品在五欧元上下，餐厅一份主食12~15欧。腌咸猪手巨大；水煮鸡肉不知啥味。面包热狗比萨饼三明治为主流，面饭辅助。洗手间水龙头先进，流水吹风一道感应完成。自助咖啡机、自助取食与食柜点餐结合。

凡尔赛宫，面前阔大广场，形成坡面，坡顶宫殿。用几个什么词形容奇迹般景色呢？金碧辉煌；铺天盖地；极尽奢华。中世纪雕塑布满广场、众神之像立于阳台，拱护皇宫。领参观券进门，发讲解播放机，人手一个，类似手机，悬挂胸前，输入艺术品编号即可贴耳收听。令人高兴有中文解说，放眼如涌人群中国人同胞身影，并无"出了假国"之感，因为各色人种恰到好处地稀释了中国面孔，一笑！国人约占五分之一。

铺天盖地挂满堆满：油画、壁画、雕塑、家具，每一个房间几乎堆积，尤其是天花板绘的大幅壁画，仰头望去，美得竟然产生压抑感。因为一楼二楼所有房间无一例外。几条走廊更是恢宏，巨大水晶吊灯与顶穹壁画和墙上大幅油画相映生辉，造就极尽奢华皇家气派。

从路易十三、路易十四几代法兰西皇帝专心经营，搜集并聘请名家绘画雕塑装饰……为世人留下宝贵遗产。令人吃惊，登峰造极呵。

皇宫后花园亦为奇迹。开阔恢宏，平坦规整。水池围栏雕塑，花木图案精巧，波光水色，绰绰倒影，幻若仙境。呵，绝非《西厢记》小小后花园，而是浩大花园，十足皇家气派。园林疏朗大气，一眼难见其限。目光远眺，方见围墙。可惜寒冬，花木凋零，遥想春暖花开，又是何等良辰美景？

巴黎两家中餐厅，老板江浙人，难能可贵既顾及洋人，又守住中国菜本色。此点似胜过我在美国、澳洲吃的中餐厅。老外喜欢自助，推出凉菜、炒面炒饭。中国客人则是梅菜扣肉、牛肉锅、洋葱爆虾和油炸鸡腿，前两种较正宗，后两种则洋化。一家有春联，一家无挂历，除中国面孔，餐厅装修完全西式。异国餐饮行业，守住传统又有所应变，亦是中华文化推广之领域。失去本色，国将不国；不作应变，亦难推广。其中分寸把握，实在大有讲究。

世界名著《艺术哲学》，法国艺术史家、艺术批评家丹纳其中高度评价路易十四，认为他带动了整个欧洲文明，甚至成为全欧洲宫廷贵族老师。看来是一位懂艺术知礼仪有素质的好皇帝。

巴黎的早餐，形式大于内容，至少于我而言。有幸遇到稀饭，只是相当于水泡米，米熟而已，离粥还有十里路。鸡蛋糊糊旁边是米饭，米饭旁边是煮得稀烂蔬菜，唯一的蔬菜，只好混乱不堪地稀饭配干饭。不过，三角包上乘，皮酥里香，水果口味也好。不赞下，就辜负了餐厅的漂亮。

凯旋门，巴黎四大地标之一。纪念拿破仑战胜反法联盟，前后修建30年。对欧洲来说，一座教堂盖二百年，所以30年不为长。拿破仑生前未见，灵柩穿过此门。太阳广场，十二条大道枢纽。进入巴黎第一道城门。端详名景，庄严巍峨，门墙几幅浮雕极富动感，大气美观。

卢浮宫，进口处，贝聿铭设计倒金字塔，曾在法引起轩然大波之艺术事件。镇馆之宝为"三个女人"：维纳斯、胜利女神、蒙娜丽莎。华人讲解于红女士生动讲解：还有米开朗琪罗的两尊奴隶雕塑：挣扎的与死亡的。还有《爱神之吻》，丘比特如何爱上天下头号美少女。古希腊雕塑印象深刻，在公元前距今二千多年，古人已经对人身体骨感肉感生命感，具有令人惊叹奇迹般的理解与传达。

站在维纳斯大厅，第一眼，幸福感瞬间充溢心头，比看图片要美过百倍。庄严高贵表情，让女性胴体气息弥散，衣裙垂至耻骨，面部与全身特殊的"九头比例"影响深远。神秘的断臂，神奇地无法修复，让美平添神之力量，已然超越人间，"此曲只应天上有"呵。

胜利女神，卢浮宫第二镇馆之宝，第一维纳斯。此神像原为海港山头神庙神像，航海人们进港，仰首眺望可见，所以独立大厅设计为拾梯而上，仰望点即为船台上的胜利女神雕像。于红女士描述其有力量的翅膀，由天而降，顺势降临胜利战舰，衣袂飘飘，豪迈风姿。深感雕塑家捕抓瞬间动感之天才般生动且准确，女神力量之浩大与其飘飘若仙之潇洒，构成貌似反差其实相得益彰之美学效果。女神健硕丰美，却不失灵动，虽头颅不见，二千二百年岁月风尘依然掩不住独到之力量与美丽。海浪波涛，打湿衣袍，隐约可见腹肌丰腴与细腻，坚硬大理石透出肌肤之柔软与温度。令人怦然心动，神往远古。

《蒙娜丽莎》，镇馆之宝第三，天下闻名。关于达·芬奇以谁为模特，已然传奇，流传甚广。无论从任何角度，美妇人唇间一抹微笑，神秘呈现。此画曾经被盗，盗贼无法出手，两年后失而复得。于是日本人捐一面玻璃门，内藏真迹，更显身价。岂止三宝，卢浮宫40万藏品，全部看完，每件用3秒钟，可看三个月，行走16公里。巴黎文化，价值连城。这与法国几位皇帝酷爱收藏，以及拿破仑四处征战，掠夺宝藏无数有关。

《拿破仑加冕》画中画前画后，颇多故事。给予启示：拿破仑不可一世，实在有其过人神力，所以传奇，亦是代表法兰西力量与意志；各国人士，无论贵贱，总有国家利益。人类所以金戈铁马，杀伐不断，说到底还是利益冲突；画家歌颂君王，亦是参与政治，朝三暮四，亦是依附人格所然。另外，半裸女神出现于战场代表浪漫主义，大宫女为美改变比例全为审美，古埃及书记官雕塑千年之后依旧目光炯炯有神，均为世界艺坛佳话，日月在天，经久不息。

塞纳河游。左岸几所大学，右岸多为经济建筑。有十六世纪宫殿，某贵妇为巴黎幽会所建。有巴黎大学。有各种主题博物馆：人类、海洋、建筑、装饰等。桥亦亮点，建于几百年前带有纪念意义的桥。

古希腊雕塑出土时为何多无头颅？自然破坏，地震雷暴有可能震断或粉碎连接脆弱纤细处，脖子手腕都是，或杀伐亦从砍头开始。武则天陵园前塑像多无头，恐怕亦有此因。由此，断臂维纳斯头颅完美无缺，实在是人类之幸！古希腊雕塑从古风期至古典期，除了崇尚人类血肉身体外，还有其他宗教冲动吗？奥运会起源论证裸体风，但为何女神裸体？与现实崇尚联系吗？醒来时想到这些，平添古希腊敬仰。

巴黎早晨。塞纳河两岸在18-19世纪完成了城市建设：古典西洋建筑俨然有序，皇宫巍峨，纪念碑、凯旋门、博物馆、咖啡厅、雕塑作品遍地皆是，构成优雅文化、艺术气息浓郁，如梦如幻，奢华享乐之都，聚集所有文明精华，光芒四射，荣耀天下。

古典建筑构成小巴黎老城，新城则截然不同，现代时尚，亦是奢华。酒店恰在新老交界，清晨寒风，道一声：巴黎早晨。天微亮，近七点。

巴黎早晨七点半，天空黑暗，夏时制与冬时制鲜明，八点半天亮，下午五点半转暗。今天早餐，没了稀饭蔬菜，水果盘中只有苹果新鲜，其他均为罐头。主食面包，配合香肠、奶酪、果酱，以及冰牛奶、热咖啡。好在巴黎牛角包和提子包名不虚传，口感于细腻与嚼头中平衡，麦香与配料相得益彰，尤其是表皮薄脆恰到好处，食之略感欣慰。中午12点预订法国大餐，深入巴黎，一探风味。

奥斯曼大街。巴黎歌剧院附近，巴黎著名购物广场（国人诙谐直译"老佛爷"，其实与慈禧太后无半毛关系）以及巴黎春天百货。爱马仕LV香奈尔古驰普拉达，令人眼热。中国奢侈品购潮居高不下，与经济腾飞合拍。女人疯狂，男人乏味。花上大钱，奢侈时尚，血战钢锯岭呵，女人血拼，男人出血。不须讨价还价，无须辨别真假，全是上等货，质压日韩。欧洲品牌体现工匠精神，质量上乘加之售后服务到位，比如德国旅行箱。巴黎买名包，每年限量，防止倒卖。

香水博物馆，花宫娜。香水亦是巴黎品牌，感谢路易十四皇帝推广。调香师必须记住150种花香，每天只能工作三小时，不碰酒烟，全世界目前有一千多位，巴黎高薪月八千欧。镇馆之宝为一支金属外壳顶级香水"第一夫人香"，1946年出品，至今高贵，缘由总统夫人义务广告。楼上博物馆，楼下营销部——说来说去，上上下下，全是生意。

法国海鲜大餐。餐厅色彩鲜艳，装修讲究，环境优美。开胃法国葡萄酒，上佳鹅肝开场；海鲜大盘为主角：冰块托底，上置生蚝、鸡尾虾、海螺、龙虾四种，佐料白醋泡洋葱粒、自挤柠檬汁、辣椒酱，三种刀叉一把餐刀操作，配合红酒逐个享用；第三道名菜法国蜗牛，一人一小盘，六枚带壳蜗牛，外形近似广州中等花螺。

法国蜗牛滚烫上桌，小叉挑出入口，嚼劲在花螺与田螺之间，味道平淡中见出鲜嫩，不过似乎并无出奇，厨艺尚未到家吗？盛名之下，实在平凡。比较起来，鹅肝制作精致，入口即化，细腻中透出异香。第四道帅哥服务生躬身中文询问：牛排，还是三文鱼？一人一份，这倒是广州西餐厅例牌。最后，甜点收尾，一人一小杯冰淇淋，银勺银杯，玲珑可爱。敬酒，干杯，好奇，尝鲜，拍照，乐在巴黎。

巴黎老城，街道井然。十九世纪初，奥特曼男爵在拿破仑三世支持下，费时22年，重新修建了巴黎城，统一风格建筑庄严巍峨，皇宫、歌剧院、议会厅各具特色，房屋一致高度，精美雕塑以各种形式呈现，或屋顶或窗楣或门框或纪念碑，艺术气息得以强化，弥漫全城。据说政府不许外墙挂空调晒衣物，每年专款清洗外墙，修旧如旧，虽经二百年风霜，依然富丽堂皇，风采不减。令我惊叹的还有街道布局与宽度，即便在没有汽车年代，设计家亦留出五六个车道十几米宽度。至今不显局促狭隘。真可谓城市建设奇迹，至今光芒犹在。

今天主题：红酒。法国波尔多地区葡萄酿制。欧洲风行啤酒与红酒：前者2欧一杯，更日常；红酒开一瓶，价格悬殊。超市纸盒包装2升一盒，价廉物美，几欧搞掂。第戎出城，高速路两旁，田园平坦，全是葡萄园，延伸至远方丘陵坡地。冬天田园，唯余枝根，期待来年春天发芽，新一轮生长。

参观庄园，一胖妇为主，男青年辅助讲解。一问果然中国留学生。法国葡萄酒有法定产区，比如波尔多就是最高级别产区。年份则并非越久越好，判定标准为当年葡萄质量。再就是庄园名头，亦为名牌。全世界有34块顶级葡萄田，波尔多拥有32块，可见优越地位，无可替代。

入座，斟酒，摇杯，闻香。悉心体会清晨与青草气味；二次，再闻；入口，与舌齿充分接触，享受芬芳。品尝三种：白、红以及一级酒，这款一级酒存五六年可达顶峰状态，有点橡木筒味道，樱桃果酱味。新酒单宁凸显；老酒柔和沧桑，暗含草皮、松木、泥土、橡木味道。第四款为餐后果酒，黏稠偏甜，20多度，添加些许糖与酒精，一般作为鸡尾酒。波艮第地区有40多个村庄出酒。村庄、田园均为级别判断元素。

瑞士，欧洲富国，欧盟之外中立国。手表、军刀是名片，工业与旅游管理业才是他们经济基础。世界第一所旅游学校。人口800万，治安好，收入高，生活安静。与德国奥地利均为日耳曼民族。法意比较浪漫，随意不守时。瑞士则严谨，十几个组成联邦，瑞士传统坚持中立，两次世界大战皆是，所以受损较小。

国家位于阿尔卑斯山脉，缺少资源，所以不被掠夺者关注。没有农田，只有畜牧业。瑞士银行保密原则，也为其积累财富。多少无头账户，留下亿万金钱。也包括各国贪官及非法洗钱。遥见雪山，与眼前大湖相映生辉。天鹅海鸥，悠然自得，恬静人心，尽享山光水色，童话世界。

进入瑞士，陡然转晴，阳光灿烂，白云蓝天：放眼淡绿色山坡，点缀三角房顶白色小屋，恍若童话世界。车抵瑞士琉森名胜小镇，旅游地为中国游客破天荒从晚六点半延长半小时，七点关门。多大的利益驱动？要知道欧洲人视加班为侵犯个人权益。仅镇上一间爱玛仕一年就有50万游客，令人咋舌。

琉森名景"濒临死亡狮子"，被称为"世界最悲伤的狮子"，雕塑家以此作品纪念法国大革命中阵亡的700名瑞士士兵——以雇佣兵参战。此亦为瑞士传统，职业军人，以生命相抵，打仗为生。狮子在整块石头上完成，奄奄一息，渐入死境。

住进华人加盟酒店，早餐终于有了标准稀饭，以及西式炒面和鸡蛋，毕竟中式，没有传闻中的榨菜，好在有一小碟豆腐乳。当热热稀饭入口，配上酱油素炒面条，再点缀少许豆腐乳，居然有一种"恶狠狠"的舒坦。果断放弃西餐，尽管西边杯碟颜色漂亮。整个餐厅都在赞华人老板，有稀饭，有面条，有腐乳……三有好人呵。

瑞士，早晨。七点天微亮，推窗，一幅图画：近处，童话般小屋；远眺，阿尔卑斯雪山。一阵山风推窗，居然呼啸，犹如松涛，传来教堂钟声。东方朝霞泛起，分分钟变幻不定，天气预报有雪。今日穿越阿尔卑斯山脉，雪山，皑皑白雪，让我充满期待。

瑞士多山，隧道技术先进，最长为50公里。时常车过隧道，进口阳光，出口阴雨，甚至雪花纷飞。隔着一道山，各有小气候。冬天瑞士，一幅美景，三个元素相互辉映：山间雪景；传统农舍；山坡草地。雪景由山头雪色、山腰雪松和山下积雪构成；农舍造型别致，敦实却不失玲珑；山坡起伏曲线圆润，成片绿草茵茵与积雪色彩反差耀眼。瑞士山国，经典景象大致如此。

雪中瑞士，别有一番景象：山头积雪不化，半山或成片雪松坚挺，或黝黑岩石冰柱悬挂，白色耀眼，如一线瀑布，瞬间冰冻造型，而枯黄草丛似色块陪衬，构成黑底白线黄点大幅油画，煞是壮观。云雾水汽蒸腾，沿着山谷婉转向上。云雾之下，乡间农舍点缀山底。那山底坡上大片草皮平坦，居然在没有白雪覆盖地方呈现淡淡绿色，仿佛昭示一种顽强而淡定的生机。

高山滑雪，见识欧洲人爱好。成群男女，坐缆车到半山和山顶。半山坡度平缓，山顶则大陡坡——我目测大约60度，颇具危险。游客由高而低疾速下滑，再坐缆车上来，再次下滑。乐此不疲，直至天黑。大部分人是两块雪橇，一手一支雪杖，分配四肢联动；少数技术高超者，只有一块滑板，完全靠腰腿力量下滑。

新鲜的是全家三代人一起上场，惊讶的是男女小童亦滑技熟练。初学者在山底，有移动带子牵引练习滑雪。看到成队成群顺坡滑下，冰雪之上英姿勃发，你不得不投以钦佩目光：个个牛高马大，身材挺拔，绝无发福，绝无病态。

瑞士高速服务区，餐厅商店，色彩鲜艳，装饰温暖动人，处处洋溢喜悦。尽管有形式大于内容之嫌，但脉脉温情触目皆是。生命如此珍惜，日常这般美好。居然还有小小托儿所一间，七八小童灵动其间。

威尼斯水城，酒店早餐。琳琅满目，色彩夺人。这样早餐看看新鲜、偶尔一尝尚可，但天天如此，中午晚上亦如此，文艺小资范许可，中国胃不答应。虽然赏心悦目，就是不合吾胃。吃饭不是观风景，是合口，是舒服。不过，水果例外，口味上乘，品质优良，舌齿之间总有青山绿水田园韵味。

意大利主食，比萨之外，似乎饼较多。欧洲人饮食，色香味，色最看重，香气吗，似乎淡，至于味道，在我看来，千篇一律，规范操作。比如，牛排，冰箱取出一袋袋小包装，每袋一块牛肉，电炉煎，洒点汁，加薯条，没有任何即兴发挥。厨师亦是慢条斯理，既无烟火气，更无激情。哦，也许偏见，你这个中国客，哪里懂欧洲。

威尼斯水城，精彩在水。一千多年前，为避战乱人们迁居岛上，依赖盐矿生存，曾为威尼斯共和国。去夏北京，中国博物馆展览"威尼斯画派真品"，吾之印象擅长肖像画，缘由当地画家为游览贵族画像留影，水城风景衬托人物。画师成群，涌现名家，故有画派之称。亦可见，水城风景独特，自古名声遐迩。

贡多拉是一种类似独木舟漂亮装饰小船，每船一名船工撑竿划行。唯有如此细长小舟，可以顺利穿行曲曲弯弯威尼斯水路。据说从前每家均用小舟出行，出门即水，水为道路，桥为水生。穿行数桥，恰为一首中国现代诗之意境：你在桥上看风景，看风景的人在楼上看你。明月装饰了你的窗子，你装饰了别人的梦。

大部分老楼墙皮脱落，透出历史沧桑。老城原住民30多万，旅游日盛，不堪其扰，多迁移岛外，目前仅余5.8万。政府担忧2030年后将没有原住民了。想起吾国江南水乡名镇：周庄、乌镇等，"人家尽枕河"。但格局不同，威尼斯阔大雄浑，大海背景。

玻璃工艺博物馆。一楼工匠坊，炉火正红，工匠靠一个铁制吹筒、一把钳子、一把镊子，即可靠烧、吹、转、拉、钳一系列工序，几分钟制造一个花瓶，令人称奇。当然，具体工序极为复杂，可多次烧制。工匠表演仅为铺垫序曲，上楼方为正剧：金碧辉煌数个展厅，令人眼花缭乱。专门介绍贴金酒杯，婚礼男女成双交杯酒专用，价格100至400欧不等，巴洛克风格，堂皇贵族风。

水城著名景点，圣马可大广场。纪念碑与大教堂乃游人必去之处。水城不大，却有艺术传世，美誉三宝：马赛克雕塑；玻璃工艺；面具。难能可贵，不但地域风景天下无双，本土传统亦有独自特色。

墨鱼面为午餐，价格15—18欧。一份四样：一碟蔬菜沙拉，一盘墨鱼面，一碟油炸海鲜配薯条，一份甜点小蛋糕。面用墨鱼乌汁炒成，加橄榄油、食醋、辣酱，蔬菜沙拉拌和，味道尚可，墨汁满嘴，亦成特色。油炸海鲜与薯条均是滚油出锅，乃广东人上火食品，辅以冰凉矿泉水勉强入口。由此，理解西人喜饮冰水之缘由。风水气候，实乃影响本土文化之重要因素呵。

佛罗伦萨君主广场中央有大卫雕像的复制品。米开朗琪罗创作的"大卫像"收藏在学院美术馆。据说真品生动性远胜眼前。君主骑马雕塑、海神像，以及右侧众多雕像，让人回味从前那个艺术辉煌的时代。我在广场一侧昏暗巷子里听人弹奏吉他，拨弦错乱交替，琴声却如怨如诉，让我想象五六百年前，文艺复兴三杰及其一批艺术家，如何行走在这样的石板路上。

圣母百花大教堂是佛罗伦萨的地标，又称"圣母寺"。抄近路左侧进入，从巷子出来，第一眼，就让我震撼：巍峨高大，色彩鲜艳，白色大理石镶嵌着淡红色大理石，射灯强光或许比白天更加迷人，大理石的肌理质地诱发出耀眼奇异的光芒。转到正面，巨大的八角形圆顶衬托大理石外观，不愧为文艺复兴时期极致代表作。如梦如幻，我已词穷言拙，难以表述壮美之境界了。

意大利主食除牛角面包外，似乎三明治也为主流。蔬菜较少，仅仅土豆就有多种做法，蔬菜汤单调，番茄酱汤是一种。看则好看，食之一般。

广场巨大，正面圣彼得分立圣彼得与圣保罗：保罗手执钥匙，彼得则持长剑。正中方尖碑——为古罗马军队战利品。教堂两侧各有半圆环柱，拱形长廊，密集罗马柱耸立，每一柱上方有一尊神像，姿态各一，衣袂飘飘，异常生动。长廊内部，罗马柱一排为四，伟岸耸立。吾半生经历，走过世界多国，但所见罗马柱不及眼前百分之一呵。

高山古堡，天空之城。意大利乡村名镇，因宫崎骏一部动画片，名声远扬。由于与世隔绝，人烟稀少，又称"鬼城"。农舍玲珑，巧若积木，却由大石垒成；石屋铁门紧锁，庄园十室九空；残墙破壁，青藤缠绕，高山之下，唯一座300米窄窄长桥交通，恍若世外桃源。人烟稀少，花猫当道，人没猫多。

遥想古堡先民，为何深入峡谷，与此险峻高地上修筑城池家园，是隐姓埋名千里逃亡的家族，还是伤心绝望于世的部落？远眺古堡，如中国秦汉之烽火台。奇崛处又在群峰叠嶂中异峰突起，古堡四周万丈悬崖，好似悬挂于蓝天白云间庄园一座，天上人间呵。亦不知宫崎骏那个日本老头为何知晓？却不见景点宣传？欧洲文化傲慢主义吗？

梵蒂冈，独立的主权国家，由于四面都与意大利接壤，故称"国中国"。同时也是全世界天主教的中心——以教宗为首的教廷的所在地。作为世界六分之一人口的信仰中心，梵蒂冈也是全球领土面积最小、人口最少的国家之一。瑞士卫队，因为曾因救助教皇而牺牲众多，所以被教皇选为永久唯一卫队。

安检入门，排队长龙蜿蜒。登堂入室，教堂高大空阔，壁画雕塑，金碧辉煌，气势超过皇宫，奢华直压巴黎，何况，宗教气氛浓厚，不由你噤声轻息，庄严肃穆，肃然起敬——无论你有无信仰。仰视顶庐，如望苍天。雕塑栩栩如生，大理石拼贴技术据说梵蒂冈教廷独有，17世纪延请名家大师创作宗教题材，一般一件作品耗时15—20年，油画不用颜料，上佳大理石镶嵌。艺术精益求精，且有宗教激情贯注。一句话：宗教力量无边，其教廷所在已然跨越我狭隘想象边界。连连惊叹以至目瞪口呆。

大约秦始皇时代，古罗马帝国崛起，成为横跨欧非亚的地中海帝国。其文明高度发展，紧随古希腊之后。传说古罗马先人是维纳斯儿子及其随从，兵败后逃至地中海。

罗马恐怕是唯一在古文明文化方面，可以媲美巴黎的城市，而且遗址为胜。教堂多，喷泉多，雕像多，游人多，小偷多，汽车多——世人评价。意大利首都400万人，雕像超过人口。经典电影《罗马假日》为古城做了世界范围广告。比如许愿池喷泉，名声遐迩，掷硬币许愿，居然世人喜爱，乐此不疲。

所谓"条条道路通罗马"，意味深长，功绩不小。古罗马强盛一时，城池遗址尚存，但帝国早已灰飞烟灭，今天罗马人与古罗马人亦无血缘联系，但我以为：本土地缘影响源远流长，人走家园在，相同生存空间必有相同气场存在。尽管罗马的成就中绝大多数基础来自于希腊文化，她不是一个创造性的文明，更多的是推广和发扬，对多种文化兼容并蓄。

意大利古罗马竞技场罗马斗兽场是古罗马帝国专供奴隶主、贵族和自由民观看斗兽或奴隶角斗的地方。建于公元72—82年间，是古罗马文明的象征。遗址位于意大利首都罗马市中心。电影《角斗士》有精彩呈现，罗素克罗演绎角斗士，外形内心均与斗兽场气场贯通，惊心动魄，刻骨铭心。

比萨斜塔，天下闻名。依旧是天主教堂建筑的一部分，属于教堂钟楼。拾级而上，因为倾斜有些许不适。奇怪的是，当你上升到三楼时，不适消失，难道身体有如此迅疾的平衡能力？大理石材料，固若磐石，千年不朽。钟楼功能还在，礼拜钟声响起，回荡比萨古城，倍感时间停滞，驻留中世纪。当然，更多的游客仅仅热衷于塔之斜，竭尽所能配合"斜"——世俗快乐热烈，淡化宗教气氛。

深夜，卡塔尔首都多哈上空。灯火璀璨，黄金铺地。机场大屏幕，十足国际范。意大利小店和摊位里的工艺品，什么风格呢？一下子无从把握，恰如意大利面条，包装鲜艳夺目，却又充满生命气息：热情外露，激情浪漫。与天主教堂庄重肃穆宗教油画，正好构成反差与两极。

俄罗斯的三个坐标：森木、荒原与海洋

飞行七千公里，十小时抵达。第一眼俄罗斯，秋雨中访谢尔盖镇，东正教圣地。第一次目睹俄人排队，男女老少无一例外亲吻谢尔盖棺木。就近观察，百分百真切深吻。东正教的梵蒂冈，七百年前谢尔盖则为东正教耶稣。禁教多年，叶利钦开始复活，已为俄罗斯国教。肃然起敬。

圣地中的俄罗斯人群，年轻男子个个帅，高大健壮。中学生青春飞扬，美女养眼，亦有肥硕胖人。黑衣神父，黑袍衬着魁梧身材，别有一番非凡魅力。男女笑容只在摊主脸上见到，其他大多不苟言笑，严峻肃然。

俄罗斯正宗午餐。四道菜顺序上：一人一小碟沙拉；一人一碗罗宋汤；主食，一人一盘猪肉扒加大米饭；甜食收尾：冰淇淋。辅食就是一桌共享一篮黑白面包，黑面包即为列巴。共享饮料有热茶和冰镇苹果汁。列巴食之微酸，似有发酵。俄牛奶只有三天保险，无添加，纯天然。总体粗犷，品种简单，味道单纯。水果味道浓郁，似亦天然优势。

俄罗斯土地面积1700多万平方公里，中国国土的将近两倍，但是人口只跟中国广东省差不多，仅有一亿多。因此，地广人稀，土地丰富。当然西伯利亚大块土地不宜人居，主要生活在属于欧洲部分。我们从莫斯科开车出去，发现高速公路两边，有大片的空地。另外一些，主要是种玉米和小麦。小麦，是黄色的，玉米是绿色的，大片的麦绿地。黄绿相间，一直扑向天际，充分显示了丰富绿色资源。我想，美国的荒原文学到这里，一定会有市场。抛荒是一个什么概念？也就是有大片的土地，可以随意地放在那里，它们与荒野生命一道，野蛮生长，自由发挥。

对原木的爱好，缘于木质房屋、家具与器皿的传统。完全木质农舍、教堂至今散发光芒，在寒冷冬天，木质本身的肌理纹路给人以温暖亲切的质感，触摸之亲切难以替代——此种源于原木时代的人类早期初始情感，在俄罗斯传统中有较好的留存，其表现形态不仅体现在大量木制工艺品，比如原木套娃，更显示于俄罗斯文学中对故乡本土的依恋沉醉。苏兹达里的木质博物馆即为例证。

谢尔盖耶夫，700年前的个人传奇，以及这个小镇如何一步步成为东正教的圣地——历史昭示：宗教发展与地区国家政权密切相关。因此，所有俄罗斯历史上曾经成为中心城市的地方，均与教堂命运相关。可以说，每一座教堂都是一部大写的历史书籍。洋葱头般圆顶无不映照出历史的光芒，以及各色人物变幻莫测的命运。

在历史文化深度游中，今天城市的规模与繁华程度已不重要，评价它的指标在于历史文化地位。比如说苏兹达里，历史记载比莫斯科还早一百多年，古色古香，祥和静谧，居民沉静如水，优哉从容，享受着近千年的历史荣光。苏兹达里七世纪即成为当时中心城市，苏兹达里大公国的首都。在这座古老城市，我们不但可以看到苏兹达里克里姆林宫的耶稣诞生大教堂，还有古老城堡，1.4千米的防御工事。木质建筑博物馆乃亮点，不仅领略俄罗斯传统的木制建筑风格，还可体会俄罗斯古代先民，与森林，与树木，与木头之间的亲密关系。我认为这样的一种亲密关系，已经进入俄罗斯传统，延续至今。这是令我羡慕的地方。

俄罗斯人对传统生活的坚持，以及延续，应该超过当下的中国人。辛亥革命1911年，列宁在10月——20世纪20年代，经过这么长时期的历史更替，传统在中俄两个国家有延续、保存、发扬，其共同点和相异点值得互相借鉴参考，彼此学习交流。

早餐时分，时差五小时，广州午饭吧。今天第一件高兴事，遇见"俄罗斯饺子"，不知真名，应似中国饺子"亲戚"。皮厚硬实，如大蒸饺；馅为猪肉，扎实一团。只可惜没醋。茄子胡萝卜丁烩米饭，则是"惨不忍吃"；煎鸡蛋与红肠尚可；牛奶一流，奶香浓郁；面包粗犷，不如巴黎。

俄罗斯的床。酒店床与俄家庭床一样窄而小，俄一怪，牛高马大睡小床。多少？90到110厘米，1.8米长。广东人小个睡觉尚可，但俄男人多在1.8米以上，据说彼得大帝2.04米高亦睡小床，脚往哪搁？另有足榻？据说趴着睡，我试了下，难。一夜小心翼翼，被子落地，人尚在床上。电梯也小，只上三个人，加上一人行李箱和背包，三人挤拥。同问：牛高马大，为何床小电梯也小？

俄罗斯农舍，窗台门边房前屋后都是鲜花，栅栏原木。新房子亦为木料，地砖新式。公交车站，五个本地女人等车。车站一侧，纪念碑矗立，1941—1945，配有军徽，显示二战历史记忆。二战残酷，俄死亡人口二千万。

莫斯科酒店早餐。主食：面包卷饼红肠通心粉。凉菜，蒸蛋，冰冷鸡蛋。喝燕麦咖啡红茶。够饱但没享受快乐，中国胃广州味，只认羊城呵。

莫斯科地铁站亦为游览项目，二百多站各有主题，无一重复。以共青团站为首，金碧辉煌，一如艺术宫殿：恢宏阔大精美豪华。吊灯浮雕拱门穹顶灯箱油画，没有给任何广告留下位置。艺术气氛浓郁，高雅艺术渗入日常。尽管莫斯科服务设施并不先进，但地铁站的艺术形象与乘车秩序，显然昭示一种市民素质文明水准。一分钟一列车，人潮汹涌，井然有序。先下后上，滚梯站右，左边留出快速通道。安静从容，让座者众。吾国在许多方面优于俄，但地铁文明实在不如。

莫斯科凯旋门，胜利广场：纪念两个时期的战争。巧合于抵抗来自欧洲中心强国侵略，拿破仑与希特勒均败于俄。这个"战斗民族"实在如北极熊，体大壮硕，加之国土辽阔，法德欧洲霸主终以败终结。既便血盆大口，亦无法吞并，历史事实确凿无疑。

皇家庄园，如今成免费开放市民公园。欧式建筑，教堂圆顶，有赖于湖水草地、森林树木衬托。我欣赏为前后两位设计家塑像。艺术家被皇室贵族与民间社会尊重，亦为文化传统。比较之下，吾国历史中的艺术设计包括著名工匠，大多隐而不彰，被皇帝权贵身影遮蔽。

雨后，森林早晨，隐约鸟鸣，原木小楼，小溪蜿蜒，小桥流水，衬着高大耸立的松树白桦。直抵"鸟鸣山更幽"之境界，而"苔痕上阶绿，草色入帘青"却无力描述眼前近于浑厚画面。三只大鹅，居然被我唤过湖面，近前啾啾低鸣，惜无面包，失望而去。

圣彼得堡近郊森林庄园，夜晚入住，方得一个美妙的森林早晨。被告知：三鹅乃野生天鹅。五公里外有熊。"战斗民族"二猛男将一2.5米高黑熊空手赤拳打进医院，刑拘15天。

莫斯科到圣彼得堡，四小时动车，下车即拜见彼得大帝。据说形若巨人，身长2.04米，身形九头健硕非常，视塑像头颅偏小，似有异象。俄最杰出皇帝，内强外攻，霸气十足，名扬欧洲。大国大帝，必有非凡气魄，不可一世的圣彼得堡即是此帝杰作，三百年风流云散，至今风华，人类奇迹。

莫斯科与圣彼得堡为新旧首都，但市民互瞧不起。印象里莫斯科目中无人排外；圣彼得堡大气包容欢迎外国人，文化素质亦最高，314年首都，世界港口。莫则被俄人称为"一座大农村"——不知这里有几分有关自尊的逆反心理？

普希金城，叶卡捷琳娜夏宫位于城中皇村，彼得大帝爱妻，成为女皇，在位两年。宫殿亮点：世上最贵大厅，琥珀宫。誉满天下的艺术殿堂。叶卡捷琳娜二世，手腕高强，面首无数，荒淫无度，自称"一天也离不开男人"。但谋略加时运，居然颇有作为，与武则天有相同英雄气概。龙在下，凤在上，势压男权。此宫竭尽奢华，金碧辉煌，金子铺地，宝石砌墙，令我瞠目结舌，叹为观止，权力会使欲望宣泄奔涌呵！

冬宫，著名皇宫。以电影《列宁在十月》攻打冬宫而为吾国人熟悉。油画雕塑为主，艺术瓷金银器为辅。国立艾尔米塔什博物馆(冬宫)是世界四大博物馆之一，与巴黎的卢浮宫、伦敦的大英博物馆、纽约的大都会艺术博物馆齐名。其中达·芬奇、卢本斯、伦勃朗真迹，举世罕见。丹纳《艺术哲学》对伦勃朗宗教画之风格处理详细论述，印象深刻。今日得见真作，不禁欣然。

俄罗斯人属于森林民族，但图腾似不明显。彼得大帝开疆拓土显然走出森林，走出东欧平原，采用面向海洋的战略。圣彼得堡的造城，就是雄才大略之举。入秋时节，蘑菇收成，公路边时见小车，入林采菇，已为城里人习惯项目。我视作俄人向祖先森林生活致敬！

维堡边境小镇，千年古塞，兵家之地，距芬兰30公里。北欧风情，古城静谧。似乎维持千百年生活方式，摊子生意从容淡定，无法交流，只会用计算器点出价格。维堡原属芬兰，原有五百人生活，彼得大帝派军队一千人占领，当地驻兵，融入本土。后芬兰派兵五千夺回，再次融入。此城混血，比例一半。俄芬边境小城，风情异殊。东欧北欧跨文化交流，造就一座颇具"宅"风的慢城。此城经济目前被琥珀带动。彼得大帝开拓出"琥珀之路"。

所谓跨文化交流，实在是有血有肉、有声有色，甚或金戈铁马、血流成河。数十年战争，生灵涂炭，不仅为权力统治，还有经济驱动，还有宗教原因。一部历史错综复杂，多边力量纠缠不清、互动冲撞，绝无可能和风细雨，徐徐而来。大冲突恰好大交流，看似东风压倒西风，其实你中有我，我中有你。而此时的民族本土，或混合或拼盘或融会贯通，重新洗牌，又是一番天地。但值得铭记的是，表面浪花腾跃，河床却不易改变，底盘底色顽固，此即为本土。

北欧四国共享波罗的海，与俄"战斗民族"不同：同属森林民族，维京人虽然亦野蛮善战，曾经海盗肆虐，侵犯欧洲，但骁勇略输俄罗斯人。因为后者体内流着两股血：蒙古与哈萨克。

千年古堡，虽几易其主，却见识多少侵略与抵抗？武士的鲜血与海面战舰上的军旗交相辉映。战争面前，似无正义可言。一老外游客租武士服拍照，从塔内钻出，一时恍惚，时光倒流，仿佛回到八世纪。三百年的老房子，四道俄餐。

俄罗斯开放参观冬宫、叶宫与夏宫。夏宫乃皇室成员避暑之地，因为近距离参观皇室日常生活，具有隐私性，故不得拍照，以致百度没有信息，造成神秘宫殿。反而听得认真，看得仔细。彼得大帝与叶氏二世女皇，似最有霸气。同样金碧辉煌，极尽奢华。据介绍彼得大帝参观巴黎凡尔赛宫，大受启发。看来依然是欧洲人的学生。

圣彼得堡市政府对面街道，周一早晨八点半，街道空旷，车少人稀，800万人的俄第二大城，人还是少呵。

从艺术广场普希金雕像，身后艺术博物馆，前行顶级欧洲大酒店。再往前彼得堡涅瓦大街，市中心闹市，高档店与摊铺同在，逛街人众。发现街道与步行道一样宽敞，咖啡厅占道经营仍有充裕，实在难以想象三百年前彼得大帝亲自规划的气魄，效法巴黎，放大了尺寸。

俄三大宝：美女大长腿；伏特加；琥珀蜜蜡。少女高挑，金发凹眼，五官紧致，天生锥子小脸，标致者一如古希腊雕塑。伏特加为目前白金牌上国宴，走红名牌。我弄不清为何全是40度，据说国家统一规定。套娃是俄罗斯标志，送得出手的乃橡木全手工，工艺水准重要，人力手工最值钱。价格几百到几万，大小也不一，大到一人高。

琥珀蜜蜡为俄罗斯国宝，普京执政后，强势全部收为国有。

今见普京表，双鹰国旗，普京签字。硬汉强悍，壮健冷峻，极合乎"战斗民族"内心诉求，构成一面旗帜，亦为精神支柱。

四十二座岛屿，三百多座大桥，誉为"北方威尼斯"。300年前彼得大帝规划建造，八车道，宽敞大道，两边欧式建筑，类似巴黎的城建。彼得当年曾到巴黎学习领会欧洲文化。下"石头令"，所有商人运石抵税，填海造城，彼得堡就是这样建成，一如欧威尼斯方法。彼老城楼房街道风格近似巴黎，但优势在恢宏阔大，精致与浪漫气息似不如巴黎，涅瓦河远宽过塞纳河，桥的气势不同；直觉巴黎温柔，如风情万端女子；圣彼得堡则更似年轻男性，俊朗刚健大气。现今户籍五百万，三百万外来户。森林花园城市，森林就在城区，绿地满目皆是。列宁格勒保卫战，围城900天，将近三年，每人每天供应125克面包。德军投下15万枚炸弹，依然无法破城。一座具有文化历史底蕴的古城，还有普希金等一批文化巨星。

克里姆林宫里外刀光剑影闪烁，几百年前世界当时最大火炮，二战缴获德国火炮置放平台，高出一层上是苏军火炮，意味战争胜利。亦有屈辱，拿破仑攻陷克宫，抢掠一空，包括墙上宝石亦用刀剜下。60万大军驻扎31天，临行一把大火烧七天七夜。但撤军途中，天寒地冻，遭库图佐夫伏击大败而归，只剩几千人。墙外无名士兵墓、朱可夫雕像、战争记忆，刻骨铭心。

红场，红色代表漂亮，亦称美丽广场。1941年德军围城，斯大林顶压力红场举行阅兵式，部队检阅后直抵前线战壕血战。列宁墓在此，红为鲜血，黑为悼念。因举办俄军乐节，一片欢乐，会场几乎占满红场——仅有天安门广场五分之一。少年军热情异常，主动与外国人拍照，此时方知吾即老外。

莫斯科大学，无论从学术水平还是从学校影响力来看，都无愧于俄国第一，许多世界知名人士以及俄罗斯政界、科学界的要人都毕业于此，有13名诺贝尔奖奖金获得者，2017年世界排名73。大学在莫市高处，可俯瞰市容。正对面是2018足球世界杯场馆，远处有一组大厦显眼，那是唯一的大厦群。高层建筑与中国大城市比，实在少之又少。反而是森林延伸市区，大学几乎就是一座森林公园。

沙皇庄园，莫斯科河环绕，遥看市区。父皇生子而建一大教堂，看来因欣喜亦有纪念日即兴之作。庄园有大片野苹果，自生自灭，酸涩难吃，可以自由采摘，满地落果，亦为风景。森林民族对树木果实亲密无间，吾等则见之欣喜。

俄餐模式化，先一份蔬菜沙拉，固定黄瓜甘蓝胡萝卜番茄等切丝或丁，几乎没有菜叶，半年冰天雪地，蔬菜成本不低。第二道红菜汤或罗宋汤，红菜色艳，似有特色，但依广东人看，汤无大骨等垫底，汤清淡有余醇厚不足，旅游餐的汤恐亦对付，有时鸡块煮一些糊涂菜，汤无鲜美特色可言。重头在见人一份主餐：由烤肉与主食合成，或牛扒猪扒鱼扒，配大米饭煮土豆或意面，水平体现在扒上，只在一家酒店鳕鱼扒找到愉悦，其他在西餐水准上应属一般。第四道收尾：冰淇淋或鸡蛋糕或一杯中国红茶，绝不重样，无丰富性期待只有两次意外：帝王蟹和鱼子酱。前者按中餐烧法，无以评说；后者一人一小勺，珍贵无比。这道鲟鱼鱼子被俄人说得神乎其神，19世纪俄小说中几乎至鲜，其实就是腌制鱼卵，有点鲜但发腥。不知真正俄大餐是什么讲究？至少日常四道离丰富多彩尚有很大距离，我直觉原因：气候与饮食简单，森林民族加平原生活，可以展开想象。

访俄中，伊凡雷帝、彼得大帝、叶卡捷琳娜二世三位印象深刻。恐怖的伊凡，第一位统一版图之沙皇。其生性残暴，失手杀死皇子，有名画传世。母为蒙古人，多少继承游牧粗犷残暴性。有列宾名画传世。

俄罗斯人属于东欧平原上，森林民族与蒙古哈萨克草原民族互动，与中北欧各族融合，血缘复杂的民族。男人虎背熊腰，多在1.8米以上，体格雄壮。女人小脸细腰丰乳肥臀美女过半，但中年后发胖，大妈壮硕摇摆过市亦为一景。女平均寿命70有余，男五年前均寿59，近年进步60有余，恐与酗酒有关。胖大妈辛苦，退休后多在出外劳作，问其老公，答曰：在家喝酒。有一儿子，退伍后尚未工作，问其干啥？答：在家陪父喝酒。

俄罗斯气候，称作男人的心女人的脸。莫斯科的男人最花，因为女比男多。这句话也是比喻俄罗斯的天气多变善变：八月下旬，正是俄罗斯初秋，为何天气如中国南方春天？一天忽雨忽晴，忽冷忽热，时而艳阳，时而冷雨，半天内变幻多端。从莫斯科长袖到彼得堡薄羽绒服，差不多一箱衣服轮流穿，从夏秋到冬天。当然俄真正冬天零下二三十度，连大河都结冰，那是旅游淡季。九到十月，渐入深秋，树叶转黄变红，又是另一番景象。

哦，再见吧，大海！
我永远不会忘记你庄严的容光，
我将长久地，长久地
倾听你在黄昏时分的轰响。

——普希金《致大海》

行色匆匆，无暇访问故居，此为遗憾。到普希金市访叶宫，也没有一点时间去皇村当年诗人就读学校门口留影。只能千里之处，遥寄敬意。

苏联情结影响了至少三四代人，这个"楼上楼下，电灯电话""土豆烧牛肉，就是共产主义"的国家曾经神一般存在。如今走近她，阅读她，看一看风景，用自己的心、自己的眼……

我宁愿把苏联情结，看作一种梦幻般蓝色的黎明的梦，因为这个梦含有几代中国人的情感。尽管所有情感后面，其实有更复杂的关系。从斯大林时代，或者还可以往前推到《瑷珲条约》的沙皇时代，中国人就一直在苏俄的压抑下，保留着一份友邻的幻想。在俄罗斯今天冷峻的笑容后面，其实也包含着严峻的内容。也许，我们对于俄罗斯的热爱，永远超过俄国人对中国人的热情。政热民冷——有人如此描述。

只有永远的利益，没有永远的朋友。这句话，总像冰冷的雨滴，滴在我们热情的心田。然而不管怎样，我宁愿将其视作天性中少有侵略扩张——中华民族的一种仁慈包容宽厚的胸怀。

埃及：从法老金字塔，到希腊罗马伊斯兰

零点广州起飞，六小时时差，支持黑夜模式，飞过沉沉夜雾。777飞机一半国人一半老外。埃及航空空乘多为帅哥，皮肤褐色，头小肩宽，制服威武，高大剽悍。我家包包评价：胸以下全是腿。壮汉弯腰轻语服务，似不相配。

睡眠因为凌晨二点飞机餐与四点点心餐以及送饮料，被切割成碎片。飞机餐依旧难吃，牛肉烧蘑菇糊糊拉拉，主食土豆泥糊里糊涂。只有蔬菜沙拉入口，意外发现小面包麦香浓郁，嚼劲十足，比广州麦香包更有韧劲与回味。早餐亦是土豆，蒸蛋香肠勉强可吃。果酱沙拉酱都写有汉字，分别出自东莞与无锡。

飞机杂志显示国际化，欧美高档消费品广告满篇皆是，大嘴茉莉笑容灿烂，与法老神秘微笑相映生辉。窗外依旧夜色浓重，耳膜轻微疼痛，飞机迅速下降。当下埃及到底什么样呢？我的好奇即刻淹没疲惫。凌晨四点十五开罗时间，飞临开罗上空，俯瞰首都，灯光璀璨，犹如一地黄金。

凌晨五点，海关官员哈欠连天，一瞥而过，顺利入关。美金换埃镑零钱，用于上厕所买水及果汁。埃镑比人民币便宜，差不多两

埃镑等于一元人民币。国人与日韩团排成长龙，几分钟后告知没有埃镑。开罗人工作效率可见一斑。

三个关键词构成埃及印象：一、公元前3000年前后，尼罗河畔活跃着一个强大帝国，即古埃及。其文明形成6000年前，又延续近三千年，是人类最古老的文明。但今天生活在埃及的是阿拉伯人，与古埃及人没有一丝血缘关系，古埃及人已经在历史大迁徙中消失殆尽。二、圣经出埃及记，摩西据上帝旨意带领为奴的以色列人离开，去往指定地点迦南。但法老不批准，于是上帝降下10次大灾，迫使法老同意摩西率队离开。到达红海，法老派兵拦截：前有红海，后有追兵，危急时刻，摩西借上帝之力使红海断流，阻隔出一条通道让以色列人逃出生天。随后，万丈波涛将追兵淹没。三、所有关于埃及电影，包括金字塔考古纪录片，不断展示埃及金字塔奇迹，以及法老事迹。遥远而神秘古埃及，就这样如木楔子般嵌入脑海。10小时飞行，神秘国度矗立面前。

埃及有四个时代，法老时代最强大，有三四千年历史，留有117座金字塔。二是希腊时代，埃及艳后所在。第三罗马时代，罗马帝国强盛时期。第四伊斯兰时代，阿拉伯人入侵——因此95%人口信伊斯兰教。

埃及博物馆以法老时代为主，信太阳神，主要展品为法老像、金字塔里木乃伊、石棺、古文字、图画、纸张等。几千年前的木画色彩鲜艳如初，令人惊讶！镇馆之宝，黄金面具代表文明水准。遥远时代、悠久文明，当时世界最强大国家与最高水准文明。希腊与罗马时代只占国家博物馆一隅，但风格迥然不同，虽在相同地域，却并无承传，由此可见文明更迭与冲撞。与高度发达的古埃及文明相比，博物馆太小太小。第二国家博物馆即将落成，期待下次参观。

法老时代标志即金字塔，建筑庞大且神秘，深受世界学术界考古界关注，全国留有117座金字塔。开罗郊区的胡夫金字塔是最高一座，147米，由200万块条石组成，每一块重二吨。为什么选择这里建？靠尼罗河，可用舟船运送花岗岩，此地势开罗最高。作为法老墓地，胡夫为爷爷辈，儿子孙子继承王位，各有一座，共三座金字塔。沙漠无垠，天空辽阔，天高地远的大背景下，金字塔横空出世。第一眼震撼，第二眼惊叹，第三眼怀古沉思幽然之情油然而生。

胡夫三代三座金字塔后面，有著名的人面狮身像，为胡夫儿子为父亲塑造纪念像，取百兽之王狮之勇猛，用万物之灵人之聪明。所谓怪兽传说，多为民间良好愿望。谁可以成为国王，几千年前就有严格规定，普通民众再勇敢再无敌亦无可能。

金字塔风景区前城镇街道，汽车摩托车自行车马车骆驼马匹并肩而行，小摊贩卖饼麦香夹杂着马粪臭味，街边垃圾不少，行人灰头土脸。水果汁饮料铺、裁缝铺、杂货铺均破烂不堪，颇似广州即将拆迁城中区。

埃及青年导游阿迪毕业于开罗大学中文学院，他在广州待过一年，会几句粤语。他说，建设有信心，但要慢慢来。开罗正在建新首都。中国开放四十年，我们亦四十年。

中午吃埃及烤肉，就是鸡块与牛肉肠，手艺一般，肉味平平，除蔬菜沙拉以及沙拉酱外，并无调料，佐配的土豆几无油盐味，倒是白米饭放盐。面饼主食，麦香明显，但缺少整体感。唯有两美元一杯芒果汁果香浓郁。埃及厨艺不敢恭维，生活水准较低，生活讲究低下。

墙上两幅画，其中捕鱼一幅油画，我满以为是著名题材，乃至与古兰经关联。但一问三不知，让我对店老板的厨艺与学识均不认可。比起俄罗斯古堡酒吧，巴厘岛传统烤肉店，天壤之别。

从开罗到红海，途经新开罗政府工地，有装甲军车与荷枪士兵守卫。新建六道高速公路，行车稀少。一个多小时后抵达红海，与沙漠毗邻，完全无污染，海边没有一家工厂。红海为一个省，有三个城市。虽比地中海小，但海水清澈而平静。车停时观察一个路边咖啡馆，设施简陋，供应咖啡、红茶、面包与面饼、水烟和水果。埃及男子抽烟很凶，卷烟多，个别水烟。每台三五人相对而坐，咖啡或茶，佐以面包及一小盘水果：小黄瓜与番茄，并不切开，原装摆盘，数量不多。客人多为埃及人，欧洲人稀少。咖啡馆面朝大海，倚靠黄沙大山。黄沙大山如沙漠一般，寸草不生，与湿润红海构成山与海的对峙与呼应。

沿红海进入新开发富人区，酒店别墅度假村，面朝大海，房价见涨。埃及最贵，平米人民币五万。一个老婆一栋，阿迪眼睛放光。富人区休息区，气度不凡，埃及纪念品，琳琅满目，光彩熠熠。餐厅商场，近似欧美，与非富人区公路咖啡馆，迥然不同；比较开罗老城，更是天上地下。

埃及酒店多是自助餐，本地食品与西餐结合，咖啡自助，面包甜品，水果沙拉，琳琅满目。埃及餐印象突出盐水白米饭，烤鸡肉牛肉，无油无盐清淡到底蔬菜汤。见到蚕豆汤，同样无味。对于煲汤到家的广州人而言，埃及食品太一般，乏善可陈。看看新奇，吃饱就好。唯有水果入口。

午饭时遇三大厨明火摆摊：炒通心粉；刀斩烤鸡；煎牛肉饼。其中肉饼尚可。大概无钱可赚，昨晚点中餐，老板出来致谢，居然埃及人。众口一词，不好。让那男子愧疚而退。勉强几句中文，中餐厨艺没过关，且满桌素菜，一碗蛋汤，只飘一缕蛋花，汤用勾芡，寡淡无味。唯一盘铁盘牛肉撑起台面，牛肉又太咸。让人无语，只能怪当地人原本食物简单，无心厨艺。与欧洲不少潮汕闽南人开中国餐馆，老外亦乐而忘返形成反差。

红海，刚刚醒来。埃及第二大海，世界最年轻海，形成四千万年；世界盐度最高的海，因为蒸发太快，与沙漠直接相连的海，无边黄与辽阔蓝，"一半是火焰，一半是海水"。北京作家王朔小说曾用此作篇名，谁是原创？

驶近尼罗河，绿荫渐浓，麦子蔗林成片。尼罗河天光水色，两岸绿色如带，绿色之外即黄色沙漠。埃及粮食蔬菜水果均在大河两岸，不可想象没有尼罗河，埃及会是什么模样？

尼罗河，非洲第一大河，世界第二。贯穿非洲多国，埃及母亲河。驾舟河上，清风扑面，波浪翻腾，河水碧绿如玉，水质上乘；岸边浅水清澈，小鱼成群游动。从红海四小时车程，途经撒哈拉大沙漠，寸草不生，或黄沙遍地，或黄石嶙峋。

太阳神崇拜中心卡纳克神庙。134根神柱密集矗立，个体生命更觉渺小。神像高大巍峨，却亦不及方尖碑高度。因为每一位法老都明白，肉身之上还有一个神。

自然景物，鬼斧神工；人文景观，则是以万众之力接近神力。眼前埃及最大的神庙即是。它蕴含了人类巨大冲动，法老试图以一己之力、一家族之力，借助太阳神一统天下，威震四方，绵延久远。

仰望饰有优美图案与符号神柱，神柱托起巨石下图案色彩艳丽，依然清晰可见；高低讲究，便于阳光照射的神柱矗立三四千年，竟然无一根倒塌，优美地站立，踏实而沉稳。太阳在每一年4月与10月，法老出生与登基日子准时照进密室，几千年不变。多么精准的计算，多么高超的设计，多么不可思议的工程！

智者，圣人，先知？似又不是——我用记忆中无数接踵而至人物想象他？菩提觉悟，马槽男婴，断臂维纳斯，盲人荷马，天不生仲尼漫漫如长夜，道可道非常道名可名非常名，子非吾安知吾不知鱼之乐，前不见古人后不见来者，菩提本无树明镜亦非台……思接千载，穿越古今，眼前有形物瞬间化为无形，一只蝴蝶悄然而至，翩翩起舞。

撒哈拉大沙漠，因台湾作家三毛书写，名扬神州。途经沙漠深处，遇红海民族，艰苦存活。男人卖纪念品索要清凉油，女孩要求合影索讨小费，"美金美金"，她们不受教育，等着嫁人；仇恨美国，却爱美金。

卢可索，埃及古都底比斯遗址，世界最古老城市之一。其中帝王谷，为60多位法老陵墓。法老时代埃及木乃伊、象牙、黄金多放此处。为何选择此地原因三：太阳神普照；干燥护尸；人烟罕见防盗墓。皇帝国王大多期望复活，同时亦愿意将今生荣华高贵带到阴间，中外相似。

帝王谷乃石头大山，石材坚硬，皇室秘密从半山凿洞，从长长墓道深入棺椁之室，石棺中有木乃伊以及殉葬宝物。墓道从上到下，两侧墓室存放宝物，墓道墓室布满绘画与古文字。绘画色彩鲜艳可辨，蛇牛鹰鳄鱼等动物崇拜物生龙活虎，不少图画被今人复制，流传甚广，成为法老时代标志，传达出三四千年以前历史的丰富信息。

照相机原本必须寄存，不许拍照。但今年始，买300埃镑摄影票即可手机拍照，按2：1比率就是人民币150元。对此，导游阿迪几近愤怒：政府短视，300万都不能卖摄影权，20年后损坏了壁画，就再也没人来了！我赞同阿迪意见。门票这个月参观三个寝宫，其他还有几个开放，须要另行付钱购票。据说不少墓室中有迷宫设计，盗墓者即使入室，亦无法找到棺椁，反而陷入迷宫而丢了小命。

各法老地墓，各有特色，其中文字记载经破译，帮助了考古学家发掘新墓。考古工作从20世纪初至今，方兴未艾，成为开罗大学与世界考古界长期合作项目。但即使秘而不宣，仍有被盗。毕竟三四千年，时代更迭，风流云散，当年皇室亦早已灰飞烟灭，气运殆尽！

帝王谷东边，古埃及唯一一座三层神庙，亮点有二：神庙三层中最高层完全在山石中凿出，工艺精湛；由一位女法老所建，可见其为自己编写"受命于天"浮雕。即刻使我联想到埃及艳后与中国唐朝武则天。龙在上，凤在下。女性凌驾男性之上，需要更多手段。此庙规模自然不如太阳神崇拜中心卡纳克神庙，但依山而建，面对尼罗河，地势开阔，由低而高，援梯而上，自有一番远大景象。

红海三面与沙漠相连，纯净无污染，阳光下海水变幻出浅绿、深绿、碧绿；浅蓝、深蓝、碧蓝，如翡翠，如宝石，波光闪烁，放射出异样光芒。红海深处，小岛附近，清澈见底，每一游艇分配一座大珊瑚，下水带镜俯观热带鱼游动于珊瑚石间。

红海浮潜，鱼族馆景象，此刻在你眼前：阳光透过近于透明海水，在珊瑚礁上投射一个一个光环，各种热带鱼优雅悠闲，穿行礁石之中，水草轻轻舞动，袅袅婷婷，鱼水石草，一幅海底图画。亦幻亦真，恍若仙境。

埃及红海观海鸥海鱼，先撒面包屑于海，鱼群汇集；再抛面包屑于空中，海鸥上下翻飞争食，口吃刁了，拼命抢热狗中肠。阿迪大叫：要肉要肉。众人抛撒，不抵船长切活鱼诱惑，群鸥鸣叫，争吃鱼块，不亦乐乎。

红海深处小岛，印象深刻二：浴场居然没有波浪，所谓后浪推前浪，前浪死在沙滩上——在此无用场；小岛也是沙漠地质，看来亦无淡水。

蚕豆酱，埃及人早餐大多食用，面饼掰开，用手撮蘸酱吃。现在受西餐影响，蔬菜亦用沙拉酱。但传统蚕豆酱仍然喜欢，酒店早餐还有煮蚕豆与蚕豆汤。我品尝可以接受，原生态豆香，不算咸。

酒店自助餐：橙子哈密瓜椰枣乃水果档的三支柱。蔬菜大多生吃，黄瓜清脆，番茄深红，紫甘蓝生菜青椒洋葱等组成蔬菜档。埃及餐少炒菜，多为煮菜，蔬菜绵烂而失去青绿。土豆则为主食。棕榈树结椰枣，清甜绵软。比去年吃到的芬兰椰枣甜度低些，更加可口。芬兰椰枣甜度高，稍显腻口。

尼罗河水甜，无污染；撒哈拉沙漠日夜温差悬殊，促成埃及蔬菜瓜果味道纯正，清香甜蜜。价格亦比中国内地便宜，柑橘草莓等五元人民币一斤；烤肉店一杯纯果汁二美金一杯。

"每想你一次，天上飘下一粒沙，从此有了撒哈拉。"三毛对撒哈拉大沙漠描写充满诗意。但现实却是生存环境严酷。越野吉普车疯狂高速开进沙漠，颠簸不止，时时有失重感，须要以尖叫释放恐惧。冲上高坡，突然下沉，一车惊呼中来到沙漠深处红海民族居住点。

埃及古老的少数民族，居撒哈拉沙漠深处。牧羊骆驼为生。房屋低矮，土垒墙甚至芦苇秆四围。羊群围栏，骆驼自由放牧，但前脚绑住绳索，仿佛镣铐，蹒跚而行。村边食草，沙漠上有一丛丛带刺草。食足自行返回，供游人坐骑。政府鼓励旅游业，村民淡然应对，仅四只骆驼迎客，好在访问者亦不多。

还有两个参观点：烤面饼——几千年古法，唯一改变是石盘变铁盘，驼粪球为燃料。大饼嚼劲十足，麦香浓郁；织驼毛——挂毯小包等工艺品出售，一方不小挂毯仅人民币二百，质地厚实，图案古朴。村庄有一口古井，80米深，此乃生命源泉。但另一矮房却是精神源泉——小小清真寺，尽管简陋，却是村子最好房屋。村民稀少，远方放牧？民居稀落，仿佛棋子随意丢落，似人丁不旺。

据说政府安排外迁至开罗，村民故土难离，认为这里虽然偏远没电没电视，但不用交水电费和税，无生活压力，故依旧坚守。看男人表情相当淡定，唯有孩子活跃。女人遮头盖脸，全身黑袍，只见眼光从布帘后闪烁。估计年轻人也在离开。匆匆而过，无法细看。但民居点之沉静寂寞，给我一种世外之感：心若古井，却可以掬出一捧清水呵！

亚历山大，法老时代就美誉"地中海新娘"，对面就是欧洲，最近是法国。尼罗河到开罗分流，两支河流环抱开罗到亚历山大的土地，沙漠消失，水草丰茂，埃及90%水果产于此，可谓风水宝地。与撒哈拉沙漠比较，这里是另一个面向海洋的埃及。

亚历山大又是希腊时代、罗马时代首都，面向地中海，海洋城市，历史故事说也说不完。因为导游阿迪的美丽夫人出于亚历山大，他从第一天起，赞不绝口。埃及人肤色三类：开罗赭色；尼克索偏黑；亚历山大偏白。为何白色？大批移民混血有关。希腊罗马法英殖民，均产生混血。上埃及下埃及重金字塔和神庙，但亚历山大没有。埃及人种分三：法老人、罗马人、阿拉伯人。

亚历山大工资可达6000人民币，而内地一般只有1500—2000。四百万人口，石油收入多出于地中海，外包公司生意人也多在亚历山大港口城市。第三收入是水果，椰枣闻名。第四鱼类，第五……爱好养鸽子。埃及80%工厂在此。

埃及皇帝在北方亚历山大设夏宫，南方卢克索设冬宫。埃及世界文化遗产有二：金字塔与亚历山大灯塔，灯塔公元前200多年即建成，135米高，当时世界最高建筑物。900年前地震倒塌后，原址上建城古堡。

亚历山大，配得上一句中国古话：曾经沧海难为水，除却巫山不是云。见证过亚历山大大帝雄霸世界，希腊化时代文化繁盛；经受过古罗马元帅恺撒屠城战火，化为灰烬；阿拉伯人入侵，重塑城市。不断洗牌，几易主人，历劫磨难，唯港口依然红火，大海天空依旧湛蓝。

莫巴拉克总统亦是亚历山大人，肤色较白，观念较内地开放。开放程度亚历山大最好，其次开罗，卢克索偏保守。亚历山大人站在"鄙视链"最高端，或与同城人婚姻，或与外国人携手。不可能找开罗或其他地方的。

中埃友情当下火热，据说埃及日常用品90%中国制造，华为手机在开罗和亚历山大均有公司，埃及80%手机即华为，还有一个中国小牌子"拍照手机"亦受年轻人喜爱。这是不是他们赞我CHINA天下第一缘由？有一种见远乡亲人感觉，当然要排除即刻要小费动机。

年轻人包括中小学生，都有与中国人——也许所有外国人照相兴趣，也许在欧洲人遍地情形下，华人游客还是少数。亚历山大较开罗开放，街头小学生主动与你照相，甚至自己不照，只要那快乐——看出来还是一件很时尚游戏，笑容天真。我以为只是男孩大胆，喜欢美女，其实不然，女孩亦主动上来找中国女性合影。你照他（她）亦照，手机成了友情桥梁，至少在合影那一刻双方欢乐。

我还见过一个三口之家，嘴里念着chinese，不但邀合影，而且将婴儿送到华人妇女手中合影。是认为华人福气，托福？沾福？看那出自内心的笑容，我微微感动。天真一笑很倾城，尤其在这蓝色大海古堡画面里。

中国人对埃及男人粗浅印象：第一是包头巾大胡子伊斯兰，第二是可以娶四个老婆。其实有误，大城市男人西方化明显，城市生活压力大，只有5%男人可以娶两个以上妻子。按导游阿迪说法，男人30%有钱——我看估计乐观。因为女人大多在家不工作，故许多适宜女性的职业亦由男人承担，比如酒店餐厅服务员。

但我在酒店餐厅，看到埃及男性侍者，总觉得他们大部分与职业角色尚有距离，他们似乎与街头摊贩、骑马放羊牵骆驼的埃及男人并无太大差别。我在胡夫金字塔首次遇到强要小费，大为惊讶，果真"热情陷阱",幸好不断重复导游名字,对方才鸣金收兵。此后几天,"惊魂未定",凡见热情笑脸,必保持距离。

红海餐厅,男侍者问声你好,即指手中笔讨要"圆珠笔"。亚历山大夏宫,隔着铁栅栏,荷枪实弹士兵看我一人,用手点自己鼻子,说出"清凉油",我只好摊开双手,说声"没有"。讨小费索清凉油风油精圆珠笔,看来相当普遍。埃及18世纪后被法英先后殖民,此习惯由来已久?还是专门针对华人呢?此习惯让埃及旅游业丢分不少。

当然除了穿西装,戴手表戒指,洒了男士香水的绅士——但他们谁是埃及人呢?我无法判断。不过,导游阿迪毕业于埃及排名第一的开罗大学中文学院,又娶了读过大学的美丽太太。阿迪将太太照片给团里所有女性看,但绝不给男士一见芳容。阿迪开朗热情、大方得体、诙谐幽默、与人为善、虔诚礼拜、爱国爱民,够得上职场精英。看来同是埃及男人,文明水准大有不同。

阿迪告诉我:第一次广州坐公交车,用羊城通卡嘀一下,抬头看,大吃一惊!男的女的?当确认女司机时,第一站下车打的去。中国女人可以干很多职业,埃及不行。大多家庭要求成年女子出门黑袍蒙脸。

埃及女人上了大学,可以当教师、医生、公务员,但比较体力的职业不行。阿迪介绍夫人颇为自豪,不但美女,上过大学,而且是小学英语老师。"她可以嫌许多钱",阿迪说到此流露一点羞涩幸福感。

大多家庭要求成年女子出门黑袍蒙脸,即便当教师也只能在13岁以下男孩面前露脸。婚前不能让家庭之外男性看到真容。当然,风气慢慢开放。我在埃及博物馆，看到开罗大学美术学院学生现场写生，个个女生只戴头巾并不蒙脸。个别连头巾都没有的则是基督徒。风气开放的亚历山大，不蒙脸者居多。我在开罗汗哈利利集市熙熙攘攘节日人群中，黑纱蒙脸已在少数。现代生活方式，显然对伊斯兰传统有很大影响力。何况所谓"现代性"时常让传统坚固性日渐消失。

但海滨浴场埃及成年女性则安静坐观，只有小孩下水，与欧洲女子三点式性感出场形成强烈反差。街上依旧可见黑纱袍黑面巾包得严实女子，只留眼前一线，明显感受纱后双眼目光灼灼。埃及女性亦与西方女子相同，婚前苗条，婚后尤其是几个孩子的妈，大多丰腴，身体有超重之感。此点不如亚洲女性，婚前婚后并无太大差异。

埃及首屈一指纸莎草画。专卖店女子开讲纸莎草，尼罗河水草，半露半藏，枝头如松针散开，埃及人视作阳光放射光芒。三角形枝干，枝皮可编织，枝干木槌锤敲，碾压去水，成为干纸，纸上画画。五千年古法制纸，不怕水不霉烂，可存千年而不腐烂，色彩鲜艳如初。

据介绍：纸莎草画乃人类最早草纸与草纸画。以尼罗河两岸采摘的纸莎草（papyrus）为原料在埃及本土严格按照与古埃及完全相同的程序手工制作，由著名埃及传统艺师精心绘制，题材多取自于古埃及神庙和宫殿的壁画。亦为埃及著名文化遗产，深受各界推崇。

我购两幅纸莎草画：一幅纳美西斯二世与妻子将花送给太阳神，意为快乐。另一为法老与妻子女儿送香精给太阳神，祈求佑护。香精与纸莎草是埃及独有特产，均为法老时代产物，至今魅力不减。

香精是另一个让埃及人骄傲的文化遗产，世界香水的老祖宗。开罗一个豪华房间，听一个连腮大胡青年男子上课：香精与香水、精油不同，香精是花香提炼的，属于原材料，从法老时代到现在五千多年。可美容护肤护发药效等，治咽炎打呼噜皆可，无副作用。亦是法国香水原料：一分香精，八分酒精，一分水。

香精名颇诗意：女法老王、埃及艳后、沙漠秘密——女人用；生命的钥匙——男人用。一套四瓶，50毫升一瓶，120美金，价格不菲。亦有240毫升大瓶包装，180美金。香精百分之百埃及出产。其他东西大多是国外进口。可惜国人不爱，购者寥寥。至于非洲象牙首饰，水晶工艺品亦有专店。

哈利利工艺品集市老街，1500年历史，与伊斯兰第一个居住点相连。复活节日人山人海，川流不息。欧洲人中国人游客稀罕，引人注目，我们拍照，他们也拍我们。据说目前百分之九十产品来自中国义乌。有一种令人骚动气氛，让我隐约感到不安。也许外国游客一直被欢乐人群围观吧？

年轻人欢腾不止，男孩击手鼓跳舞，女孩租彩衣拍照或在手上现场画文身。各家店铺，琳琅满目，看店大叔见我们用汉语高喊：你好你好大家好！招呼生意。男孩女孩，笑脸相迎，不少人跃跃欲试，试图上前合影。我等不敢停步，紧跟队伍，唯恐走失。多个清真寺矗立，各式圆顶，遥遥相对；石头大门，透露沧桑，一问均有七八百年历史。

这是一个何等古老的国度，挥挥手，几千年。但给我更深感触的则是：这块"一半是海水，一半是火焰"土地上文明的数次"重新洗牌"，岂止是沧海桑田？离乡背井，逃逸他乡，似乎成了历史常态。学校里的历史课该是多么纷繁复杂啊？同时我也为埃及现状喜忧参半，喜的是与中国亲近，愿意改革开放强国富民；忧的是强敌环伺危机四伏。十天游历，沙山河海，风景迷人，人民亲和，多少印象，一掠而过，唯有文字留下记忆，让我细细品味这个遥远的古国以及反复叠加的文明。其史久远，其味悠长啊！

巴厘岛：南印度洋上一枚绿宝石

　　印尼一万多个岛，巴厘岛最有名。面积相当国内一个地区——印尼34个省份之一，500万人口。巴厘岛1906年被荷兰征服，巴厘族土著拼死抵抗，失败后贵族几乎全部自杀于荷兰军队面前，震撼欧洲。全年分雨季旱季，常年炎热，最冷时只27摄氏度。鸡蛋花为礼宾花，倍感亲切，与广州同属热带，但更加艳丽。

　　岛上华人多来自广东梅州潮汕，已是第四五代。历史上与下西洋郑和部下有关，所谓"娘惹"指华人女性与土著通婚所育女孩。此家华人餐厅接近粤菜，但口味稍重，酱色明显并佐有当地香料。不知是否因为近年中国大陆游客激增，店家应变适应。中国崛起影响巨大，经济果然是一只看不见的手，撬动市场，吸引人力。华人后裔陆续从爪哇岛迁入，迎合中国客流。

　　巴厘岛宗教多元，印度教居多：有钱没钱看家庙，一个家庭一个庙，拜多神亦拜祖先。还喜供财神——大象神，象头人身。一个烤玉米印尼币一万，值人民币五元。折算一下，一百元人民币抵20万印尼币。海边游客如织，下海者寥寥，踏浪嬉戏众。这个海滩允许餐厅在外摆桌，也有不许摆摊的海滨浴场。

"要记住红河村你的故乡"，一群印尼妇女游客上台草裙舞，大声笑，大声唱，载歌载舞，欢乐不已，伴随着涛声阵阵。彩色头巾，坦露脸面，来自爪哇岛妇女团体，印尼伊斯兰教徒。海滩上，每人一盘烤海鲜一个椰子。长长餐桌，点亮蜡烛，海浪波涛，海风习习。让人感受大海辽阔宏大，感受和平生活多么美好！

印尼汤面，只有外加肉末佐料，没有汤底。面条似广州金丝面，面香嚼头平平，妙在特殊香料与酸甜酱油。其他蔬菜配料与广州相近，肉丸菜叶菇料，辣椒酱不辣却有一丝丝甜面酱味道。

巴厘岛的岛花——居然是广州常见鸡蛋花，但开得更艳丽更丰满。天堂花像一只只飞鸟振翅欲飞。海风吹拂的花草无比茂盛，勃勃生机。落日时分或许最为动人：辉煌壮丽且携带少许忧伤。但感恩生命轮回，深知太阳明天还会升起。

巴厘岛当地常见神庙，面积大概只有三四十平方米，砖石围栏，中间图腾塑像，第二层两个人脸神像，是否属于护法武士。顶端高层一个金色的小人塑于一块红色底盘上，那是什么神呢？他头顶一把黄色没有撑开的伞。土著男子祭拜，双手合十静默。

从森林度假村，住进机场附近市区酒店，正门临街，院落通海，门口一洋人街。街道狭窄，电线交错，商铺林立，豪华酒店与破旧老房子相邻，百货大楼与本土特产小店并存，无一丝市区繁华，显得质朴自然，更似一座风情小镇。欧式现代风格与巴厘岛土著文化交错呈现：既杂乱无章，又融合一体。虽然电线电缆把城市天空弄得混乱不堪，但市区街面干净，行人友好，针对外国游客的小店，七点就开了门。摩托车疾速驰过，有小贩开卖早点：油炸果与竹叶裹扎食物。门前大多有祭拜的神幡。神台由植物秸秆编织而成，似乎是一种比较原始的方式。神龛似无统一标志神像，祭拜物件以鲜花为主，甚至连细细的香都没有完全点燃。

巴厘岛情人崖，为爱情殉难之地：或婚姻受阻，或男友海难。悬崖陡峭，上百米高度，俯瞰海浪，一石激起千层浪，波澜起伏，煞是壮观。断崖之上布鲁瓦图神庙，建于11世纪，印度教。神像不显，似乎唯有大象神。神庙铁门紧锁，远远望去，神龛上不见主位神。询问导游，亦不知所云，难知根由。

英国、西班牙、荷兰、日本先后统治，1945年印尼独立。1965年排华，苏加诺钦佩毛泽东，苏哈托军事政变，关押总统。苏哈托开始杀害华人，华人离国。1998年因经济利益再次排华。抢杀奸淫，华人恐慌，以致目前只有1%华人坚守印尼。当下印尼政府亲华，合作高铁，为旅游开放所有省份。目前巴厘岛中国游客大增，跃居第一。全岛导游六千余人，中文二千，其中持导游证有一千五。看好中国大陆业务。巴厘岛特色在休闲生态土著文化，所以政府保护森林神庙，岛上神像最高17米，故不准盖超过17米高楼。岛民黝黑健壮，胖子占不小比例，少女生得小巧玲珑，男孩瘦削灵活。共同处在于笑容真挚，保留土著文化之淳朴。但底层人一望而知：服装凌乱，委琐卑微。

从经营农场的蒙伟能先生处得知：广州鸡蛋花就是从巴厘岛引进。这里四季如夏，花团锦簇，水果繁盛。据说地理位置极好，少飓风台风影响，离火山亦远。芒果硕大而甜，百合果汁多丰润，菠萝甜得恰好，西瓜鲜榨更是佐配烤肉绝佳，爽口去火。火龙果红艳夺目，果味独特。蛇皮果名副其实，颇似眼镜蛇头。在超市看价，水果多在印尼盾一万以下，折人民币三四元一斤。

巴厘岛传统手抓饭名店。米饭搭配二荤二素，烤鸡腿烤鱼青菜豆腐，外加酱料若干，佐配饮料加冰块，没有筷子用刀叉银勺。同时每个人一碗清水用于洗手。但明显见出现代方式进入：没人手抓，多用刀叉，冰镇降火，平息烧烤火气。精彩在棕榈叶包裹烤鱼，腌制香料异乎寻常，烤鱼佐料为荆介，既清新又异香，与米饭酱料丁香鱼等合拌，风味独特浓郁，食之难忘。在海神庙前看老人吃手抓饭，古风依旧，但今人多弃形式而取精神。传统如何延续？如何既坚守本土又对接现代？巴厘岛有三十年旅游业实践，值得观察与思考。

传统与现代交流之中，维护本土文化特征，乃巴厘岛人发展旅游业核心理念。一落机场，即见钢架玻璃大厅贴合传统风格门饰；酒店多用土著符号，用水面烘托，贴墙对接现代功能式框架建筑；酒店餐厅必有竹琴演奏，遍地神龛神像，祭品自然清新，俯拾皆是，古风原始；墙上饰画多用原生态素材，街上行人普遍传统服饰，头巾纱笼，亦食西式雪糕比萨冰块啤酒。他们清楚，从岛上的第一批欧洲客人起，到日韩以及中国观光客，消费的就是南印度洋上美丽小岛巴厘族风土人情，此为珍贵本土资源，舍无其他。

跋

外境犹吾境，他乡即故乡

黄爱东西

认识江冰，是三两年前。他的《这座城，把所有人变成广州人》出版，厚重结实的一本，是文艺评论结集。

算认识得晚，可是赶上社交网络时代，不需要像古早年代那样，依赖一餐餐饭或者聊天累积了解程度。微信里多了个兴致好的友人，满世界采风，出手就是几百字短文，看得出来是洋洋洒洒表述毫无障碍阻滞的才子；兼朋友们的公号文，大多时候他都明快迅疾点评，如此随和友善的评论家，这年头太难得，那应该是种与生俱来的热情和天真。

新著《老码头，流转千年这座城》仍然厚，书里大部分稿件仍和广州相关。

江冰祖籍江苏，出生成长在福州，读大学和任教在南昌，2003年从深圳来到广州，进入当时的广东商学院（现广东财经大学），重回高校学者行列。

自此之后，粤地文学和文化多了一个热情洋溢的观察和评说者。由南粤的特殊韵味和文化传统，而至要再现广东人的日常生活状态、为人处世方式、山川物象、文化符号、风俗制度、信仰崇拜和价值观，广州到底需要怎样一种"本土言说"，等等等等。

在《都市与生活方式：广式幸福体系模式》的课题研讨会上，和他聊起过广州是个商埠港口的平台城市，铁打的营盘流水的兵，放在商贸城市衍化两千年呈现出来的生态，或许就是铁打的营盘和全世界的过江龙。

这个城市的居民生活，是保守低调实际的底子，飞扬的歌咏点评和背书，相当部分是托赖于外来人口。

而实际上，这个古老的商埠平台对"外来人口"一词并不敏感，说白了全都只是来早来迟的区别，来了走了，或者来了留下。留下来的，日子一长，就都是这里人。

具体缘由，江冰在《这座城，把所有人变成广州人》里，有他的观察和叙说。

而在这本《老码头，流转千年这座城》里，可以看到，他已经完全不把自己当外人，在这千年码头里如鱼得水，怡然而居。其实说怡然还是太安分了些，他的兴致和观察表述，和此地平均气温匹配，热忱。

热忱的人，能量足。

江冰的网名叫作"西岸三剑客"，问过他缘由，1994年南昌大学中文系的江冰与历史系的邵鸿、哲学系的郑晓江号称文史哲"三剑客"，发起"赣文化"研究，倡导建立"赣学"，编辑出版《赣文化研究》辑刊，掀起一波"赣文化"研究热潮。这是他的少年事了。

现在问他这本新书里最喜欢的稿件，说是《羊城古玩店的阿文》：

"临近午时，收藏品被重新锁到保险柜。咔嗒一声，仿佛把阿文话语也锁进了暗柜。他又重新变回那个木讷寡言的人。阿文的古玩店，一片宁静。我们慢慢地饮茶，浓浓普洱茶，岁月悠悠……分手时，他挑了两件旧物送我，说是让我回家把玩：一个是肇庆收来的民国初年竹香盒，小巧玲珑又布满沧桑，先人用过；一个铜制发簪，两寸来长。阿文认为这个发簪，可能是道士所用。我小心用手托着，细细打量，花纹精美，颇有分量。尖尖双叉，让我联想到古人的暗器。须臾之间，发间抽出，向敌方甩去。"

"阿文平和地与我握手告别，一种与他年龄不相吻合的老成，与广东人特有的低调务实此刻融汇，化成别一样感受落吾心头，犹如店中古玩古董，幽暗中透出隐约的光芒。"

他自己喜欢这篇的理由，是"期望写作状态能够进入如此悠长岁月，静静体会，细细品味。这种感觉，古玩和老物件里有"。

粤地古玩店里的荫凉暗沉和窗外的炎热比对，褪火气的功效堪比凉茶。

"当然，我还喜欢写吃，道理相近，却是另一面：真实、鲜活、不装不假，活着真好！"

这惊叹号给的，私下揣测，如此众生忙碌谋生的元气，是他从菜市场小吃店里沾染回来的吧。

记得有首诗，前两句是："信马登程往异方，任寻胜地立纲常。"

开始的开始，是好男儿志在四方。

后两句是："年深外境犹吾境，日久他乡即故乡。"

后来的后来，我们未必猜得到，长久的落脚处也是故乡。

2018年8月28日

附 录

好奇的人成就有趣的书

聂　莉

　　南国书香节前，江冰老师传了几张效果图来，说新书在赶印，问我哪张做封面更合适，我挑了张最清爽简洁的表达了意见，事后发现，《这座城，把所有人变成广州人》真的用了那个最素净的小蛮腰封面。且不论其他，单因为这个封面，我就为江老师的新书出版高兴。

　　当然，这是玩笑话。高兴的理由太多。

　　掐指算算，认识江老师有八年了，但真正打交道是他开始主持《广州文艺》的"广州人、广州事"栏目的这六年多。我是懒人，才情更有限，在他的激励下勉强炮制过几篇关于广州的感悟，都得到他的赞美与肯定，立马就在栏目上用了，可见他待我们有多包容与宽厚。可以说，《这座城，把所有人变成广州人》这本书是江冰老师六年多来"广州人、广州事"栏目主持的梳理与总结，是他发现广州、探寻南粤的思想线索，也是我们每一个曾参与其中的作者的集体回忆。江老师是作者、评论者，更是观察者与研究者，与纯粹的本土作者或研究者不同，江老师眼中笔下的广州、南粤更多元，视角更独特，甚至更生猛。他呈现的不是本土作家那种熟稔细数自家人与事的深情，而是深入发现后的好奇与惊叹，是的，江老师总是好奇。这是我最喜欢他的地方，无论人还是文字，总是那么兴致盎然，特别容易感染你。

在与他的接触中，令我常想，一个人怎么可以总是这么好兴致？他爱广州，爱岭南这片土地，足迹遍布全省各地的角角落落，珠三角、粤北、粤西、粤东；清远的山居、潮汕的小岛、梅州的村落……去到哪儿那份探究的热情与兴致都不减，即便出了南粤，也一定会将各地风物与粤地的比较一番。且每到一处必留下有趣文字，字里行间透着各种问、各种好奇，先是玩微博，后转战微信，有时一天下来九宫图发若干便知江教授又出巡了，点赞都来不及。

江老师的文字像他的人，准确得体合分寸但总又能让人感受到他浓浓的真诚，有知识精英的气息但绝不傲慢，偶露激情但绝不肆意。

他接地气，喜欢生活现场，但从不会放弃学者的深度与思考，他融入其中，接纳与欣赏，却又总能客观冷静。

于是，便有了对这座城市灵魂与特质的层层追问，有了由浅入深、由表及里的城市生活记录，有了对新广州人的观察与感同身受，有了大大小小的城市故事……

江老师关注岭南风物、本土文化，喜做地域与文化比较，学问也做得活，善于抓住当下热点，解读解构，恣意纵横，从小处着眼传达观点与思想。从事文学评论与研究却又不局限于此，学术视野开阔，特别善于汲取他者的经验，从"80后"、"90后"文化，到网络文学，再到本土言说，无不看出他的学术能量，人有趣，连学问做得都有趣。

他的文化热情、他的学术旨趣、他六年多来通过专栏平台对本土文化推广与传播所做的坚持与努力令人敬佩。

诚意向您推荐这本《这座城，把所有人变成广州人》。

他把这座城称作"老码头"

陈　露

年初，江冰教授说准备编撰新书，将《这座城，把所有人变成广州人》一书后写作的散文编入，以作"姐妹篇"。他知我从事过编辑工作，委我编初稿。我说书名如何定？随即他把思考良多的几个书名信息发我，其中一个《老码头，流转千年这座城》，我俩同时在一秒之间在微信点赞。此书名，一看有意思，二想有道理，三惑脉络怎样梳。

广州千年古城，开埠始，就注定了码头命运与气质。我在国家博物馆就看到一个有舵的陶船，东汉时期的，广州文德路出土，来自广东的文物就好像这件让我印象深刻。船与码头是天然"对应关系"，即刻想到本书"老码头"的定义。用了半年业余时间，把江冰教授近两三年刊发于各报各刊文章收集整理分类，也是学习与研究过程。纵览下来，惊讶发现，江冰教授把广州称作"老码头"，把本书写作视为"货如轮转"的老码头，也真是暗合了这座千年古城商业氛围，航道贯通，文化传播的肌理和气质。

本书从四个层面构成了这座"老码头"万花筒"景观"。第一个层面：吃。我得说，江教授是一个正宗"吃货"，他把岭南小吃，美食"吃"得风生水起，地动山摇，大如战场对垒，小如夫妻嗯语。除了专门设为《羊城美食》一辑文字外，诸地美食描写还散落其他各章。江冰教授言：美食是本土文化元素重要构成。以美食对应本土，对应"老码头"，可谓别出心裁。深入老城巷陌，大排档、小食店、高档酒楼，一碗面、一只云吞、一碟濑粉，皆让江教授于日常中"吃"出悟道，也"吃"出这座老码头海纳百川"食在广州"真谛。

第二个层面：行。不断行走于粤地四方，国内国外。他似乎不喜欢在书斋呆坐冥思苦想，他把世界作他的"书房"；他把大地作他的"书桌"；他把江河山川作他思想的新鲜启迪；他把一地历史与文脉透过现场"即感即思即写"。他的文字充满"在场感"，带着读者亲临其境。笔者曾陪同江教授考察肇庆本土文化，边走边看边听边写，九公里多肇庆宋城墙走下来，一篇关于宋城墙的文字，如"一片金黄，瞬间幻影呈现"。我知道，这样的写作不是谁都可以学得来的，是基于作家本身深厚的知识储备与活跃的思想力，关键还是他敏锐观察力，关键还是对"本土"的热爱。就如江教授所言，"弥散性思维"是他的写作理论依据。这个"行"，行行复行行，正是广东人身影自古至今延伸至世界任何一角落的缩影。

第三个层面：凡。凡人也，平常也，众生也。江冰教授不太喜欢让学者身份遮蔽了他对生活观察与体悟的本意，他让自己回到凡夫俗世的生活状态。不像一些"学者型作家"，左手时时强调自己的"精英立场"，右手则俯瞰众生挥舞"如椽大笔"。他努力让自己"降一格"，站在月嫂阿香、邻居段叔、古玩店阿文这些"羊城凡人"的平等视角里，抛却"学者评判"，让这些大都市里的"众生"真实地自我呈现在这座老码头里的个体命运。凡人有不凡处，或是广州这座城里亿万富豪，趿着十块钱拖鞋坐在街边小食档，喝一碗白粥，吃一条油条的可贵之处。比如艺术收藏家哈维与小波夫妇，又如小提琴制作大师关厂长。

第四个层面：变。变化、流变、交互、交流、对撞、新意。这些词常出现在江冰教授的文章里，也潜藏在他域里域外的观察书写中。他在《俄罗斯的三个坐标：森林、荒原与海洋》一文结尾中有一段文字令人荡气回肠，悠思远衷。他说："我宁愿把苏联情结，看作一种梦幻般蓝色的黎明的梦，因为这个梦含有几代中国人的情感。尽管所有情感后面，其实有更复杂的关系。"又《巴厘岛：南印度洋上一枚绿宝石》，呈现了巴厘岛在传统与现代交互之间转变，以及依旧坚守传统的本土情怀。透过街上满目寺庙神龛、特色饮食、土著风情来呈现。"他们清楚，从岛上的第一批欧洲客人起，到日韩以及中国观光客，消费的就是南印度洋上美丽小岛巴厘族风土人情，此为珍贵本土资源，舍无其他。"此语，深值国内旅游业思考。这个"变"，变的是"外相"，不变的仍是流转千年之"本土"，任凭风吹雨打，仿如广州人"叹茶"，茶楼照上，"一盅两件"。

这四个层面，刚好对应了广东人"食"——食为先；"行"——见世面；"凡"——重日常；"变"——兜路走，求创新的特征，也构成了广州这座"老码头"的肌理与历史"轨迹"，也为我找到编辑此书的脉络和文章编排的"节奏"。江冰教授说，要我写写心得，也一同收入本书里。实在惶惑。我受聘于广州都市文学与都市文化研究基地客座研究员，同时也是分基地"广清文学与本土文化研究室"主持人，编辑此书和探索研究本土文化实是一个应有的工作。感之由发，是或否，心得矣。

后　记

有人问波兰流亡作家贡布罗维奇：波兰在哪里？他回答：波兰就在我身上，我就是波兰。这正是阿多诺强调的：对于一个不再有故乡的人来说，写作，成为居住之地。

我时常暗自庆幸：拥有母语，几千年历史的汉语——丰富而含蓄。她可以让我把一切关于浪子对于故乡的想象、怀念、追逐都化作文字：诉说、倾听、灵光、涟漪、梦游、伤感、失落……在这里语言即故乡，乡愁即美学。所有的写作都在昭示一个道理：文心安处是吾乡。

于是，中年以后除了职业需要课题与论文之外，我开始微博、微信的"碎片化写作"。父亲去世后，岁月回望之情汹涌而至，突破多年学者写作理性堤坝，自2016年出版《这座城，把所有人变成广州人》至今，又有《老码头，千年流转这座城》面世。

人生短暂如白驹过隙，世事苍茫如夕阳西下，若干年后又有谁记得我们这一代人做过什么、想过什么呢？历史大书下笔太狠，芸芸众生大多沉默，唯有自己留点笔墨，让历史皱褶不至于干巴无味。

斯为后记并感谢花城出版社，感谢我早已仰慕的著名作家黄爱东西为本书写《跋》，我请求为序，但她谦虚低调坚持置后，令我感动。感谢多年文友散文家陈露为我编辑成书，他多年帮我整理微信文字，其勤勉执着无形成为新媒体写作直接动力。

感谢广东财经大学人文学院与都市基地的同事，感谢文化界、文艺界、文学界、媒体界的诸多老师朋友，众多知音，心有灵犀，心心相印，既是鼓励，亦为扶持。难以一一注明，感激之情，尽在不言之中。

江冰

2018年12月于广州琶洲西岸